Les amants maudits

May McGoldrick

Les amants maudits

Traduit de l'américain
par Vassoula Galangau

Éditions J'ai lu

Titre original :

FLAME

Published by arrangement with
Signet, a division of Penguin Putnam Inc., N.Y.

PROLOGUE

Mai 1567, Château d'Ironcross, Highlands du Nord (Écosse).

La pleine lune avait surgi à l'horizon déchiqueté de collines, projetant des reflets mouvants sur les pierres du château.

Des silhouettes traversaient la lande désolée en direction de la forteresse. La brise charriait leur chant tandis qu'elles s'engouffraient dans une gorge étroite hérissée de roches, vers la sombre ouverture du souterrain.

Le bruit sourd d'un loquet, le fracas d'une porte roulant sur ses gonds retentirent alors sous les fondations de l'édifice.

Drapées dans des manteaux blancs à capuchons, les silhouettes franchirent le seuil, silencieuses comme la mort. Aucune lueur ne perçait les ténèbres, mais elles continuèrent d'avancer sous les voûtes de pierre.

Une volée de marches menait à la crypte, vaste salle surmontée d'une coupole et ceinte d'ogives soutenant un plafond bas, couvert de suie. Un calice et une lampe à huile trônaient sur l'autel de granit noir, derrière un bûcher de fagots.

Les ombres blanches portaient des chandelles, qu'elles allumèrent à la flamme de la lampe. Chacune s'inclina profondément, avant de reculer pour former un cercle sous le dôme.

Une figure spectrale, dissimulée dans la pénombre d'un renfoncement, épiait le rituel. Elle vit la prêtresse se placer près du bûcher, le calice entre les mains. Son regard brûlant de fièvre scruta ses disciples.

— Mes sœurs ! cria-t-elle, et sa voix ricocha dans le dédale des galeries. Mes sœurs, pour les âmes qui reposent ici, j'invoque la Force.

Une rumeur lui fit écho.

— Mater ! Avec toi, nous invoquons la Force.

— Mes sœurs, au nom de leurs souffrances, j'invoque la Force.

— Mater, avec toi, nous invoquons la Force !

— Au nom du crime qui n'a jamais été châtié, j'invoque la Force.

— Mater, avec toi, nous invoquons la Force !

L'incantation s'accélérait, obsédante. La figure spectrale qui observait tout depuis le début se rencogna dans son abri, horrifiée. Les voix enflaient, une effrayante clameur emplissait l'espace. Les corps des fidèles se balançaient, se tordaient comme des roseaux balayés par le vent.

Un cri strident couvrit le vacarme. L'une des femmes tomba à genoux devant le bûcher. La mèche de sa bougie enflamma les fagots, qui s'embrasèrent dans un craquement sinistre, illuminant la crypte. Le cercle se brisa dans une danse effrénée ; soupirs, râles, gémissements se mêlèrent au rugissement des flammes.

— Mes sœurs ! hurla Mater. Mes sœurs, écoutez-moi ! Les générations passent. Nous demeurons. Nous nous sommes réunies en cette nuit de pleine lune pour nous souvenir.

— Souvenons-nous ! Souvenons-nous !

La prêtresse inclina le calice, faisant ruisseler un liquide cramoisi sur les langues de feu. Alors, les femmes s'abattirent sur les dalles de pierre et, pendant un long moment, seul le crépitement des flammes qui dévoraient les fagots rompit le silence.

— Mes sœurs ! Un nouveau seigneur viendra !

Les fidèles se relevèrent comme une seule et même personne.

— Un nouveau seigneur !

— De tout temps, les hommes portent en eux l'empreinte du mal. Rappelons-nous notre vœu, mes sœurs. Une fois de plus, depuis cette affreuse nuit, le rite doit s'accomplir.

Mater brandit la lampe, dont la petite flamme jaune se multiplia à l'infini dans les prunelles de ses disciples.

— La malédiction va frapper ! s'écria-t-elle.

1

Stirling, Écosse

— Gavin, pour l'amour du Ciel ! Si tu vas là-bas, tu cours à ta perte, et tu le sais !

Gavin Kerr fit la sourde oreille. Il contemplait les tableaux qui ornaient le fumoir de son ami Ambrose MacPherson.

— Une douzaine de cadavres en six mois ! grommela ce dernier. Réfléchis, nom d'un chien ! Le dernier châtelain et toute sa famille ont péri par le feu. Le domaine est maudit !

— Mon cher Ambrose, ta femme n'a rien à envier aux plus grands peintres de ce siècle... Ces portraits sont si touchants... murmura Gavin, admirant une toile qui représentait une jeune fille berçant un nourrisson. Tes enfants ont dû grandir, depuis la dernière fois que je les ai vus.

— Espèce de tête de mule ! N'essaie pas de changer de sujet. Accepteras-tu vraiment le cadeau empoisonné du comte d'Angus ? L'idée que le lord chancelier essaie de se débarrasser de toi ne t'a pas effleuré l'esprit ?

— Si, mais je l'ai repoussée. Angus a plus d'un tour dans son sac. Il aurait trouvé un moyen plus original de m'évincer que ce château en ruine dans les Highlands.

Ambrose cherchait un argument plus persuasif quand la porte à caissons s'ouvrit, livrant passage à Elizabeth MacPherson. Comme par enchantement, son entrée fit disparaître la mine boudeuse de son époux, qui afficha un sourire rayonnant.

— Eh bien ? lança-t-elle. Où en êtes-vous de vos messes basses ?

Il était rare qu'Elizabeth se mêle d'une discussion entre hommes. Mais cette fois, Ambrose l'avait priée d'intervenir, car il ne se sentait pas de taille à convaincre seul son ami... La jeune femme s'assit dans un fauteuil capitonné avec un sourire espiègle.

— Gavin Kerr, soyez le bienvenu dans notre humble demeure, déclara-t-elle, les yeux pétillants de malice. Nous sommes ravis de vous avoir quelque temps avec nous. J'ai fait préparer une chambre qui, je l'espère, correspond à votre propension à la morosité : plein nord, presque pas de lumière, loin de la chambre des enfants, donc tranquille...

— Je vous remercie, Elizabeth, mais je ne resterai pas.

— Pourquoi cette hâte à vous rendre à Ironcross ? Serait-ce une volonté farouche de vous isoler du reste du monde ?

Ambrose vint à la rescousse.

— Bien vu, ma chérie ! Notre ami broie du noir. C'est un misanthrope, ne l'oublie pas.

— Je le sais bien. Et plutôt que de le laisser risquer sa vie dans le Nord, procurons-lui, ici même, l'ermitage de ses rêves... Gavin, je vous en prie. Restez au moins quelques jours. Vous aviserez ensuite.

Gavin enveloppa d'un regard ému ses deux hôtes. Les rondeurs d'Elizabeth trahissaient l'arrivée imminente de leur troisième enfant. Ils étaient gais, amoureux, heureux de vivre. Il n'allait pas les encombrer de sa mélancolie, du deuil cruel qui l'avait frappé : son père et ses frères étaient morts à Flodden Field, où ils s'étaient battus âprement contre les Anglais.

— Non, Elizabeth, n'insistez pas. Mes hommes sont sur le départ. Je suis attendu à Ironcross dans une quinzaine. Mais ce n'est pas seulement le désir de solitude qui me pousse à partir.

— Voyons... qu'est-ce qui pourrait vous inciter à aller vous enterrer dans cet endroit perdu ?

— La curiosité. Il y a deux semaines, j'ai reçu la visite d'une noble dame. À ce moment-là, je n'étais pas encore résolu à accepter le présent du lord chancelier. La dame en question est âgée, infirme. Elle s'appelle lady MacInnes. Vous la connaissez bien, Elizabeth.

La jeune femme inclina la tête, et Gavin poursuivit :

— Ironcross appartenait aux MacInnes, vous le savez. L'an passé, le mari et deux des fils de lady MacInnes sont décédés dans des circonstances étranges. On a parlé d'accidents...

— Oui, répondit sombrement Ambrose. Le clan entier est décimé. Le troisième fils a disparu dans l'incendie du château peu après, en même temps que sa femme et sa fille.

— Selon lady MacInnes, sa petite-fille et vous étiez très liées, dit Gavin, s'adressant à Elizabeth.

— Joanna... murmura-t-elle, les yeux embués de larmes. Une jeune fille ravissante ! Elle était sur le point d'épouser James Gordon, le neveu du comte de Huntly. Mon Dieu, quelle tristesse !

— Lady MacInnes m'a demandé une faveur. Sa petite-fille a posé pour vous l'été dernier, Elizabeth, n'est-ce pas ?

— C'est vrai. Son portrait doit se trouver à Ironcross.

— La vieille dame voudrait le récupérer. Son grand âge ne lui permettant pas d'entreprendre le voyage, elle m'a prié de le lui envoyer – à condition, bien sûr, que la toile ait échappé au feu.

Ambrose scruta son ami.

— Mais alors, la chose est simple ! Tu n'as qu'à charger l'un de tes serviteurs de cette besogne. Il n'y a aucune raison de te déplacer toi-même.

— Si, il y en a une.

— Laquelle ? demanda Ambrose, dérouté.

— La curiosité, je le répète. D'après lady MacInnes, la malédiction qui semble peser sur Ironcross n'a rien de surnaturel. Elle ne croit pas aux fantômes. Elle croit plutôt à la méchanceté des humains... J'ai envie de découvrir la vérité, acheva-t-il d'un ton sans réplique.

2

Le volet, qui battait au gré du vent, s'ouvrit brutalement. Les rayons pourpres du couchant inondèrent la chambre de la tour en ruine. Vautrée sur une paillasse, la jeune fille resserra son manteau déchiré sur son corps. C'était la fin du printemps, mais elle mourait de froid. Peut-être parce qu'elle ne voyait plus jamais le soleil. Peut-être parce qu'elle n'était plus qu'une ombre, une misérable créature de la nuit...

La faim l'aiguillonnait, mais elle s'efforça d'ignorer cette sensation pénible, obsédante. Elle ne sortirait pas avant le soir, lorsque le majordome et les serviteurs du domaine seraient couchés. Alors seulement, elle quitterait son repaire et se faufilerait dans les cuisines, à la recherche de quelques restes.

Le volet battait toujours sur son chambranle. C'était un bruit rythmé, lancinant, qui l'empêchait de fermer l'œil, mais Joanna attendait patiemment la fin du jour. Elle vivait la nuit, comme les chauves-souris et les chouettes, ses seules compagnes dans cet univers qui, naguère, avait été sa demeure.

Tap ! Tap ! Tap !

Il fallait coûte que coûte refermer cette fenêtre ! Elle se redressa, agacée, ébaucha un premier pas chancelant, puis un hennissement la figea sur place. Des sabots martelaient le sol ramolli par les pluies. Des cris, des appels s'élevèrent dans la cour... Joanna avança sans hésiter davantage. Sa main emmaillotée de bandelettes tira doucement le volet. Elle ne prit pas la peine de regarder qui arrivait. Elle le savait.

Le condamné à mort, pensa-t-elle. Le seigneur maudit !

Les sabots des chevaux soulevaient un nuage de poussière grise autour des cavaliers. Gavin Kerr contempla l'énorme croix de fer tachée de rouille, plantée dans l'arc de pierre qui surmontait la porte monumentale. Son regard se promena ensuite sur la bâtisse ; austère, trapue, elle semblait bien plus vaste qu'il ne se l'était imaginée. Des fenêtres étroites comme des fentes perçaient le corps de logis et l'aile nord. Celles du sud étaient plus larges, donc plus récentes... D'ici, on ne décelait pas trace de l'incendie qui avait tué le châtelain précédent, sa famille et ses serviteurs. La neige, le givre, les pluies avaient lavé les murs des traînées de fumée.

Un mouvement fugitif lui fit lever les yeux, juste à temps pour voir se refermer le volet de la tour de l'aile sud.

Une douzaine d'hommes venaient à sa rencontre : des domestiques. Un imposant personnage ouvrait le cortège ; il s'agissait sûrement d'Allan, le majordome des quatre derniers seigneurs. Il avait une barbe grisonnante, des cheveux blancs. Sa robuste constitution lui avait permis d'assurer ses fonctions des années durant.

Gavin descendit de cheval et remit les rênes à un palefrenier, tandis que le majordome se pliait en deux dans une révérence obséquieuse.

— Bienvenu à Ironcross, milord. J'ai pris la liberté de commander un dîner substantiel à Gibby, la cuisinière du château.

— Vous devez être Allan ?

— Oui, milord, pour vous servir. Votre voisin, le comte d'Athol, est impatient de vous rencontrer. Voulez-vous que j'envoie quelqu'un le chercher ?

— Cela peut attendre un jour ou deux. Pendant que mon escorte prend possession de ses quartiers, je voudrais visiter le château.

— À vos ordres... Mais la visite se résumera au bâtiment le plus ancien, que nous appelons le donjon, aux cuisines, aux écuries, à la partie nord. Il n'y a pratiquement rien à voir ailleurs.

Comme le nouveau châtelain levait le regard vers la tour sud, le majordome précisa :

— Les dégâts ne se voient pas de l'extérieur... Le toit s'est écroulé à plusieurs endroits. Nous avons dû barricader portes et fenêtres. Le feu a pris dans la chambre des maîtres – qu'ils reposent en paix ! Il s'est vite propagé dans les chambres voisines et, avant même que nous ayons pu intervenir, le bâtiment entier était touché.

— Alors pourquoi est-il habité ?

— Habité ? s'exclama Allan dont la face vira au rouge brique. L'étage supérieur est condamné, milord, les portes mitoyennes murées par mes soins. À part les rats, il n'y a pas âme qui vive, là-dedans.

— Pourtant, j'ai vu la fenêtre de la tour se refermer.

— C'est le vent, milord. L'escalier est démoli entre le second et le troisième étage. Il faudrait des ailes pour monter là-haut.

Des ailes... se dit Gavin, songeur. Il avait cru apercevoir une main saisir le battant. À présent, la fenêtre était close. Ainsi, dans les Highlands, les oiseaux pouvaient fermer les volets ! Sans mot dire, il franchit le perron, le majordome sur ses talons.

Personne n'avait jamais osé entrer dans son royaume.

Le toit lézardé, les fissures des cloisons laissant entrevoir les falaises escarpées et les eaux calmes du loch Moray, le plancher branlant, tout se combinait pour interdire l'accès de son antre aux visiteurs... Pourtant, tandis qu'elle traversait l'antichambre, une étrange sensation l'assaillit.

Quelqu'un était passé par ici !

Elle s'agenouilla, fouilla du regard la couche de cendres qui recouvrait le sol, et frissonna. Des traces. Des traces de pas ! L'intrus avait emprunté le couloir en direction de l'ancienne bibliothèque de son père. Joanna se leva, suivit le même chemin.

La porte – du moins ce qu'il en restait – révélait une pièce dévastée. Joanna y jeta un coup d'œil anxieux. Rien ! Personne ! Peut-être s'était-elle trompée. Peut-être avait-elle découvert les empreintes de ses propres pas... Soulagée, elle pénétra dans la pièce. Rien n'avait changé depuis cette nuit terrible. Les vestiges d'une tapisserie des Gobelins, autrefois splendide, formaient un tas le long du mur. L'incendie avait tout détruit... Tout, sauf ce portrait stupide suspendu à un crochet au-dessus de la cheminée. Elle regarda l'image : le visage parfait qui, jadis, avait été le sien...

La figure peinte lui souriait. Les yeux la défiaient. Oh, comme elle détestait cette toile ! Pourquoi cet objet dérisoire avait-il échappé aux flammes, alors que tous ceux qu'elle aimait étaient morts ?

Elle aurait volontiers saisi le cadre pour le fracasser par terre, avant de le piétiner jusqu'à effacer complètement les traits du modèle – ses propres traits ! Le plancher, trop instable, l'en dissuada. Les lattes de bois, qui tenaient encore comme par miracle, risquaient de s'effondrer sous son poids. Joanna recula. Elle n'avait pas survécu au désastre pour se briser la nuque bêtement.

Une larme roula sur sa joue. D'un revers de main rageur, elle essuya la perle d'eau. Elle se détourna du portrait, remonta le capuchon sur sa tête. Puis elle se dirigea vers le panneau pivotant qui dissimulait le passage secret – sorte de boyau étroit qui plongeait vers les étages inférieurs. Là, personne ne pouvait voir celle qu'elle était devenue : un spectre, une créature des ténèbres. Ses parents étaient morts dans le brasier. Mais elle, Joanna, vivait.

Et elle attendait le jour de la vengeance.

La grosse bûche se cassa en deux sur les braises, faisant jaillir une gerbe d'étincelles dans la cheminée. L'ombre mangeait le visage du nouveau seigneur, mais on pouvait apercevoir l'éclat de ses yeux tandis qu'il scrutait les trois jeunes soldats assis à sa table, dans l'immense salle à manger du château. Gardes, valets et garçons d'écurie dormaient sur les bancs de chêne massif, la meute des chiens somnolait par terre.

Gavin fit signe à ses fidèles compagnons de prendre la parole. Depuis leur arrivée, chacun avait mené son enquête.

Ce fut Edmund qui commença.

— Le majordome ne veut pas ouvrir l'aile sud, seigneur.

— Je suis du même avis, approuva Peter, un gaillard surnommé l'Ogre à cause de son appétit féroce. Ça m'étonnerait qu'il fasse abattre la porte murée entre les deux parties du château.

— Et si lui ne donne pas l'ordre, personne n'osera désobéir. Il jouit d'un grand pouvoir sur la domesticité, conclut Edmund avec admiration.

— Les murs sont faits pour empêcher les gens de passer, pas vrai ? reprit Peter. Je doute que les domestiques acceptent de les démolir... D'ailleurs, la plupart sont si âgés qu'ils sont incapables de soulever une pioche.

Gavin hocha la tête.

— Je comprends le souci d'Allan. Après le sinistre, il a fallu assurer la sécurité des survivants. Le bâtiment endommagé est dangereux. Mieux valait, en effet, l'isoler... Et toi, Andrew ? continua-t-il en se tournant vers son troisième compagnon. Qu'est-ce que tu nous racontes ?

Le jeune homme s'éclaircit la gorge.

— Moi, milord, je suis allé à cheval à l'abbaye du domaine. En chemin, j'ai croisé les soldats du comte d'Athol... Selon eux, toutes sortes d'incidents bizarres ont eu lieu après l'incendie. Les guerriers du dernier châtelain auraient pris la fuite et se seraient disséminés dans les montagnes, comme s'ils avaient le diable à leurs trousses.

— Et l'abbaye ?

— C'est une ruine. Un amas de cailloux au pied des collines. Elle se trouve à une lieue d'ici, de l'autre côté du lac.

— On dit pourtant que les habitants de cette région sont très croyants.

— Je ne sais pas s'ils sont croyants, mais ils ont bel et bien laissé cet édifice à l'abandon.

— Mais y a-t-il un abbé ? Quelqu'un qui s'en occupe ? s'enquit Gavin.

— Il y a quelqu'un, oui. Une femme, du nom de Mater.

— Une femme ? s'étonna Peter, les sourcils levés.

— Oui, répondit Andrew. D'ailleurs, je n'ai vu que des femmes dans la lande. Et pas un seul homme ! Je me demande où ils sont passés, et pourquoi ils ont abandonné leurs fermes.

— Ça alors ! s'exclama Peter, outré. Je ne porte pas

les Highlanders dans mon cœur, mais jusqu'à aujourd'hui, je les respectais. Ils ne seraient pas partis comme ça, ils auraient défendu leurs familles, tout de même !

Pendant le silence qui s'ensuivit, un frémissement, à l'autre extrémité de la pièce, attira l'attention de Gavin. Quelque chose avait bougé... ou quelqu'un. Pourtant, tout le monde dormait à poings fermés. En dehors de lui-même et de ses trois guerriers, personne ne veillait au château.

— À tout hasard, j'ai averti la dénommée Mater de votre prochaine visite, ajouta Andrew.

— Excellente initiative.

Gavin secoua la tête comme pour déjouer les mauvais tours de son imagination. C'était sa première nuit à Ironcross et, déjà, il subissait un charme étrange. À moins que ce ne fût la fatigue...

Il repoussa sa chope de bière, bondit sur ses pieds.

— Allez vous reposer, les amis. Demain, nous aurons du pain sur la planche.

Les nouveaux venus représentaient un danger aux yeux de Joanna. Elle avait émergé du passage secret et avait découvert, effarée, qu'ils étaient très nombreux. Il y en avait partout ! Pour l'instant, ils ronflaient sur les bancs ou sous les tables. Elle se dirigea vers la cuisine sur la pointe des pieds, priant pour que la vieille Gibby n'ait pas enfermé la nourriture à clé dans le garde-manger.

La longue pièce était vide. Les fourneaux éteints. À la lueur des braises qui rougeoyaient dans l'âtre, elle aperçut les miches de pain sur la table. Elle saisit un pain, l'enfouit dans la poche de son manteau. Chaque geste requérait une attention soutenue. La plus grande prudence s'imposait. Si quelqu'un la surprenait, cela sonnerait le glas de son ultime espoir : faire subir aux assassins de ses parents un juste châtiment.

Une truffe humide et froide se posa sur sa hanche.

— Max... gentil chien ! murmura-t-elle en tapotant la tête du bâtard.

La faim la tourmentait. Elle repérait la nourriture à

l'odorat, comme les animaux. Le fumet du mouton rôti lui mit l'eau à la bouche. Hélas, la vieille Gibby avait caché ses trésors en lieu sûr. Restaient trois ou quatre jambons fumés sur les étagères du haut, mais elle n'osa grimper sur le banc. Le moindre craquement du bois donnerait l'alerte. Des larmes de désespoir lui piquèrent les yeux. Elle allait devoir se contenter du pain.

Max renifla derrière elle, et Joanna se retourna vivement : deux boules de fromage étaient suspendues à une ficelle ! Cette découverte faillit lui arracher un cri de victoire. Elle les prit, en donna une au chien, qui remua allégrement la queue. Elle enfouissait l'autre dans son manteau quand Max poussa un grognement. Quelqu'un venait ! Joanna se retira prestement dans l'ombre du fourneau, où elle fit pivoter le battant qui conduisait aux caves : un labyrinthe dont elle connaissait par cœur tous les recoins. La joue contre la cloison de la cheminée, elle prêta l'oreille.

— Ah, chenapan, je te tiens ! s'écria le nouvel arrivant. Tu voles du fromage ! Gare à toi si la cuisinière te prend sur le fait.

Joanna aurait déjà dû être loin. Mais elle n'avait pas bougé. Une voix humaine, agréable de surcroît, n'était pas chose courante dans son existence solitaire. Les pattes du chien griffèrent les dalles, puis l'homme – sûrement un domestique du nouveau seigneur – reprit :

— Rapporte ! Rapporte ! Là... Brave toutou ! Dis donc, tu es plutôt futé pour un bâtard des Highlands.

À travers l'interstice du panneau, elle apercevait l'homme. Assis sur la table, il lui tournait le dos, et essayait d'arracher le fromage aux crocs de Max qui poussait des glapissements, enchanté par ce jeu.

L'inconnu était très grand. Il avait de larges épaules, un cou de taureau. Son tartan alternait des bandes anthracite et rouge foncé. Ses longs cheveux noirs formaient un catogan sur sa nuque. Tout en jouant avec le chien, il se tourna, et Joanna eut la vision fugitive d'un profil de médaille. Elle battit en retraite, les joues empourprées, le cœur cognant à tout rompre... Mais quelle importance qu'il fût beau ou pas ? Quelle différence cela faisait-il pour elle ? Dans la nuit éternelle où elle vivait, l'imagination l'emportait souvent sur la réalité. La beauté n'était qu'illusion. Peut-être que dans l'éclatante lumière du jour l'étranger était laid. Hideux, même. Mais cela, elle ne le saurait jamais... Chères ténèbres ! Obscurité amie ! L'eût-il croisée en pleine nuit qu'il n'aurait pas remarqué ses cicatrices... D'un geste machinal, elle glissa ses mains brûlées dans ses amples manches.

— Moi, seigneur d'Ironcross, je t'ordonne de lâcher ce fromage ! dit l'homme en riant. Obéis, sale bête !

Seigneur. Il avait dit *seigneur...*

Le panneau refermé sans bruit, Joanna se glissa le long du passage. Elle compta les marches de l'escalier en colimaçon qui descendaient vers le soubassement. Silencieuse, elle s'enfonça dans les noires profondeurs du château.

Le nouveau seigneur !

À présent, elle regrettait de l'avoir regardé. Et d'avoir éprouvé, en l'épiant, ce singulier sentiment. Bientôt, il ne serait plus de ce monde. Le mal ne tarderait pas à fondre sur lui, comme le prédateur sur sa proie... Le mal ne ferait de ce bel homme qu'une bouchée.

Et il n'avait pas la moindre chance d'échapper à son sort.

3

Une odeur tenace de fumée imprégnait les cloisons. Un terrible silence régnait sur les lieux.

— Quelle tristesse, milord, marmonna Allan dans sa barbe. Du dehors, l'aile sud fait encore illusion. Mais dedans... voyez vous-même.

L'escalier en colimaçon déroulait ses spirales jusqu'au deuxième étage, où il s'arrêtait net. À partir de là, un enchevêtrement de poutres à moitié consumées et de bouts de fer tordus se profilait sur le ciel gris.

— Comme vous pouvez le constater, milord, les eaux de pluie ont inondé les paliers.

Le nouveau châtelain enjamba un madrier noirci, fracassé par terre, pour s'engager dans un couloir.

— Cette partie du manoir semble plus récente, fit-il remarquer.

Le projet de réparer l'édifice commençait à prendre forme dans son esprit. Mais il fallait d'abord nettoyer les gravats.

— Oui, milord, c'est une adjonction que sir Duncan MacInnes, le père des trois derniers seigneurs – que Dieu ait leurs âmes ! –, a faite à l'ancien bâtiment.

L'architecture se distinguait par la hauteur des plafonds. De longues fenêtres voûtées dominaient la cour intérieure. Au bout du couloir, un chambranle couvert de suie donnait sur une salle de nobles proportions.

— Comment est-il mort ? demanda Gavin.

— Sir Duncan ? Le pauvre homme a quitté ce bas monde voilà une vingtaine d'années.

— Je suppose que vous étiez à son service ?

— Oui, milord. Bénie soit la terre qui le recouvre.

— Alors vous devriez pouvoir répondre à ma question, Allan. Je ne vous ai pas demandé quand il est mort, mais *comment*.

— Une chute de cheval, répondit le majordome, les lèvres pincées. Jamais je n'oublierai ce jour funeste. Il est parti à la chasse sur son étalon et on l'a ramené les pieds devant.

Gavin tâta du pied les lattes du plancher, afin d'en vérifier la solidité.

— À la chasse ? Quelqu'un l'accompagnait ?

Allan se gratta la tête.

— Mais bien sûr... voyons... Alexander, son palefrenier... ses amis, quelques lads...

— Et son épouse ?

— En ce temps-là, lady MacInnes était souvent absente. À l'austérité d'Ironcross, elle préférait Stirling. Je ne sais plus où elle se trouvait ce jour-là. Et... ah, oui ! Puisqu'on en parle, je me souviens que lord Athol, le père du comte actuel, était de la partie. Et aussi...

Un grattement interrompit le bavardage du majordome. Les deux hommes s'immobilisèrent, à l'affût. Gavin dégaina le poignard accroché à sa ceinture. Un rat jaillit dans le couloir. Le rongeur se figea un instant, le museau en l'air, puis s'engouffra dans un trou de la cloison. Gavin remit son arme dans son fourreau de cuir.

— Bah, je déteste les rats ! Il faut débarrasser le château de cette vermine.

— À vos ordres, milord, répliqua Allan, pas très convaincu.

De tout temps, les rats avaient infesté le château, et il n'y avait rien à faire pour les exterminer.

Le majordome s'effaça pour laisser passer son nouveau maître.

— Voici la bibliothèque de votre prédécesseur, expliqua-t-il. Sir Kenneth y passait le plus clair de son temps. Contrairement à son père et à ses deux frères, il était passionné par les arts, les sciences et les lettres. Il lisait beaucoup.

Gavin franchit le seuil. Les langues de feu avaient frôlé les rayonnages de merisier massif. Il saisit un volume avec précaution. Allan, resté sur le seuil, se répandit en excuses :

— Pardon, milord ! Je manque à tous mes devoirs. J'aurais dû faire transporter ces documents au donjon. Je les ai complètement oubliés... L'incendie a été un tel choc !

Gavin ne prêtait plus attention à son interlocuteur. Son regard s'était arrêté sur le portrait d'une jeune fille, qui ornait le manteau de la cheminée. Avec ses cheveux dorés et sa peau de magnolia, elle était belle comme le jour. Ses yeux étaient d'un bleu si profond qu'ils paraissaient violets. Et malgré le voile de suie qui ternissait l'éclat des couleurs, les prunelles pétillaient de vie et de candeur.

— C'est lady Joanna, expliqua Allan d'une voix blanche. La fille de sir Kenneth. Elle est au ciel maintenant, parmi les chérubins, car tous ceux qui l'ont connue vous diront qu'elle était un ange de bonté.

« Vous voilà donc, Joanna MacInnes... », pensa Gavin, les yeux rivés sur le portrait.

— Quel affreux destin que de mourir si jeune – qu'elle repose en paix ! reprit le majordome. Son père l'adorait. La plupart du temps, elle vivait avec sa grand-mère, à Stirling. Quand elle venait, on avait l'impression que le soleil entrait dans la maison. Elle était la gentillesse, la douceur même...

Gavin avança d'un pas pour examiner de plus près le fascinant visage.

— Elle était aussi belle que charitable, continua Allan, intarissable. Elle a été la première des MacInnes à témoigner de l'intérêt aux femmes de l'abbaye.

Gavin fit un nouveau pas en avant.

— Aux femmes de l'abbaye, dites-vous ? Connaissait-elle une certaine Mater ? Est-ce que...

Il ne put jamais terminer sa phrase. Avec un craquement sinistre, le plancher céda sous ses pieds.

Joanna s'aplatit au sol. Une violente secousse avait suivi le fracas. Puis, plus rien. Elle prêta l'oreille, ne perçut que les battements désordonnés de son cœur. Elle s'était cachée dans le passage secret quand Allan et le nouveau seigneur s'étaient introduits dans son domaine... Leurs pas avaient retenti dans l'antichambre, puis dans le couloir. Enfin, ils étaient entrés dans la bibliothèque, et le plancher s'était finalement effondré ! Encore une vie gâchée, conclut-elle, sidérée. Le nouveau seigneur était sans doute mort.

— Maudite sois-tu, Joanna MacInnes, murmura-t-elle entre ses dents. Quand trouveras-tu le courage de mettre fin à la malédiction ? Combien de cadavres te faudra-t-il avant de te résoudre à agir ?

— Milord ?

Gavin crispa les doigts sur le bord du gouffre qui s'était ouvert sous ses pieds. Il s'y était accroché de justesse, son corps se balançant dans le vide. Malgré le froid, des gouttes de sueur perlaient sur son front. Haletant, il essaya de remonter ses jambes, mais ses mains moites glissaient... Il allait tomber dans le gouffre ! Il aspira une grande bouffée d'air et parvint, au prix d'un effort surhumain, à se hisser sur les lames qui formaient un parapet de bois le long du mur.

— Ô mon Dieu ! s'écria le majordome depuis le couloir où il s'était réfugié. Vous êtes remonté ?

— Allez vite chercher de l'aide, intima Gavin, adossé à la cloison. Vous trouverez Edmund en train d'inspecter la façade. Dites-lui de venir. Qu'il apporte des cordes... Dépêchez-vous ! vociféra-t-il, voyant le vieil homme hésiter. Avant que le reste de ce plancher pourri ne s'écroule.

Allan repartit en courant vers l'escalier brûlé. Ses pas décrurent, puis il n'y eut plus que le silence. Collé au panneau de bois sculpté, les bras écartés comme un crucifié, Gavin s'efforça de respirer régulièrement. Les lattes craquèrent sous son poids. « Pourvu qu'elles tiennent ! » pensa-t-il en frissonnant. À l'heure qu'il était, il aurait pu se trouver trois étages plus bas, le crâne fracassé.

Alors, il l'entendit clairement. Un chuintement, quelque part dans la pièce à côté... Un autre rat, peut-être. Un gros rat, à en juger par les grincements du plancher. Là... encore un mouvement... Exactement derrière le mur contre lequel il s'appuyait. Il se concentra sur ce bruit incongru, cherchant à l'identifier, mais plus rien ne se produisit.

Le mécanisme résista avant de jouer entre les doigts de Joanna. Une minuscule lucarne sur le toit laissait filtrer un filet de lumière dans les ténèbres du passage. La jeune fille avait descendu doucement les barreaux de l'échelle menant à la tour. Elle s'était engouffrée dans le boyau étroit entre les murs, et maintenant, elle se tenait derrière la porte secrète de la bibliothèque. Il suffisait d'une légère poussée pour satisfaire sa curiosité...

4

— Seigneur ?

La voix, très proche, fit tressaillir Joanna. À travers la fente du battant elle apercevait le châtelain, debout sur le rebord du plancher écroulé, immobile. Un nouveau cri retentit :

— Milord !

La jeune fille repoussa la clenche qui commandait le mécanisme. Le battant se referma. Les paumes contre le bois, elle inspira profondément l'air humide. Pour la première fois depuis des mois, elle avait failli se trahir. Elle avait pratiquement révélé sa présence à cet homme. Il aurait suffi qu'il tourne la tête pour l'apercevoir... Le front sur ses mains, les yeux clos, elle s'efforça de rassembler ses forces. Puis, les genoux fléchis, elle se laissa glisser lentement le long de la paroi.

Gavin promena les doigts le long du bois roussi, explorant la moindre rugosité, la plus infime fissure. Un instant plus tôt, il aurait juré qu'il avait senti vibrer un pan de la bibliothèque...

— Seigneur !

C'était la voix d'Edmund, qui l'appelait du fond du trou.

— Gavin, tenez bon. Êtes-vous blessé ?

— Non, répliqua-t-il.

Quelque chose se tramait de l'autre côté du mur ! Un être invisible l'observait... Si les bâtisseurs du château avaient doté l'aile méridionale d'un passage secret, comme il en existait dans tant d'autres édifices, n'importe qui pouvait se promener entre les cloisons en toute quiétude. Gavin allongea le bras. Son poing s'abattit contre le mur, qui sonnait creux... Il entendit un son étouffé derrière les étagères... Un bruit de pas précipités.

— Milord ?

C'était le majordome, cette fois.

— Qu'y a-t-il derrière la bibliothèque, Allan ?

Le vieil homme leva sur lui des yeux indécis.

— Vous voulez dire, derrière le mur ?

Gavin le fusilla du regard.

— Vous étiez ici quand l'aile a été construite. En conséquence, vous devez être au courant...

— Je sais qu'il y a un passage secret. Peut-être plusieurs. Seul sir Duncan en connaissait exactement le plan... Des couloirs conduisent aux caves, et même aux cavernes sous le lac. Mais personne n'a emprunté ces galeries depuis sa mort.

— Comment peut-on y pénétrer ? Il y a une porte, non ?

Allan déglutit péniblement.

— Seigneur, intervint Edmund, dont la tête rousse et ébouriffée émergea au beau milieu de la pièce. Permettez que je consolide les cordes au cas où le plancher...

— Comment s'ouvre cette satanée porte ? coupa Gavin.

Le ton furieux tira brutalement le majordome de sa rêverie.

— Là... au coin en bas. Un petit anneau de fer.

Gavin s'assit précautionneusement sur ses talons. Sa main tâta les rayonnages, dans la direction indiquée par Allan. Un anneau métallique saillait dans le bois. Il tira dessus délicatement. Le panneau de boiserie pivota alors, laissant apparaître une ouverture.

— J'espère que vous ne songez pas à vous aventurer seul dans ce piège à rats, s'alarma Edmund.

Allan approuva de la tête.

— Une mère y perdrait ses petits. Les souterrains sont conçus pour égarer les imprudents. Un apprenti maçon a disparu pendant les travaux. Il est entré dans le tunnel et n'en est jamais ressorti... On dit qu'il y a des gouffres sans fond. Et ce garçon s'est littéralement évanoui, milord. On ne l'a jamais retrouvé, ni mort ni vif.

Gavin longeait la paroi pas à pas. D'une poussée, il ouvrit grand le battant.

— Permettez au moins que je vous accompagne, insista Edmund. Je vous en prie, seigneur...

Gavin le regarda par-dessus son épaule.

— Je n'ai pas besoin qu'on me tienne la main.

Du menton, il désigna le portrait de Joanna MacInnes et ajouta :

— Débrouille-toi pour emmener ce tableau dans ma chambre.

Sans un mot de plus, il disparut dans la bouche noire du passage secret.

La vieille femme était courbée sous le poids des paniers d'osier qu'elle portait sur son dos. En traînant les pieds, elle fit deux pas de plus sur le sol détrempé, se pencha une nouvelle fois. Sa main noueuse s'avança vers une racine, entre deux cailloux. Elle en attrapa un bout, tira d'un coup sec, mais la maudite chose semblait accrochée à la caillasse.

Un rayon de soleil traversa l'épaisse couche de nuages pour former un halo autour de ses cheveux d'un blanc neigeux. Ses chaussures éculées s'enfonçaient dans la fange, une étoile boueuse maculait son front luisant de sueur. Elle recommença à tirer ; soudain, la racine lâcha. Avec un soupir de satisfaction, elle l'arracha pour l'enfouir dans l'un des paniers, puis se redressa péniblement.

— Eh, Mater, tu veux un coup de main ? l'interpella une femme plus jeune.

Sans attendre de réponse, elle saisit un panier, le cala sur son épaule.

— À ton âge, tu ne devrais pas travailler aussi dur, dit-elle doucement.

Mater s'attaqua à une autre racine, qui serpentait parmi les genêts et les bruyères.

— Cela m'aide à passer le temps, répondit-elle. Quoi de neuf ?

— Ce matin, un accident a eu lieu au manoir... Je tiens la nouvelle de Molly, qui est allée voir ses sœurs. Le seigneur a demandé à Allan de lui montrer l'aile sud.

— La curiosité est un vilain défaut... Et alors ?

— Le plancher s'est effondré. Il l'a échappé belle.

En hochant la tête, Mater prit le chemin de l'abbaye.

— C'est tout ?

— Non. Comme le soldat te l'a dit hier, le seigneur projette de visiter l'abbaye. Vas-tu le voir, Mater ?

La vieille femme fit une halte, les yeux levés vers le ciel.

— Oui, dit-elle finalement. S'il est encore en vie...

La chapelle se dressait sur un éperon rocheux qui surplombait les eaux grises du lac. Une arcade délabrée l'isolait de l'enceinte du manoir. Un prêtre de petite taille, qui évoquait plutôt un gnome, accueillit le nouveau seigneur avec déférence.

— C'est un endroit abject, milord, se plaignit-il. Torride l'été, glacial l'hiver... Pas étonnant que les paysans du domaine n'y mettent jamais les pieds !

Un rictus de mépris tordit ses traits flasques.

— La foi n'est plus ce qu'elle était, poursuivit-il. Sir Kenneth s'était engagé à rénover la chapelle, mais ce n'étaient que de belles promesses !

Gavin traversa la cour à grandes enjambées, forçant le prêtre à courir pour le rattraper.

— Faites-moi visiter les lieux, père William.

— Oui, milord, bien sûr. Je veux bien être pendu si vous trouvez là-dedans le moindre objet digne de votre intérêt, mais allons-y ! rétorqua le minuscule ecclésiastique, ouvrant la lourde porte de chêne. Depuis que sir Kenneth est décédé, plus personne ne vient.

Faux, se dit Gavin... Quelqu'un avait élu domicile dans l'aile sud du château. Cette conviction s'était imposée à son esprit un peu plus tôt, lorsqu'il avait emprunté le fameux passage secret. L'escalier brûlé s'arrêtait au deuxième étage, mais de ce côté-ci, on pouvait monter au troisième. Les chambres, autrefois richement décorées, portaient dorénavant l'empreinte de l'incendie : étoffes précieuses tombant en poussière, meubles consumés, murs décrépits. Une échelle appuyée au mur donnait accès à la tour : une pièce ronde, nue, où il avait vu le volet clos. Une paillasse dans un coin, une couverture constellée de brûlures, un bol en bois confirmaient son hypothèse : la tour servait d'abri à un être de chair et de sang... Celui-ci avait dû se frayer un chemin à travers le dédale des galeries souterraines mentionnées par le majordome.

L'intérieur de l'église correspondait exactement à la description du père William. Un endroit affreux... Les fentes des fenêtres laissaient pénétrer une lumière pâle, étrange. Aucun ornement ne décorait l'autel que surplombait une grosse croix en bois piquetée de clous.

Une volée de marches plongeait dans une alcôve obscure.

— La crypte ? demanda Gavin.

— Oui, seigneur.

— Allez chercher une bougie.

Lorsque le prêtre lui rapporta ce qu'il avait demandé, Gavin descendit l'escalier. Le caveau revêtait l'aspect d'une longue pièce écrasée d'un plafond bas. Des gisants, l'épée sur le côté, étaient sculptés sur les pierres tombales. Une poterne perçait la muraille. La flamme vacillante de la bougie éclaira un deuxième caveau enseveli sous la poussière.

— Sir Duncan a fait tailler dans cette niche sa dernière demeure bien avant que je devienne le chapelain du château, expliqua le père William. Ses fils n'ont guère eu le temps de prendre des dispositions analogues.

— Où sont les tombes de sir Kenneth, de sa femme et de sa fille ?

— En haut, milord.

— Je voudrais les voir.

— À vos ordres. Par ici, s'il vous plaît...

Ils remontèrent l'escalier, traversèrent la nef noyée d'ombre, ressortirent dans la cour. L'orage grondait à l'ouest. Les nuages accrochaient leurs écharpes duveteuses sur les cimes des monts jumeaux, le Cairn Liath et le Cairn Ellick. Un vent impétueux soufflait de l'ouest. La surface du lac bouillonnait, des vagues éclaboussaient les rochers.

— C'est ici, milord.

Le prêtre indiquait une dalle plate, scellée à même le roc.

— Ils sont là-dessous tous les trois, reprit-il, les mains jointes. Nous les avons enterrés près du frère de sir Kenneth. Le Tout-Puissant l'a voulu ainsi.

— Les corps étaient brûlés ? demanda Gavin.

— Horriblement, dit le père William avec une grimace de dégoût. Il y avait des cadavres partout... Les domestiques de sir Kenneth, les servantes de son épouse...

Le prêtre fit une pause, qui lui permit de surmonter sa répulsion.

— Les gardes, bien sûr... Il n'y avait personne dans la chambre du lord, ni dans celle de Joanna... Plusieurs corps calcinés gisaient le long de l'escalier. Et quelques servantes ont voulu plonger dans le lac...

Le père William regarda les eaux turbulentes, au pied des falaises.

— Du moins je le suppose, précisa-t-il avec un soupir. Il y avait du sang sur les rochers, des morceaux de vêtements, mais aucun corps. Les autres se sont fait piéger dans les couloirs...

— Avez-vous pu les reconnaître ? interrogea Gavin.

De grosses gouttes de pluie commençaient à tomber.

Le prêtre secoua lentement la tête.

— Non... À part le lord, qui était très grand. Il était entouré de deux femmes. Ils sont inhumés ici. Les autres... reposent là-bas, dit-il, pointant l'index vers une rangée de tombes.

La pluie s'intensifiait, mais aucun des deux hommes ne parut le remarquer. Gavin indiqua une croix à l'écart des autres.

— Qui est enterré là ?

Le prêtre fronça les sourcils.

— Une des servantes de lady Anne, je crois. Elle n'a pas péri dans l'incendie. La pauvre fille a sauté du haut de la tour et elle s'est écrasée au sol.

Gavin observa un instant le monticule de terre tapissé de gazon parfaitement entretenu.

— Elle a eu une mort plus douce, murmura-t-il. Quel était son nom ?

— Son nom ? Je ne me rappelle pas, dit le père William en se passant une main sur les yeux.

Un éclair griffa le ciel.

— Iris ! s'exclama-t-il comme s'il avait recouvré soudain la mémoire. C'est ça. Elle s'appelait Iris...

Le tonnerre roula dans les nuages, tandis que les

éclairs se succédaient... Une silhouette apparut sous l'auvent de la chapelle ; une femme, avec un panier de linge entre les bras. Gavin l'avait déjà vue dans les cuisines. C'était la sœur d'Allan, qui était muette. Tout en bredouillant une vague excuse, le père William alla la rejoindre.

Gavin resta seul, sous la pluie. Son regard se posa une fois de plus sur les tombes. La mort ne lui était pas étrangère. Il l'avait souvent côtoyée. Perdre ceux que l'on aime procure une peine immense, une souffrance sans fin...

Il n'avait jamais connu sa mère, qui avait rendu le dernier soupir en le mettant au monde. Son père et ses deux frères aînés l'avaient élevé, et il avait appris à aimer ces tuteurs à la fois sévères et tendres. Ils lui avaient inculqué la loyauté, la force, le courage. Tous les trois étaient tombés sous les coups des Anglais à Flodden Field. Lui-même avait été blessé le même jour. Et si Ambrose MacPherson ne l'avait pas transporté sur son dos durant des kilomètres, il serait mort, lui aussi. Les soldats ennemis l'auraient égorgé sur place.

Le destin avait voulu qu'il vive. Et pourtant, aujourd'hui encore, il tenait la mort pour une délivrance ; la fin d'une interminable douleur. « Il est des blessures qui ne guérissent jamais », se dit-il sombrement.

Cette pensée fit rejaillir un autre souvenir. Il crut revoir Mary, ses longs cheveux noirs flottant autour de son visage diaphane. Elle avait été la seule femme qui avait su l'apprivoiser. Gavin était un homme d'action. Un guerrier. Les combats, les voyages avaient forgé son caractère. Ses aventures féminines ne se comptaient plus. Mais Mary lui avait appris autre chose. La merveilleuse fusion de deux âmes. L'amour profond entre deux cœurs passionnés... Disparue, elle aussi. La mort la lui avait enlevée, comme tous les autres.

Une rafale de pluie lui cingla le visage. Il regarda une dernière fois la pierre tombale de granit noir. Un étau glacé enserrait son cœur. Il savait quelle destinée l'attendait. La mort faucherait tous ceux qui auraient le malheur d'être aimés par Gavin Kerr.

5

Il faisait froid... si froid ! Exilée à jamais de la tour, elle maudissait l'homme qui l'avait chassée de son abri. Comme elle le détestait !

Joanna émergea du lac souterrain. Grelottant, elle gravit les degrés que les infiltrations d'eau avaient creusés sur la paroi rocheuse. Ses maigres possessions gisaient par terre : une couverture, un drap, une paillasse, le vêtement informe qu'elle avait réussi à dérober à Gibby. Lentement, elle passa la robe au-dessus de sa tête.

La flamme ondoyante du feu de camp qu'elle avait allumé perçait les ténèbres. Joanna se mit à déchirer le drap. Les bandes de tissu lui serviraient de pansements pour ses mains couturées de cicatrices. Elle se confectionna aussi une ceinture, puis se drapa dans les guenilles de son manteau. Une bienfaisante chaleur l'irradia bientôt. Elle repoussa sa lourde chevelure sur le côté, l'essora, passa les doigts dans les torsades dorées. Ensuite, elle se lova sur la paillasse, près du feu.

Les reflets de la flamme dansaient sur les parois, éclairant des marques sombres qu'elle prit d'abord pour des taches de lichen. Mais ce n'était pas la nature qui avait dessiné ces motifs bizarres. Ayant saisi une branche embrasée, elle se redressa pour scruter les figures gravées sur le roc. Il s'agissait d'une peinture rupestre : une silhouette féminine sous une croix... Plus loin, une autre silhouette, un couteau dans une main, brandissait de l'autre main une tête tranchée... Joanna se pencha afin d'étudier l'image à la lumière vacillante de sa torche. La facture en était simple, comme un dessin d'enfant. Un frisson glacé la parcourut... Il n'y avait presque plus d'enfants, pourtant, dans la lande.

Elle jeta la branche enflammée dans le lac avant de regagner, songeuse, sa paillasse. Cette journée avait été l'une des plus rudes de sa vie. De bon matin, les hommes du seigneur qui régnait à présent sur Ironcross avaient investi l'aile sud. Des coups sourds avaient ébranlé les cloisons de plâtre... Sans doute le nouveau châtelain avait-il décidé de reconstruire le bâtiment endommagé. Des pas avaient retenti dans le passage secret. Joanna avait dû quitter précipitamment le repaire où elle avait vécu six mois, avant de s'enfoncer dans les entrailles du manoir, jusqu'aux galeries gorgées d'humidité qui débouchaient sur le lac.

Elle avait attendu la nuit et s'était faufilée dans les cuisines, où elle avait volé le nécessaire à sa nouvelle existence, plus misérable encore que la précédente. Selon son habitude, Gibby avait enfermé la nourriture dans le garde-manger et avait empoché la clé. Joanna n'avait pas traîné, de crainte de se trahir. À présent, la faim lui vrillait l'estomac mais il était hors de question de remonter. Elle avait l'impression d'avoir été enterrée vivante.

Ils paieraient tous ! Les assassins de ses parents, et l'usurpateur d'Ironcross. D'ici à quinze jours, ce serait la pleine lune, songea-t-elle. L'heure de la vengeance approchait. En attendant, elle donnerait une bonne leçon au nouveau châtelain. À trop déranger les fantômes, on s'attirait des ennuis.

À travers l'étroite fenêtre de sa chambre, Gavin contemplait le puits noir de la nuit. De jour, il jouissait d'une vue splendide sur le lac cerné de monts déchiquetés et, plus loin, sur la lande avec les ruines de l'abbaye. Ce soir, le silence s'appesantissait sur le manoir. Seuls la pluie, qui flagellait les petits losanges de la fenêtre, et le roulement intermittent du tonnerre rompaient ce calme inquiétant.

Après sa visite à la chapelle, Gavin s'était retiré tôt dans ses quartiers. La vue de toutes ces tombes lui avait laissé un goût de fiel dans la bouche et, à présent, il regardait le plateau qui contenait son repas sans aucun appétit. Il repensa au projet de restaurer l'aile sud. Dès le lendemain, Andrew parcourrait à cheval la campagne à la recherche de charpentiers et de maçons.

Il se tourna vers le portrait de Joanna MacInnes. Il se félicitait de l'avoir fait transporter dans sa chambre, où il agrémentait maintenant le dessus de la cheminée. Il retira ses bottes crottées, son tartan et son kilt mouillés par la pluie, et se tint tout nu devant le tableau. Qu'est-ce qui le captivait tant chez cette jeune fille ? se demandait-il inlassablement.

Il se glissa entre les draps de lin, les mains derrière la nuque. De cette place, il avait une meilleure vue sur la toile. Bientôt il allait devoir l'envoyer à lady MacInnes, mais pour le moment il comptait bien le garder. L'étourdissante beauté du modèle exerçait sur lui un étrange sortilège.

Il souffla sa lampe. Les braises dans la cheminée faisaient luire les yeux du visage peint. S'il avait pu embrasser ces lèvres... songea-t-il tout à coup, et un frisson lui caressa les reins.

— Bon sang, je deviens fou !

Se sentir attiré par une morte ! En jurant, il arracha son regard du tableau et se tourna sur le côté.

Joanna se tenait dans l'entrebâillement de la porte secrète. Une respiration régulière emplissait la chambre. Grâce à la lueur du feu, elle apercevait clairement le lord. Il était couché à plat ventre en travers du lit à baldaquin, les rideaux remontés. La couverture avait glissé, révélant son dos large, une longue jambe musclée. La jeune fille déglutit avec peine. Ce n'était pas tant sa téméraire entreprise qui la faisait trembler, que le spectacle de ce corps viril livré au sommeil.

Elle détourna les yeux, troublée, honteuse. Le portrait était là. Joanna franchit le seuil... L'odeur du repas qui achevait de refroidir sur le plateau, près de la cheminée, lui chatouilla les narines. La faim se réveilla. N'y pouvant résister, elle enfouit la miche de pain dans la poche de son manteau. Ensuite, elle décrocha le tableau... En reculant, elle se prit le pied dans un tas de vêtements humides. Elle les éparpilla dans la pièce. Puis, le tableau sous le bras, elle se dirigea vers le panneau pivotant avec un sourire satisfait. La visite du « fantôme » ferait le tour du manoir dès le lendemain matin !

Avant de s'engouffrer dans les ténèbres du passage, elle jeta par-dessus son épaule un coup d'œil à celui qu'elle considérait à présent comme son ennemi. « Dors, traître ! pensa-t-elle. Et fais d'horribles cauchemars. »

Comme en réponse, il fit tomber d'un mouvement du pied la couverture. Le cœur de la jeune fille bondit dans sa poitrine. Le visage empourpré, elle se fondit parmi les ombres.

Lorsque, le lendemain, Gavin Kerr fit irruption dans la salle à manger, ses trois compagnons d'armes restèrent figés sur leur banc. Une violente colère semblait animer leur chef.

— Attention ! marmonna Peter, tandis que les autres soldats s'empressaient d'évacuer les lieux. Sauve qui peut !

— Sais-tu ce qui se passe ? s'enquit Edmund, les sourcils froncés. Qu'est-ce que tu as encore fait ?

— Rien qui puisse le mettre dans cet état.

Gavin darda sur eux un regard terrible.

— Vous ! rugit-il. Auriez-vous décidé de ridiculiser votre seigneur, par hasard ?

Il s'empara d'un banc de chêne massif comme s'il se fût agi d'une plume, le souleva au-dessus de sa tête et le fracassa sur la table. Plats et chopes s'envolèrent, répandant leur contenu dans tous les sens. Tel un lion furieux, Gavin s'approcha des trois jeunes gens, qui retenaient leur souffle.

— Lequel de vous trois a eu la brillante idée de se moquer de moi ?

Comme un enragé, il empoigna Edmund qui le dévisagea, stupéfait.

— Nous moquer, seigneur ?

— Vous moquer, oui ! Je vous étranglerai de mes propres mains si vous ne me rendez pas tout de suite mon bien.

Ses yeux noirs et pénétrants allaient de l'un à l'autre.

— *Votre bien,* seigneur ? se risqua finalement à demander Peter.

Gavin relâcha Edmund.

— Ah, l'Ogre ! C'est donc toi, le voleur ! vociféra-t-il,

renversant le banc d'un coup de botte. Où diable l'as-tu mis, bandit ? Parle, si tu tiens à la vie !

Il avait saisi le pauvre Peter au collet. Andrew, qui était presque aussi grand que Gavin, tenta d'intervenir.

— Mon seigneur, dit-il, exécutant une pirouette pour éviter un coup de poing. Je n'y comprends rien. De quel bien parlez-vous ?

Gavin plissa les paupières, tandis que les trois jeunes guerriers opinaient de la tête à l'unisson.

— Je n'en ai pas la moindre idée, renchérit Peter. Personnellement, je n'ai rien fait de mal.

— Vraiment ? gronda Gavin, suspicieux.

— C'est-à-dire que... oui, peut-être ma langue a-t-elle fourché. J'ai trop bu hier soir, et j'ai dit à un moment que vous aviez de la chance de passer la nuit en compagnie de la belle Joanna.

— Il faisait allusion au portrait, précisa Edmund. C'est la bière qui parlait par sa bouche. Et tous... euh... je veux dire aucun, absolument aucun n'a ri, seigneur.

— Je confirme ! dit solennellement Andrew. L'Ogre ne s'est pas montré plus insolent que d'habitude.

La main de Gavin se referma autour du menton de Peter.

— Je suppose que c'est aussi la bière qui t'a fait venir dans ma chambre ?

Tous trois secouèrent la tête avec sincérité.

— Mais non, seigneur !

— Et c'est toujours la bière qui t'a incité à voler le tableau ?

La face de Peter exprimait une totale perplexité, mais Gavin ne se laissa pas convaincre.

— N'essaie pas de nier, grommela-t-il. C'était toi !

Ayant relâché Peter, il se tourna vers Edmund, qui recula.

— Et toi aussi, accusa-t-il. J'espère que vous vous êtes étouffés avec mon dîner...

Sans même entendre les dénégations désespérées d'Edmund, il fixa le plus jeune de ses compagnons.

— Tu m'as beaucoup déçu, Andrew, reprit-il. Encouragé par ces deux malfrats, tu as commis ton premier crime à mon égard.

— Mais seigneur...

— Assez ! coupa Gavin avec lassitude. J'ai eu tort de vous accorder ma confiance. Vous vous êtes soûlés et vous avez voulu me jouer un sale tour. Vous êtes entrés dans mes appartements, vous avez dérobé le tableau, pris mon dîner, jeté mes vêtements un peu partout...

— Oh, non, seigneur, l'interrompit Edmund. Ce n'est pas nous ! Je le jure sur la tête de ma mère.

— Moi aussi, renchérit Peter. C'est vrai qu'on s'est soûlés, mais on n'a pas bougé d'ici. Nous avons dormi tous les trois comme des souches dans la salle à manger.

— Parle pour toi, dit Andrew. Moi j'ai le sommeil léger, seigneur. Si l'Ogre s'était levé, je l'aurais entendu !

L'indignation colora les joues rondes de Peter.

— Et voilà ! C'est toujours sur moi que ça tombe ! s'emporta-t-il, les poings serrés. Retire ce que tu as dit, Andrew.

— Je ne retire rien du tout. Tu es un fauteur de troubles, et tu le sais.

— Et toi, tu vas voir de quel bois je me chauffe.

Les deux garçons s'empoignèrent, roulèrent par terre. Les autres soldats s'approchèrent pour former un cercle autour des combattants. Bientôt, Allan, les domestiques et les filles des cuisines vinrent s'ajouter aux spectateurs. La bagarre battait son plein, quand un palefrenier entra en courant dans la grande salle. Affolé, blême, il se fraya un chemin parmi la foule. Ses yeux hagards cherchèrent Allan, puis Gavin, ne sachant trop à qui s'adresser.

Le majordome le remarqua le premier.

— Qu'y a-t-il, David ? Tu as vu un fantôme ?

— Il est revenu ! balbutia le jeune homme. Exactement à la même place.

Un silence consterné suivit ces paroles. Les deux adversaires se séparèrent pour dévisager, eux aussi, la figure livide du nouvel arrivant.

— Je n'ai jamais cru aux revenants ! marmonna celui-ci en promenant un regard sur l'assistance. Les fantômes, les châteaux hantés n'existent pas. Voilà ce que je me disais... Jusqu'à aujourd'hui, acheva-t-il en hochant lugubrement la tête. Gibby raconte que la nuit ses casseroles dansent la sarabande. Molly entend les murs gémir et soupirer...

— Cela suffit, mon garçon, l'interrompit Allan. Si tu es venu pour nous raconter ces histoires de bonnes femmes...

— David, intervint Gavin d'une voix radoucie. Qu'est-ce qui est revenu ?

— Mais le portrait, milord ! s'écria l'autre d'une voix chevrotante. Le portrait de lady Joanna, dans la bibliothèque !

Gavin lança un coup d'œil menaçant à ses trois guerriers, qui paraissaient aussi abasourdis que le palefrenier.

— Nous l'avons pourtant enlevé de la bibliothèque, répliqua Allan. À moins d'avoir des ailes, personne n'a pu l'y remettre.

Le garçon d'écurie hocha la tête.

— J'étais dans la pièce du bas. Et ça m'a fait tout drôle de revoir le visage de lady Joanna à travers le plafond crevé.

Machinalement, il se signa.

— L'être qui l'a remis là-haut n'a pas besoin de jambes, milord... Il n'est pas humain !

— Eh bien, David, allons admirer ensemble l'œuvre du fantôme, déclara Gavin, sarcastique.

Il fit signe au garçon d'écurie d'avancer, et lui emboîta le pas. Les autres suivirent. Lorsqu'ils pénétrèrent dans la chambre sous la bibliothèque, David leva un index tremblant. Le plafond avait disparu, on avait déblayé les gravats. Restaient les vestiges des lattes de bois, la cheminée, et accroché au-dessus du manteau de granit sombre, le portrait...

Gavin calcula mentalement la distance qui séparait la peinture du panneau pivotant. Plusieurs mètres, conclut-il. Il aurait fallu être funambule pour emprunter le rebord étroit qui courait le long du mur, au-dessus du vide.

— Avez-vous condamné le passage secret ? demanda-t-il au majordome.
— Oui, milord, selon vos souhaits.
— Qui a dormi ici la nuit dernière ?
— Moi, répondit l'un de ses soldats.
— Et tu n'as rien vu ?
— Rien, seigneur.
La perplexité se lisait sur tous les visages, y compris sur ceux de ses trois compagnons d'armes.
— Écoutez, mes amis, dit Gavin, puisque ce fantôme se contente de décrocher et de raccrocher des tableaux, il n'est pas bien méchant.
— Il s'agit peut-être d'un fantôme amoureux, offrit Peter, encore vexé d'avoir été accusé à tort.
Le rire de Gavin se communiqua à la foule, qui se dispersa en commentant les derniers événements. Lorsque chacun s'en fut à ses occupations, Gavin se tourna vers Edmund.
— Qu'on apporte des cordes et des échelles. Dis à tes hommes de redescendre cette satanée toile.
— Et ensuite, seigneur ? Doit-on l'emballer et l'expédier à lady MacInnes ?
Le nouveau châtelain demeura un instant silencieux. Ses yeux se levèrent vers le visage au sourire radieux. Pourquoi tardait-il à envoyer le tableau à sa propriétaire légitime ? Parce que l'envie lui en manquait, se dit-il. Et ce mauvais tour dont il avait été victime augmentait son désir de le garder un jour de plus... ou deux...
— Non. Remettez-le dans ma chambre.
— Allez-vous poster un garde devant votre porte, afin d'empêcher un nouveau vol ? s'enquit Edmund, légèrement ironique.
Lentement, le regard de Gavin se posa sur chacun des trois compères.
— Non, pourquoi ? Maintenant que nous savons que le tableau marche tout seul et qu'il revient à son ancien emplacement, nous sommes tranquilles, pas vrai ? En tout cas, Andrew part demain pour Elgin. Quant à vous deux, je vous ai à l'œil ! acheva-t-il en quittant la pièce.

6

Pas un mouton. Pas une vache. Pas âme qui vive.

Gavin lança son destrier en direction de l'abbaye. Le sentier montait, tortueux, abrupt. Il tira sur les rênes pour immobiliser sa monture au sommet d'une colline. Le vent avait balayé les nuages, le ciel dégagé était d'un bleu éclatant... Mais aussi loin que son regard se portait, le nouveau seigneur d'Ironcross n'apercevait que des champs vides.

À sa droite, le loch Moray scintillait. Au-delà des cimes enneigées, les eaux tumultueuses de la Spey River déferlaient vers la mer. Plus loin encore, à un jour de route, s'érigeait Benmore, le château ancestral de ses amis MacPherson.

Gavin se retourna. Les tours crénelées d'Ironcross surgissaient par-dessus les à-pics, solides, altières, inexpugnables. Le domaine vaudrait son pesant d'or, estima-t-il, surtout lorsqu'il aurait rebâti l'aile sud et chassé les démons de la superstition.

Un faucon, les ailes déployées, exécuta un vol plané dans l'azur. Il dessina une lente et gracieuse couronne avant de plonger soudain, à la vitesse de l'éclair.

Le domaine d'Athol, son voisin le plus proche, s'étirait au nord. Gavin l'avait déjà rencontré à la Cour. Apparenté à la famille royale, John Stewart, comte d'Athol, passait pour un extravagant...

Gavin éperonna son coursier, dégringola la pente. Quelques baraques délabrées s'élevaient au pied de la colline. Il passa ensuite au galop devant une ferme abandonnée. Andrew n'avait pas menti : pour une raison inconnue, les paysans étaient partis. Le domaine d'Ironcross se composait de friches foisonnantes de bruyères, trouées par l'étendue miroitante du loch Moray.

L'abbaye se nichait au bord d'un ruisseau, dans le creux du vallon. Par-delà ses arcades, une trentaine de chaumières formaient un village minuscule. Des rangées d'arbres fruitiers habillaient le coteau, un troupeau de vaches rousses et de moutons fraîchement tondus broutaient l'herbe du pâturage. Debout sur les étriers, Gavin laissa errer son regard. Des plantations de pommes de terre et de céréales jouxtaient la petite rivière. Des hommes et des femmes y travaillaient.

Des cris et des rires d'enfants fusèrent, tandis qu'une douzaine de marmots aux pieds nus poursuivaient un chien à travers champs. Un sourire éclaira le visage de Gavin. Selon Allan, Joanna MacInnes avait un faible pour les habitants de l'abbaye. Maintenant, il comprenait pourquoi... Pour la première fois depuis son arrivée à Ironcross, il entendait des manifestations de joie.

— Tu vois, Pâris, ils ne sont pas tous partis... dit-il en tapotant doucement l'encolure de son étalon. Allons les voir.

Pourquoi cette petite communauté s'était-elle installée ici, plutôt que sur les autres terres du domaine, bien plus fertiles ? se demanda-t-il. La légende sur la fameuse malédiction en était probablement la cause...

Gavin émergea des vergers à hauteur du pâturage, puis s'immobilisa, sidéré. Personne ! Hommes, femmes, enfants, tous s'étaient volatilisés. Le village lui-même semblait désert. Abandonnés à la hâte, râteaux, pelles et pioches gisaient sur le sol. Qu'est-ce qui avait fait peur aux paysans ? Il l'ignorait... À l'approche du village, il distingua les mêmes signes de fuite précipitée : paniers de légumes laissés au bord des potagers, sacs de pommes de terre...

Il se sentait observé. Était-ce son arrivée qui les avait effrayés ? Les paroles d'Andrew, venu en éclaireur, lui revinrent en mémoire : aucun fermier dans les parages... Et pour cause ! Dès qu'un étranger apparaissait, ils prenaient la poudre d'escampette. Restait à savoir pourquoi.

Les ruines de l'abbaye apparurent au tournant. Les pierres du cloître avaient servi à la construction des chaumières, mais le mur lézardé qui entourait la cour demeurait encore debout... Le toit de l'édifice manquait, la neige et les pluies avaient achevé l'œuvre destructrice du temps.

Une vieille femme assise sur un bloc de pierre alimentait un maigre feu, dont les flammes léchaient un chaudron de fer. Mettant son cheval au pas, Gavin s'approcha. Elle ne leva pas la tête, absorbée par sa besogne. Il sauta à terre, attacha sa monture par la bride à un noyer.

— Bonjour ! lança-t-il gentiment.

Tout en remuant le contenu du chaudron avec une longue cuillère en bois, elle leva enfin les yeux sur le nouveau venu. Le voile blanc sur sa tête, ainsi qu'une croix au bout d'une cordelette de cuir autour de son cou, témoignaient de sa vocation religieuse. Aucune peur, pas un frémissement de cils n'altéra son expression. Gavin s'accroupit pour être à sa hauteur.

— Je suis content de voir enfin un visage amical.

Elle arqua un sourcil, d'un air narquois.

— Fort bien. Je retire « amical », rectifia-t-il.

La vieille femme baissa les yeux sur le feu, y ajouta une brindille.

— Êtes-vous Mater ?

— Oui, c'est moi.

Sa voix était forte, assurée.

— Je suis Gavin Kerr. Je viens du...

— Je sais qui vous êtes.

Ses yeux gris le sondaient avec une acuité tranquille. Gavin sut alors que tout préambule serait vain. Mater n'était pas du genre à faire la conversation... Ni à répondre aux questions... Mais il avait besoin d'elle. Si Mater le reconnaissait en tant que seigneur d'Ironcross, les autres l'imiteraient...

De nouveau, elle avait baissé les yeux sur le feu qui grésillait. Elle continuait de remuer l'épaisse bouillie dans le chaudron. Cette femme avait connu et peut-être apprécié Joanna MacInnes, se dit-il, et cette pensée incongrue lui rappela l'affaire du portrait. Il n'avait pas résolu le mystère, bien qu'il fût à peu près convaincu de l'innocence de ses hommes. Mais alors, qui essayait de le ridiculiser dans sa propre maison ?

— Elle venait ici, elle aussi.

La phrase de Mater retentit comme un coup de tonnerre dans un ciel d'été, tirant brutalement Gavin de ses réflexions.

— Qui ? demanda-t-il.

Les yeux gris, si clairs qu'ils en étaient presque transparents, se tournèrent vers les collines.

— Elle aussi arrivait par là. Elle descendait de sa jument et venait s'asseoir près du feu. Comme vous.

Avait-elle le pouvoir de déchiffrer ses pensées ? Était-cet une coïncidence ? Comment pouvait-elle savoir qu'il songeait justement à Joanna ? Il fixa la vieille femme. Une personne dotée d'une telle intuition représenterait une précieuse alliée... ou une ennemie redoutable.

— Votre âme est tourmentée, reprit-elle. Et la sienne l'était tout autant.

Gavin plissa les paupières. Les épreuves avaient marqué ses traits, il le savait. Mais de quels tourments pouvait souffrir une créature aussi radieuse que Joanna MacInnes ? Son portrait incarnait la jeunesse, la félicité, l'espérance.

— Étiez-vous son amie ? demanda-t-il. Sa confidente ?

— Pour elle, j'étais Mater.

— Ses anciens domestiques prétendent le contraire. Selon eux, c'était une jeune fille heureuse, insouciante.

— Ceux qui l'ont bien connue sont morts.

— Et vous êtes la dernière personne vivante capable de parler d'elle ?

— Non, pas la dernière, dit-elle, sibylline. En tout cas, dès qu'elle pouvait s'échapper, elle venait ici. Et elle s'asseyait à votre place, près du feu...

— Pour quelle raison était-elle malheureuse ? insista-t-il.

Au lieu de répondre, Mater s'empara d'un bol en bois.

— Comment une femme aussi jeune et belle pouvait-elle éprouver une peine aussi affreuse, aussi profonde que...

— Que la vôtre ? acheva-t-elle. Ce serait plutôt le contraire : comment un homme de votre position peut-il être aussi malheureux que Joanna ?

Elle plongea le bol dans le chaudron, puis tendit la potion fumante à Gavin, qui l'accepta.

— Un homme qui cache son chagrin ne trouvera jamais le remède, déclara-t-elle.

— Je me demande, justement, quel est le remède à la tristesse.

— Vous ne l'avez pas cherché.

— Il n'existe pas.

— Et si je vous disais que j'ai la réponse ?

Il se contenta de la fixer.

— Me croirez-vous ? insista-t-elle.

— Vous êtes folle !

— Donc, vous ne me croyez pas !

— Je ne suis pas ici pour parler de moi, dit-il d'un ton cassant.

Pour la première fois, le regard gris de Mater se radoucit.

— Si vous apprenez à pleurer, vous réapprendrez à rire.

Elle lui parlait comme si elle le connaissait depuis toujours. Et elle avait raison. Depuis sa plus tendre enfance, il n'avait pas versé une larme. Jamais. Car s'il se mettait à pleurer, il ne pourrait plus s'arrêter...

Il revint à la charge :

— Pourquoi avait-elle du chagrin ? Pour qui ?

— Les réponses à vos questions concernant Joanna MacInnes se trouvent dans votre manoir.

— Tous ceux qui l'ont connue de près sont morts, vous l'avez dit vous-même.

Elle le fixa droit dans les yeux.

— Pas du tout. Ils ne sont pas tous morts.

Il avala une gorgée de soupe en attendant la suite, mais la vieille femme ramassa un panier et se redressa, signifiant la fin de l'entrevue.

Gavin se leva à son tour. Si elle croyait en avoir fini avec lui, elle se trompait lourdement. En silence, il se mit à marcher à son côté. Ils traversèrent les champs. Le soleil allumait des reflets vermeils dans la rivière, une brise légère soufflait à travers les feuillages. Ils continuaient de marcher sans un mot. Gavin se gardait bien de la presser de questions, et elle semblait tolérer sa présence. Ils montèrent sur la colline d'où il avait contemplé le petit village bourdonnant de vie, silencieux comme une tombe à présent.

— Où sont-ils ? interrogea-t-il enfin.

— Ils se méfient de vous. Ils ont peur.

— Mais pourquoi ?

Mater le regarda.

— Qu'est-ce qui vous rend si confiant, vous ? lança-t-elle d'un ton provocant.

— Je sais à qui je peux me fier.

— Vous avez accepté le bol de soupe de mes mains.

— L'hospitalité ne se refuse pas.

— J'aurais pu vous empoisonner.

— C'est vrai. Mais je vous ai fait confiance.

— Pourquoi ? s'écria-t-elle, exaspérée.

— Parce que je n'ai rien fait pour m'attirer votre hostilité. Parce que... vous ne vous êtes pas cachée, comme les autres. D'une certaine manière, vous m'avez fait confiance. Alors je vous ai rendu la pareille.

— Pauvre idiot ! marmonna-t-elle. Ce n'était pas de la confiance. Simplement, les hommes ne m'effraient pas. La mort elle-même ne me fait pas peur.

— À moi non plus, dit-il froidement.

Une fois de plus, leurs regards se croisèrent.

— Je suis venu dans les Highlands dans un esprit de paix, poursuivit-il. Je suis le nouveau seigneur d'Ironcross. Je voudrais que ces gens m'acceptent.

— Ils ont peur de vous. Ils vous détestent.

Gavin tressaillit comme s'il avait reçu une gifle.

— Je n'ai rien fait pour mériter leur haine.

— Peut-être. Mais vos prédécesseurs y ont largement contribué.

— Je ne peux pas changer le passé, dit-il après un silence. Mais je peux m'occuper du présent. Et de l'avenir. Les habitants de cette région n'auront plus rien à craindre. Ils vivront en paix sur mes terres.

Elle eut un petit rire.

— Vous avez la prétention de vouloir maîtriser le présent ? (Elle posa l'index sur la poitrine de Gavin.) Nous ne sommes pas forcés de vous croire. Non, milord ! Vous porterez la culpabilité de ceux qui vous ont précédé. Il est trop tard...

Il saisit sa petite main squelettique dans sa large paume.

— Non, Mater. Il n'est jamais trop tard pour réparer les fautes du passé. Je saurai gagner votre respect... et leur confiance.

— C'est ça ! ricana-t-elle. Afin de mieux nous trahir.

— Je n'ai jamais trahi personne, grommela-t-il. Et ce n'est pas maintenant que je commencerai. Je vous en donne ma parole.

7

Le soleil plongeait derrière les collines tandis que Gavin lançait son cheval en direction de la gorge que le château surplombait. Il emprunta un sentier bordé d'un muret de pierres plates. Leurs formes et leurs tailles différentes leur donnaient l'allure de monstres tapis le long de la route, dans les cendres embrasées du crépuscule.

Gavin éperonna l'étalon, qui passa du trot au galop. Il s'était attardé à l'abbaye, mais cela avait valu la peine. En une journée, il avait appris beaucoup. Mater vivait, se déplaçait, parlait à son propre rythme. L'après-midi était déjà avancé quand la vieille femme avait daigné lui raconter quelques légendes de la région. Ses récits énigmatiques révélaient que l'origine de la malédiction prenait racine entre l'abbaye et le château... Mais elle n'en avait pas dit plus.

Pourtant, cette journée les avait rapprochés. Et malgré son obstination à répéter qu'elle ne lui accorderait jamais sa confiance, la vieille femme avait fini par le traiter presque avec sympathie. Avant la fin du jour, quelques paysans avaient regagné les champs... Une poignée seulement, mais c'était un début.

Gavin se pencha pour flatter l'encolure du destrier.

— On arrive, va ! Brave bête... Tu dois flairer déjà l'odeur de l'écurie...

À cet instant, un rocher dégringola du haut de la

falaise. Bondissant sur la paroi, il s'écrasa lourdement devant les sabots de Pâris ; avec un hennissement, le cheval se cabra, désarçonnant son cavalier. Gavin fut catapulté contre le muret.

Se redressant péniblement, il leva les yeux vers les hauteurs où les ténèbres chassaient les ultimes lueurs du jour. Il ne vit rien... Les légendes sur la malédiction lui revinrent en mémoire. *Les seigneurs d'Ironcross meurent jeunes... Et pas de mort naturelle...* À quelques secondes près, il aurait pu avoir le crâne brisé. On aurait parlé d'accident... de malchance...

Il examina le rocher. Gros, lourd, poli comme un boulet. À l'évidence, quelqu'un l'avait poussé de là-haut. Un homme. Ou une femme... pourquoi pas ? Il tira le poignard de sa gaine, le saisit entre ses dents. Ainsi armé, il se mit à escalader la paroi rocheuse. La nuit l'enveloppait et, à part le grattement des sabots de Pâris sur la caillasse, et ses hennissements anxieux, aucun bruit ne venait briser le silence. Gavin avait mal à l'épaule. En heurtant le muret, il s'était fait une entaille au front.

Il atteignit le sommet sans encombre. Il se trouvait au pied du château, dont les murs sombres s'élançaient vers le ciel criblé d'étoiles. Personne alentour. Il était inutile de chercher davantage dans le noir.

Gavin rengaina son poignard et amorça la descente. Il se déplaçait vite sur la paroi, avec agilité malgré sa corpulence.

Une fois en bas, il émit un sifflement, et l'étalon trottina aussitôt vers lui. Sa douleur à l'épaule augmenta lorsqu'il enfourcha le cheval. Les dents serrées, il lança Pâris sur le chemin.

Il y eut un sinistre craquement de bois, à glacer le sang. Joanna se figea au milieu de la crypte et prêta l'oreille, tremblante. Jamais auparavant Mater n'avait célébré son culte démoniaque en dehors des nuits de pleine lune. Alors pourquoi la vieille prêtresse et ses disciples revenaient-elles maintenant, au moment où Joanna s'apprêtait à mettre son plan à exécution ?

Sa terreur se mua en panique quand le cliquetis métallique de la serrure retentit. Sans réfléchir davantage, elle détala vers le renfoncement où elle avait l'habitude de se cacher. Elle ne voyait plus que la lampe à huile qui brûlait en permanence sur l'autel de granit. Des pas retentirent. Elle se recula dans l'obscurité de son repaire. Aplatie contre le mur, elle retint son souffle. Les pas s'étaient arrêtés à l'entrée de la crypte. Un pilier lui cachait la porte mais, sans aucun doute, l'intrus était seul. S'il avançait, s'il cherchait, il la découvrirait. Or il ne bougea pas. Lui aussi attendait, guettait le silence. Joanna effleura le couteau glissé dans sa ceinture. Après ce qui lui parut une éternité, une ombre passa fugitivement devant sa cachette avant de disparaître dans les galeries.

Joanna attendit encore. Rien. Un soupir de soulagement lui échappa... C'était bizarre, tout de même. S'il s'agissait d'une des fidèles de Mater, que faisait-elle ici ? Que cherchait-elle ? Prudemment, la jeune fille ressortit sous les voûtes. Depuis que la crypte lui servait d'abri, elle n'avait jamais rencontré personne dans le labyrinthe qui serpentait sous les fondations du château. Même Mater ne s'y aventurait pas. Alors qui ? Elle jeta un coup d'œil alentour. À sa droite, les cavernes, profondes et noires. À gauche, la porte de chêne. Elle choisit la porte. La grosse clé de fer était toujours accrochée à un clou. Elle la prit, la fit glisser dans la serrure, la tourna. La porte s'ouvrit sur la nuit. Joanna émergea sur la falaise. Aucun signe de vie. Elle emplit ses poumons d'air frais où flottait une vague senteur de bruyère. Au-dessus d'elle, la coupole veloutée du ciel scintillait d'une myriade d'étoiles... Elle ne se rappelait pas qu'elles pouvaient être aussi brillantes. Voilà plus de six mois qu'elle se cachait. Levant les bras, elle offrit son visage à la brise du soir...

Un sifflement se fit entendre en bas, suivi d'un martèlement de sabots. Joanna se pencha par-dessus le rebord rocailleux.

C'était lui. Le lord.

Il semblait blessé. Il remonta péniblement à cheval, repartit. Accoutumée à l'obscurité, Joanna aperçut le rocher sur le chemin. Elle devina le reste. Celui ou celle qui, tout à l'heure, avait traversé la crypte, avait tenté d'assassiner le nouveau châtelain. Elle suivit du regard le cavalier qui s'éloignait au galop, jusqu'à ce qu'il fût englouti par la nuit. Une fois de plus, il avait échappé à la mort.

Mais jusqu'à quand parviendrait-il à déjouer le maléfice ? se demanda-t-elle, songeuse. Jusqu'à la prochaine pleine lune, lorsqu'elle essaierait d'assouvir sa vengeance ? Si rien ne lui arrivait jusque-là, il aurait peut-être une chance de survivre. Joanna y veillerait... Elle se sentait investie d'une nouvelle mission : venger ses parents, tout en mettant un terme à la malédiction.

8

L'air lugubre, Gavin regagna ses appartements. Lorsqu'il en ressortit, il croisa Peter et Edmund, qui tressaillirent devant son regard furieux. Sans un mot, il mit le cap sur le bâtiment sud, suivi de ses deux guerriers.

— Nous nous faisions un sang d'encre pour vous, seigneur, commença Peter, courant derrière son chef qui avançait à grandes enjambées. Vous avez tort de voyager sans escorte dans les Highlands.

— Supposez que vous tombiez de cheval quelque part dans la lande, renchérit Edmund, la face éclairée d'un sourire espiègle.

— Et qu'une bête féroce vienne se repaître de votre carcasse vénérée...

— Ou que vous tombiez sur des vampires assoiffés de sang...

Gavin se borna à leur jeter un regard noir, qui mit fin aux facéties des deux soldats. Ayant saisi une torche, il traversa le vestibule de l'aile sud. Quand ils pénétrèrent dans la pièce au plafond crevé, Peter laissa échapper une exclamation étouffée.

— Par tous les diables !

Gavin les avait précédés, la torche au poing. Tous trois contemplèrent, bouche bée, le portrait de Joanna accroché sur le mur de l'étage supérieur, parmi les longues traînées de l'incendie.

— Descends-le ! intima-t-il sèchement, se tournant vers Edmund.

— Mais, seigneur, je l'ai rapporté moi-même dans votre chambre... Je ne comprends pas comment cela a pu se produire.

Peter, sa grosse main appuyée au chambranle, plaida la cause de son ami.

— Je n'ai pas lâché Edmund d'une semelle. Il n'a pas touché au... à cette chose maudite, je le jure sur la tête de ma pauvre mère ! Ce tableau est ensorcelé, milord, débarrassez-vous-en au plus vite.

— Tais-toi ! Et descends-le tout de suite !

Les sourcils froncés, Gavin remit d'autorité la torche à Peter, avant de s'éclipser. Restés seuls, les deux jeunes gens échangèrent un coup d'œil inquiet.

— La première fois, cette blague m'a amusé, je l'avoue, murmura Peter.

— Sauf que ce n'est pas une blague, rétorqua Edmund. Ça me donne la chair de poule, ma parole !

En frottant son épaule endolorie, Gavin regarda d'un air absent Margaret. La sœur muette du majordome versait le dernier baquet d'eau bouillante dans la grande cuve en bois. Il la remercia d'un signe de tête et, lorsque la servante fut sortie, il commença à se déshabiller.

Le lendemain, son voisin le comte d'Athol lui rendrait visite. Il s'était fait annoncer par un messager. Gavin ne désirait guère sa compagnie, mais il n'y avait pas moyen de transgresser les lois de l'hospitalité. L'idée qu'un Highlander partagerait sa table lui faisait grincer des dents. Car hormis Ambrose MacPherson, à qui il devait la vie, la plupart des nobles du nord de l'Écosse avaient fermé les yeux pendant la guerre sanglante qui avait opposé le roi Jacques IV – le plus glorieux souverain écossais après Robert Ier Bruce – à Henry VIII, son puissant voisin. Le bon roi Jacques avait péri sous les assauts des hordes anglaises, à la bataille de Flodden. Quatorze ans s'étaient écoulés depuis, mais la rancune envers les traîtres ne s'était pas atténuée dans le cœur de Gavin. Pourtant, il donnerait une leçon de bonnes manières à ce barbare d'Athol et à ses bouffons. D'ailleurs, afin de mieux connaître son hôte, et ses rapports avec les seigneurs d'Ironcross, il irait dès le lendemain matin se renseigner auprès du père William.

Il se glissa dans l'eau chaude, les yeux rivés sur le portrait de Joanna MacInnes, qui avait retrouvé sa place au-dessus de la cheminée. Les paupières mi-closes, il étudia le sourire de la jeune fille. Un sourire énigmatique, qui ne révélait aucun des tourments que Mater avait évoqués...

Décidément, on ne décelait pas une once de modestie chez cet individu. Même endormi, il ne se départissait pas de son air arrogant. Joanna le scruta depuis la porte secrète. Il ronflait légèrement, dans une position inconfortable, le menton sur la poitrine, les bras croisés. Ses genoux pointaient hors de l'eau au milieu de la cuve. Ses cheveux mouillés dégageaient son front large. Il avait un visage... fort séduisant, constata-t-elle en contemplant ses traits réguliers. Une goutte de sang, consécutive à sa chute de cheval, avait séché sur son arcade sourcilière.

Elle aurait voulu examiner la blessure, mais se retint de l'approcher. De toute façon, il ne semblait pas souffrir... « Que Dieu me pardonne ! » songea Joanna sans le quitter des yeux. Elle avait pris l'habitude de venir l'épier pendant qu'il dormait. Une habitude dont elle ne pouvait plus se passer. Ce soir, elle avait guetté dans le noir le grincement du lit à baldaquin. Longtemps, elle avait prêté l'oreille, en vain. Son impatience avait fini par l'emporter sur sa prudence coutumière. Elle avait entrebâillé le battant secret. Par la fente, elle l'avait vu dans son bain. Il n'avait pas bougé et, mue par une audace dont elle se serait crue incapable, elle était entrée dans la chambre.

Ayant dépassé la cuve où l'eau refroidissait, elle décrocha le portrait. Un sourire vengeur jouait sur ses lèvres. Cet homme s'était cru assez malin pour lui barrer le chemin. Il avait décidé de surveiller le tableau, il avait même posé son épée à portée de main en guise d'avertissement. Mais c'était sans compter avec la persévérance de Joanna. Elle aurait été capable d'attendre toute la nuit jusqu'à ce que les paupières de son adversaire se ferment. Eh bien, c'était chose faite. Il dormait comme une souche. Elle pouvait danser, sauter, chanter, il ne se réveillerait pas.

Elle se retourna, le portrait sous le bras, s'efforçant de ne pas regarder le grand corps viril abandonné au sommeil... Son audace confinait à la témérité. Elle s'était prise à son propre jeu. Le portrait n'était qu'un prétexte pour venir tous les soirs dans cette chambre... Pour être près de lui et...

« Mon Dieu, songea-t-elle, je perds la tête ! »

Joanna retraversa la pièce à petits pas feutrés. Elle ne pouvait se permettre de s'attacher à cet homme. Encore moins d'être prise en flagrant délit de vol...

L'eau du bain devait être glacée à présent, il risquait d'attraper froid, se dit-elle, assaillie d'une nouvelle inquiétude. Elle l'imagina consumé par la fièvre. Qui prendrait soin de lui ? Malade, il deviendrait une cible facile à atteindre.

Le front soucieux, elle se glissa dans le boyau obscur, referma le panneau.

Et tandis qu'elle détalait à travers les ténèbres, elle l'entendit pousser un chapelet de jurons qui fit éclore un sourire amusé sur ses lèvres...

Un silence de plomb tomba dans la salle à manger quand le seigneur apparut. Le brouhaha des voix cessa net, tandis que Gavin avançait à grandes enjambées. Toutes les têtes se tournaient sur son passage. Il ne daigna regarder personne, alla s'asseoir à la table où déjà Edmund et Peter dégustaient leur petit déjeuner.

Aucun de ses compagnons ne pipa mot. Personne n'avait oublié le vacarme de la veille au soir. En plein milieu de la nuit, Gavin avait quitté ses quartiers pour se diriger vers l'aile sud, échevelé, vêtu de son seul kilt malgré le froid. Une fois là-bas, il avait réveillé les aides qui dormaient sur place. Il avait saisi une échelle, l'avait appuyée au mur, avait gravi les degrés. Sous le regard médusé de ses hommes, il avait décroché le tableau du haut de la muraille et, sans mot dire, était retourné par le même chemin dans ses appartements dont il avait claqué rageusement la porte.

Quel que fût le voleur, il avait bien du courage ! se disait-il, furieux. Si l'on pouvait appeler du courage cette folle audace ! Mais il ne perdait rien pour attendre. Gavin commençait à prendre goût au jeu. La prochaine fois, il attraperait la satanée fripouille, se jura-t-il. Ce vaurien devait avoir le pied léger pour se permettre de circuler dans sa chambre pendant qu'il dormait.

Les sourcils froncés, il prit place à la table où ses deux compagnons réprimaient à grand-peine un fou rire.

— Bonjour, les garçons, grommela-t-il. Vous êtes d'excellente humeur aujourd'hui, à ce que je vois.

Peter avala sa bouchée de pain.

— Ma foi, seigneur, il n'y a pas de raison qu'on soit tristes, pas vrai, Edmund ?

— Ma foi, oui, Peter...

Un garçon de cuisine apporta le petit déjeuner du lord : un bol de brouet et du pain noir.

— Aujourd'hui est une journée de dur labeur, lança Gavin, tandis que ses compagnons s'empêchaient de pouffer. Le comte d'Athol nous honore de sa visite.

— Nous avons donné aux soldats des instructions. Renforcer le nombre des sentinelles... surveiller les frontières du domaine...

— Tu n'y es pas ! trancha Gavin. Voilà des mois que le manoir ne jouit d'aucune protection. Si le comte avait des mauvaises intentions, il ne nous aurait pas attendus. Non, ce n'est pas à cela que je songeais.

Il se tourna vers Peter, qui se gavait de fromage et de mouton froid.

— Mon cher Ogre, quand tu auras fini de te remplir la panse, tu iras chercher Molly, l'économe. Vous déciderez quelles chambres attribuer au comte et à sa suite.

— Molly ? Oh... pitié ! gémit Peter, écœuré. Elle est têtue comme une vieille chèvre. On lui dit blanc, elle répond noir. Je suis sûr qu'Allan serait plus qualifié que moi pour traiter avec elle, seigneur.

— Tu feras ce que je te dis sans discuter. Et après avoir vu Molly, tu établiras le menu de ce soir, plat après plat, avec Gibby.

L'Ogre faillit avaler de travers.

— Mais, seigneur, Gibby déteste que quiconque se mêle de ses affaires ! Elle considère que la cuisine est son domaine et ne permet pas qu'on vienne y fourrer son nez. Je préfère affronter le spectre du grand inquisiteur Torquemada plutôt que cette bête enragée !

— Taratata ! Si j'en juge par la richesse de ton petit déjeuner, tu as trouvé ton bonheur dans les cuisines. Continue d'user de tes charmes et tout ira pour le mieux... Quant à toi... fit-il à l'adresse d'Edmund qui, aussitôt, redressa le buste dans un respectueux garde-à-vous.

— Oui, seigneur ?

— Va chercher le majordome et demande-lui de te guider dans les souterrains du château. Le parcours commencera par ma chambre et se terminera dans l'aile sud.

— Mais, mon seigneur, Allan vous a déjà expliqué qu'une mère perdrait ses petits dans ce labyrinthe. Il a dit que personne ne l'avait utilisé depuis des lustres.

Gavin sauça son bol avec un bout de pain.

— Eh bien, il se trompe. Apparemment, quelqu'un circule en toute liberté dans ces couloirs secrets.

— Et s'il refuse d'y aller ?

— Tu n'as qu'à le malmener un peu, si besoin est. Munissez-vous de lampes. Débrouille-toi pour découvrir le passage qui mène de mes appartements à l'ancienne bibliothèque. Messieurs, à plus tard !

Sur ce, il se leva. Peter le scruta, l'œil anxieux.

— Mais, seigneur, si un problème survenait... un différend... un incident... que sais-je...

— Où pourrons-nous vous trouver ? acheva Edmund.

— Je serai avec le prêtre.

Joanna écarta légèrement le volet pour regarder le lord traverser la cour. Le risque d'être découverte augmentait d'heure en heure, mais elle s'en moquait. Deux étages plus bas, une armée d'aides déblayaient les décombres, ponçaient et décapaient les murs dans un joyeux tintamarre.

Poussée par l'impérieux besoin de revoir Gavin, la jeune fille s'était glissée dans son ancien refuge et avait attendu, postée près de la fenêtre. Longtemps. Enfin, sa patience avait été récompensée. Il était sorti suivi de Max, le chien bâtard, qui trottinait dans son sillage, la langue pendante, la queue frétillante.

Elle le suivit du regard, s'émerveillant de la force inouïe qui émanait de cet homme. Il fit une brève halte pour s'entretenir avec une bande de soldats. Il était si grand, si altier... Troublée, elle se recula. Elle ne se comportait pas autrement que Max, songea-t-elle, honteuse.

L'un des aides entonna une chanson. Sa voix forte la ramena à la réalité. À contrecœur, elle abandonna son poste d'observation, battit en retraite vers le panneau pivotant.

Elle était folle à lier ! se dit-elle pour la énième fois. Et cette constatation, au lieu de l'alarmer, fit apparaître un sourire sur ses lèvres...

9

Les rafales de vent balayaient la petite cour de l'église. Le père William, penché sur un parterre, retournait avec une pelle le terreau noir.

Il n'hésita pas une seconde à répondre aux questions du nouveau lord d'Ironcross.

— Le comte d'Athol ? Il était ici, au château, la nuit de l'incendie.

Gavin le regarda, stupéfait.

— Comment a-t-il survécu au sinistre ?

— Il ne se trouvait pas dans l'aile sud. L'usage veut que les invités de haut rang soient logés au donjon. En fait, le comte occupait vos appartements actuels, milord.

— Parlez-moi de cette nuit-là, mon père.

L'aumônier marqua une pause, les paupières mi-closes, le visage tourné dans la direction du vent.

— Ce soir-là, le mal semblait envelopper le manoir comme un monstrueux brouillard, murmura-t-il finalement, en frissonnant. La pleine lune inondait le ciel d'une lumière brillante et glacée. Les chiens hurlaient à la mort comme des possédés... Et puis, la dispute a éclaté entre notre maître et son invité.

— Quelle dispute ?

— Sir Kenneth, que je connaissais depuis de nombreuses années, était un homme doux. Certains confondent force et violence. Pas lui. Il ne se mettait jamais en colère, pas même contre ses domestiques. À tel point que parfois, je me demandais s'il était capable de se fâcher... jusqu'à cette fameuse nuit...

Le prêtre s'interrompit pour suivre des yeux Margaret, la servante muette, qui longeait la chapelle avant de disparaître au tournant.

— Eh bien ? s'impatienta Gavin. Que s'est-il passé ?

Tiré de sa rêverie, le prêtre lâcha la pelle.

— Allons nous mettre à l'abri du vent, proposa-t-il.

Ce disant, il s'en fut vers un banc de bois piqué de moisissures, sur le rocher qui surplombait la falaise. Le prêtre s'assit, mais Gavin préféra rester debout. Un garde-fou de moellons dominait le lac, et plus loin, la vallée dans laquelle se lovaient les ruines de l'abbaye.

— C'était une nuit terrible, reprit le père William. Une de ces nuits où les forces de l'enfer affrontent les forces célestes dans un combat acharné... Lorsque la dispute a explosé entre sir Kenneth et le comte, pendant le souper, j'ai su que Dieu nous avait abandonnés. Leur table était dressée sur l'estrade, et nous autres, installés plus bas, ne perdions pas un mot. Ils se sont querellés comme des chiffonniers. Les injures fusaient... Et s'il n'y avait pas eu des dames à table, je crois bien que le sang aurait coulé... À un moment, lady Joanna a pris la mouche.

Le prêtre se pencha vers le gazon, arracha un trèfle, le broya entre ses doigts nerveux.

— La violence montait, poursuivit-il. Les soldats des deux lords commençaient à se séparer en deux camps, prêts à s'affronter. Soudain, Joanna s'est levée, elle est descendue de l'estrade et a quitté la salle en courant. Son père et le comte l'ont regardée partir, comme frappés par la foudre. Après quoi, lady Anne, l'épouse de sir Kenneth, a réussi à calmer les esprits.

Gavin scruta le prêtre.

— Vous ne m'avez pas dit quel était le sujet de la dispute.

L'aumônier fit ruisseler, au creux de sa main, les perles en bois de son chapelet.

— J'ignore les coutumes dans le reste de l'Écosse, seigneur. Mais dans les Highlands, la possession des terres est synonyme de pouvoir.

— C'est partout pareil, répondit Gavin. Cependant, vous n'avez toujours pas répondu à ma question.

Le prêtre hocha la tête.

— J'y viens. Pendant quatre générations, les Stewart, comtes d'Athol, ont souhaité étendre leur domaine vers le sud... Voilà plus d'un siècle qu'ils lorgnent Ironcross. Par le passé, ils ont utilisé la force pour essayer de l'obtenir. Or, quand le domaine a été attribué à Duncan MacInnes, les combats ont cessé.

— Sir Duncan est donc le premier de son clan à devenir seigneur d'Ironcross ?

— Oui, et cela s'est passé comme pour vous. Le roi lui a offert la propriété après le décès du dernier des Murray. Les seigneurs précédents ont tous péri, eux aussi, sauf ceux qui ont abandonné ces terres maudites.

Le père William leva sur Gavin un regard préoccupé.

— Ceux qui ont fui la malédiction à temps ont échappé à une mort prématurée...

Gavin hocha la tête. Il avait saisi le message.

— Selon vous, dès l'instant où Duncan a pris possession du domaine, l'inimitié entre les seigneurs d'Ironcross et les seigneurs d'Athol se serait estompée ? J'ai peine à croire que ces derniers aient renoncé aussi facilement.

— C'est pourtant la vérité, milord. Voyez-vous, la haine entre les Murray et les Stewart datait de la nuit des temps. Duncan MacInnes a abordé, quant à lui, le problème avec plus de diplomatie... Il a laissé entendre qu'il n'était pas exclu qu'avec le temps les deux clans ne feraient plus qu'un. Les deux voisins n'avaient que des fils ; aucun mariage n'était alors possible. Jusqu'à...

— Joanna !

— Exactement. Je crois que cette union obsédait le comte d'Athol.

— Mais pas Kenneth MacInnes, compléta Gavin. Puisqu'il avait promis la main de sa fille à James Gordon.

— C'est vrai. C'est d'ailleurs à l'annonce de ces fiançailles que le comte a débarqué à Ironcross, exigeant des explications.

— Il fallait s'y attendre...

— Je ne sais pas pourquoi sir Kenneth n'y a pas songé. Joanna étant l'héritière d'Ironcross, aucun doute ne subsistait dans l'esprit du comte d'Athol : elle lui appartenait corps et biens.

— Ainsi, le père a défendu le choix de sa fille, devina Gavin. Ce qui est tout à son honneur. Le comte s'y est opposé, et la discussion a dégénéré en querelle.

— Le choix de sa fille ? Non, seigneur ! dit le prêtre en secouant vigoureusement la tête. C'est à peine si Joanna avait aperçu James Gordon. Il s'agissait d'un mariage arrangé entre sir Kenneth et l'oncle du jeune homme. Joanna a accepté pour faire plaisir à son père... En matière de fortune et de titres, les Gordon n'avaient rien à envier aux Stewart... Mais ce n'est pas tout.

— Quoi d'autre ? demanda Gavin avec curiosité.

— Sir Kenneth désirait éloigner sa fille de ces contrées. Il redoutait la malédiction. Il craignait que le malheur ne frappe Joanna ou, plus tard, les enfants qu'elle mettrait au monde. James Gordon n'avait aucune intention de s'installer à Ironcross, et cela avait renforcé sir Kenneth dans son choix.

— Voici donc la raison de leur querelle ?

— Oui, autant que je sache.

Le prêtre se leva, passa le chapelet dans sa ceinture.

— Si nous avons terminé, milord...

Gavin lui donna congé d'un signe de tête. La soutane noire du prêtre claqua au vent tandis qu'il s'éloignait vers la chapelle. Gavin, le front soucieux, prit la direction de l'arcade qui séparait la cour de l'église de l'enceinte du château...

Allan, de la même façon que les autres domestiques, présentait l'incendie comme un accident. Et à vrai dire, ce n'était pas impossible. Une chandelle placée par inadvertance trop près d'un rideau, une escarbille qui roule hors du foyer, sur un tapis...

Mais s'il s'agissait d'un incendie criminel ?

Des appels, le bruit rythmé de sabots retentirent. Des cavaliers franchissaient la grille du manoir.

Gavin pressa le pas. John Stewart, comte d'Athol, seigneur du château de Balvenie, était arrivé.

10

La salle à manger grouillait de soldats. Attablés sur l'estrade, les chefs des deux camps ne faisaient rien pour dissimuler leur hostilité. Une sourde rumeur emplissait la salle décorée de têtes de cerf, de sanglier, d'élan, et de tapisseries représentant des scènes de chasse. La tension rendait l'atmosphère irrespirable.

Songeur, Gavin Kerr fixait le hanap d'étain dans sa main. Le vin se parait de riches reflets grenat dans la lumière du foyer et des torches. Il avait accueilli fraîchement le comte d'Athol et son escorte. Il n'était pas doué pour cacher ses sentiments. Son invité avait sans doute deviné sa méfiance dès l'instant où leurs regards s'étaient croisés. Et maintenant, assis près de cet homme grand et mince, Gavin se demandait si John Stewart était responsable de l'incendie qui avait tué sir Kenneth et sa famille. Si l'on se fiait au récit du père William, sir John avait peut-être cherché à se venger de son hôte, pour ce qu'il considérait comme une trahison...

Allan, le majordome, dûment interrogé par Gavin, avait confirmé les dires du prêtre.

— Quand les flammes ont enfin été éteintes, nous

avons compris qu'il n'y avait aucun survivant, milord. Le comte et ses hommes ont immédiatement quitté Ironcross... Ils ne sont même pas restés pour l'enterrement.

« Et qu'est-ce qui peut pousser un homme à fuir ainsi, avait pensé Gavin, à part la culpabilité ? »

Le silence devenait pesant. Les guerriers scrutaient leurs chefs, à l'affût du moindre signal. Ceux d'Athol passaient pour les plus vaillants du royaume. De sa place, Gavin apercevait l'Ogre entouré de ses fantassins, tandis qu'Edmund et ses compères avaient choisi une table près de la sortie... Combattants courageux, ils pourraient facilement tenir tête à leurs adversaires. Les vaincre, même. Mais Gavin ne souhaitait pas provoquer un affrontement. Ce n'était guère le moment de résoudre les énigmes du passé. De châtier un crime alors qu'il ne disposait d'aucune preuve... Sans oublier que John Stewart était le cousin du roi Jacques, le souverain auquel Gavin avait prêté serment de fidélité.

Il regarda son invité. Les cheveux cuivrés de John, séparés en d'innombrables tresses fines, se déversaient dans son dos. Il portait avec panache le tartan rouge et vert de son clan, drapé sur la poitrine à l'aide d'une broche en or incrustée de joyaux.

Gavin décida de rompre le silence.

— Nous avons commencé à restaurer l'aile sud.

John vida son hanap avant de répondre.

— Je savais que vous autres natifs des Borders étiez d'excellents soldats. J'ignorais que vous étiez également des bâtisseurs.

— J'ai envoyé l'un de mes plus fidèles compagnons à Elgin, à la recherche de charpentiers et de maçons... Je voudrais que ce bâtiment retrouve son ancienne splendeur.

— Vous ne perdez pas de temps, rétorqua John, jaugeant son interlocuteur du regard. Mais dites-moi, Gavin Kerr, que pensez-vous de la malédiction d'Ironcross ?

Gavin remplit les hanaps.

— Et vous, qu'en pensez-vous ? Vous avez vécu ici toute votre vie. Vous êtes mieux à même d'en parler.

Le Highlander but une grande rasade de vin.

— Je pense que l'histoire montre que ces légendes ont un fond de vérité.

— Alors vous croyez à l'existence des fantômes, et à la mort violente qui s'abat invariablement sur tous les seigneurs du domaine ?

— Peut-être.

Gavin ménagea une pause étudiée, avant de reprendre :

— Alors pourquoi avez-vous revendiqué Ironcross ? Accordez-vous si peu de valeur à votre vie ?

Les traits de John Stewart se durcirent, tandis que Gavin continuait :

— On m'a rapporté qu'une querelle avait éclaté entre sir Kenneth et vous, la nuit de sa mort. Mais pour quelle raison avez-vous abandonné, dès le lendemain matin, la propriété que vous convoitiez avec tant d'ardeur ?

— Vous tissez, là, les liens d'une... grande amitié, mon cher Kerr.

— Vraiment ?

— Vraiment. Et pour en finir avec vos questions, ce qui s'est passé entre les MacInnes et les Stewart ne vous regarde pas. Je n'ai pas à m'expliquer là-dessus. Sachez, néanmoins, que ma revendication était justifiée.

Gavin soutint son regard sans ciller.

— Oui, sans doute... mon *ami*.

Le comte d'Athol saisit son hanap. Les soldats de Gavin guettaient chacune de ses réactions comme les faucons surveillent leur proie. Ils étaient à deux doigts de la rixe, les deux chefs en avaient conscience.

John reprit la parole d'une voix calme.

— Vos travaux sont-ils avancés ? s'enquit-il poliment.

Gavin esquissa un sourire. Mieux valait en effet apaiser les esprits.

— Venez donc vous en rendre compte par vous-même, dit-il en se levant. Suivez-moi, je vous prie.

Le remue-ménage dans les cuisines avait averti Joanna que des visiteurs avaient envahi le donjon. Elle savait même qui était l'invité d'honneur.

La journée avait été pénible. Le nouveau châtelain

n'avait cessé de la traquer. Cette fois-ci, il avait envoyé l'un de ses hommes avec Allan dans le souterrain pour explorer les galeries. Elle avait passé le plus clair de son temps à les épier... À force de tourner en rond, le vieux majordome n'avait pu trouver le chemin de l'aile sud. À la fin de l'après-midi, les deux hommes avaient abandonné leurs recherches, et Joanna titubait de fatigue.

« Les vrais fantômes ne se laissent pas abattre », se dit-elle pour se donner du courage. Ironcross passait pour un château hanté, elle devait sauvegarder cette réputation... Avec un sourire satisfait, elle fit pivoter le panneau près de la cheminée de l'ancienne bibliothèque. Le lord avait condamné la porte secrète de l'autre côté de la pièce. Mais il ignorait l'existence du deuxième passage, et Joanna pouvait ainsi continuer de le ridiculiser.

Elle avait attendu que tous soient rassemblés dans la salle à manger, après quoi elle était montée dans la chambre du lord, avait pris son portrait et l'avait ramené ici.

Autrefois, Joanna était fière de sa force et de sa persévérance... Oui, elle avait été une jeune fille charmante, un rien espiègle.

L'incendie avait détruit cette partie de sa personnalité. Et aujourd'hui, grâce à ce petit jeu, elle se sentait à nouveau un peu humaine.

Gavin considérait le portrait d'un air maussade.

Aucun juron ne lui avait échappé. Il avait déployé un effort surhumain pour ne pas trahir sa stupéfaction. Il aspira profondément, puis décocha un regard noir à Edmund, qui fixait bêtement le tableau, bouche bée. Ensuite, faisant semblant de n'avoir rien remarqué d'anormal, il reprit ses explications à l'intention de son hôte :

— Nous abattrons toutes les cloisons, en dehors des murs porteurs, bien sûr, puis nous reconstruirons... J'ai pu voir et apprécier différents styles au cours de mes voyages et...

Comme John Stewart ne l'avait pas suivi, il revint sur ses pas. Planté au milieu de la pièce, le comte d'Athol contemplait le portrait de Joanna. Son expression ne laissait pas transparaître la culpabilité à laquelle s'attendait Gavin. Il y avait au contraire quelque chose de plus doux dans ses yeux clairs... de la nostalgie, peut-être...

— J'ignorais que quelque chose avait survécu à l'incendie, remarqua-t-il, rompant le silence. Pourquoi avez-vous laissé ce tableau là-haut ?

— Pour qu'il surveille les travaux.

Son invité lui lança un regard vaguement amusé.

— Je constate que la folie douce qui règne sur ces collines vous a contaminé, mon cher ! Je serais prêt à payer une petite fortune pour acquérir cette toile.

— Elle n'est pas à vendre ! riposta Gavin d'un ton cassant.

L'ombre d'un sourire éclaira les traits du comte.

— C'est peut-être le moment d'envisager de vous en séparer, dit-il.

— Ce ne sera jamais le moment !

Le comte d'Athol n'insista pas. Pensif, il leva de nouveau les yeux vers le portrait.

— J'ai bien connu la grand-mère, murmura-t-il. Elle adorait sa petite-fille.

— Et alors ?

— Je me demandais si vous alliez exaucer son vœu.

— Que savez-vous des vœux de lady MacInnes ?

— Elle veut ce tableau. Elle m'a envoyé un mot l'hiver dernier, après... la catastrophe. Elle souhaitait que je revienne ici afin de vérifier si le tableau avait été ou non détruit.

— Mais vous n'êtes pas revenu.

— Non.

— Pourquoi ? le pressa Gavin. On dit qu'il faut revoir les lieux du drame si on veut surmonter sa...

Il fit semblant de chercher ses mots. En fait, il hésitait entre « tristesse » et « culpabilité ».

Un éclair traversa les prunelles claires de John.

— Une fois de plus, vous fourrez votre nez dans mes affaires, grommela-t-il.

Gavin ébaucha un geste vers le vestibule, où Edmund et une poignée de soldats attendaient.

— Pas du tout. Je constate l'étendue des dégâts. Je

suis le nouveau propriétaire ici. N'est-il pas normal que je veuille connaître la vérité au sujet de cet incendie ?

— Cet incendie n'a rien à voir avec ce qui s'est passé entre Kenneth MacInnes et moi cette nuit-là. Nous nous étions déjà querellés à propos du même problème.

— Oui, mais l'incendie s'est déclaré après votre dernière dispute.

— Il est sans rapport avec notre désaccord.

— Certains ne sont pas du même avis.

— Qu'ils aillent au diable ! explosa le comte. Si vous regardiez de plus près ces chiens galeux, au lieu de vous fier aux apparences, vous découvririez sûrement qu'ils avaient des raisons de haïr leurs anciens maîtres.

Gavin le considéra un instant.

— Quelle que soit la vérité, que de vies gâchées ! dit-il.

Le comte d'Athol soutint le regard de son hôte pendant un long moment.

— Oui, Gavin Kerr... répondit-il finalement. Et quelle injustice !

Joanna se réveilla en sursaut.

Elle se trouvait quelque part sous la salle à manger. Vautrée contre le mur froid, elle s'était assoupie. Elle savait qu'à l'heure qu'il était, son portrait était retourné dans la chambre du lord, et à cette pensée un frisson d'excitation la parcourut. Elle irait le dérober pour la énième fois, et personne ne l'attraperait !

En tournant dans une galerie perpendiculaire, elle sentit ses cheveux se hérisser sur sa nuque. Quelqu'un était passé par là. Les effluves d'une lampe à huile stagnaient dans l'espace confiné. S'immobilisant, elle réfléchit à la façon dont elle allait agir dorénavant. Le jeu stupide du portrait perdu et retrouvé agaçait le lord. Nul doute qu'il avait envoyé ses hommes dans le souterrain pour chercher le responsable de cette plaisanterie...

Elle scruta les ténèbres. Une douzaine de marches la séparaient de la chambre du nouveau maître d'Ironcross. Mais alors ? Lui avait-il tendu un piège ? L'attendait-il de l'autre côté du mur ? Joanna tressaillit. À sa peur se mêlait une étrange exaltation... La jeune fille se mordit les lèvres : elle était seule depuis trop longtemps.

Puis elle secoua la tête, furieuse contre elle-même. Son imagination l'égarait. Le nouveau châtelain semblait subjugué par son portrait, mais comment réagirait-il s'il la voyait en chair et en os ? Non, mieux valait renoncer. Déterminée à se cantonner dans son rôle de fantôme, elle fit demi-tour, redescendit la volée de marches. Ce soir, elle n'irait pas dans sa chambre.

C'est alors qu'elle sentit l'odeur de fumée. Une odeur qui, désormais, était pour elle l'odeur de la mort. Il y avait un nouvel incendie... Tous ses sens en alerte, elle se rua vers l'escalier. Son cœur battait à tout rompre. Les larmes l'aveuglaient. Ses mains tremblaient.

Allait-elle le perdre, lui aussi ?

11

Le ciel menaçait de l'écraser, pas un souffle d'air n'allégeait l'épais brouillard. Il ne savait plus s'il faisait jour ou nuit, la pluie flagellait la plaine où stagnait encore la fumée des canons anglais. Des corps mutilés s'entassaient alentour. Il sentait dans sa bouche le goût du sang, et une morsure brûlante sur son visage...

Les canons déversaient sans relâche un déluge de boulets sur Flodden Field. Gavin s'efforça de relever la tête. Il était étendu parmi les morts et les mourants, dans une fange sanglante. Il ferma les yeux et attendit la fin.

Son heure était venue. La mort tendait vers lui ses griffes affreuses...

Mais ce furent deux petites mains qui le secouèrent par les épaules. Les paupières de Gavin se soulevèrent. Il émergea de sa torpeur. Au lieu de se trouver sur le champ de bataille, il reconnut sa chambre... Le feu qui crépitait autour de son lit l'incita à penser que son cauchemar continuait.

Mais il ne rêvait pas ! Des flammes se déroulaient

comme des rubans pour dévorer les tentures. Au pied du lit, une créature fantomatique lacérait frénétiquement les rideaux enflammés.

— Réveillez-vous. Levez-vous, pour l'amour du Ciel !

Sa voix, un chuchotement fébrile, acheva de réveiller Gavin, qui se mit à tousser à cause de la fumée... Soudain, une langue de feu s'élança comme l'éclair. Horrifiée, l'inconnue poussa un cri d'oiseau blessé. Le bas de sa robe se consumait. Gavin bondit sur ses pieds. Attrapant son manteau, il enveloppa la femme pour étouffer les flammes. Ensuite, il se tourna vers le lit embrasé, arracha les draperies, le dais, jeta le tout dans l'âtre. Le plancher était constellé de flammèches. Il les éteignit à l'aide d'une couverture.

C'était fini. Il ne restait plus qu'une lourde nappe de fumée, et l'odeur nauséabonde des étoffes brûlées. La femme rejeta le manteau de Gavin en toussant ; malgré la lueur du foyer, il ne distinguait pas son visage. La masse de sa chevelure déroulait ses torsades dorées jusqu'à ses hanches.

Il se précipita pour ouvrir les fenêtres. La brise nocturne s'engouffra dans la pièce, tandis que des cris retentissaient, puis des coups ébranlèrent la porte.

— C'est fermé à clé ! Défoncez-moi cette porte !

Il vit la femme se ruer en direction d'un panneau ouvert, à côté du lit. Elle était agile, mais Gavin fut plus rapide. Il lui saisit le bras, l'attira en arrière avant qu'elle puisse disparaître à l'intérieur du passage secret. Dehors, les coups avaient redoublé.

— Mon seigneur ! hurlait Edmund. Nom d'un chien, cassez-moi cette porte ! Le feu...

— Le feu est éteint ! cria Gavin. J'arrive.

Il entraîna avec lui l'inconnue. Elle se tordait dans tous les sens, tel un chat effarouché, et comme elle se débattait, elle leva le visage. Leurs regards se rencontrèrent. L'espace d'une seconde, Gavin perdit l'usage de la parole.

— Joanna ? murmura-t-il enfin, médusé.

Elle le fixait de ses yeux d'un bleu irréel, aussi limpide qu'un ciel d'aurore. Machinalement, il desserra son étreinte et, de nouveau, elle s'élança vers le passage secret. Gavin happa son poignet, la fit virevolter.

— Pas si vite, petit fantôme !

Dans le couloir, ses hommes s'impatientaient. Edmund s'était remis à assener des coups de poing sur le battant.

— J'arrive ! répéta Gavin. Inutile d'ameuter toute la maisonnée.

— S'il vous plaît, implora-t-elle d'une petite voix désespérée. Laissez-moi m'en aller, je vous en supplie.

— Mais... vous êtes vivante ! Pourquoi ne...

— Il ne faut pas qu'on me voie ! Vous ne m'avez pas vue. Je n'existe pas !

— Vous me prenez pour un idiot ? Je ne vous lâcherai pas avant d'avoir obtenu une explication.

Elle se mordit la lèvre.

— Oui... bien sûr... Écoutez, je reviendrai, je vous le promets. Je reviendrai pour tout vous expliquer, chuchota-t-elle, tirant en vain sur son poignet emprisonné. Il ne faut pas qu'ils sachent que je suis encore en vie.

— *Ils* ? De qui parlez-vous ?

— Vous ne pouvez pas atteindre la porte, milord ? brailla Edmund dans le couloir.

— Je vous implore de ne pas m'exposer à leurs regards, fit-elle, les yeux agrandis de terreur.

Il la prit dans ses bras et la souleva, toute tremblante, pour la poser à côté de la porte.

— Restez là. Ne bougez pas.

Déverrouillé, puis ouvert, le lourd battant de chêne dissimulait la jeune fille aux yeux des autres. Une douzaine d'hommes s'étaient rassemblés dans le couloir autour d'Edmund et d'Allan, qui brandissait une lampe à huile.

— Eh bien ? Qu'y a-t-il ? aboya Gavin.

— Mais... la fumée, seigneur, répondit Edmund. Je l'ai sentie, et nous l'avons vue passer sous votre porte.

Gavin croisa les bras sur sa poitrine.

— J'ai dû pousser ma lampe dans mon sommeil, elle s'est cassée, et la mèche a enflammé les rideaux. L'incident est clos. Allez donc vous reposer.

Personne ne bougea. Comme s'ils avaient pris racine, ils restèrent à le dévisager.

— Votre lit, milord... protesta le majordome. Vous ne voulez pas qu'on change les draps ?

Gavin jeta un coup d'œil à sa couche dévastée.

— Non, ça va aller. Demain vous ferez le nécessaire. Inutile de déranger votre sœur, Allan, à cette heure de la nuit...

— Vous n'avez besoin de rien ?

— Si, de lumière, répondit Gavin en prenant la lampe des mains du majordome. Bonne nuit, les amis.

Tous reculèrent à contrecœur, sauf Edmund.

— Un instant, seigneur... Êtes-vous sûr que le feu a pris accidentellement ?

— Je ne peux pas en être certain. Mais que veux-tu que je fasse ? Que j'accuse les méchants fantômes d'Ironcross ? La nuit porte conseil, n'est-ce pas ? J'en profiterai pour réfléchir à la situation.

Peter décocha un coup de coude à Edmond, puis dévisagea Gavin, l'œil rond.

— Vous êtes sûr que ça va ? Parce que... ça ne vous ressemble pas. Je veux dire, vous ne semblez pas dans votre assiette.

— Je te répète que je me porte comme un charme ! À présent, retirez-vous. J'ai l'intention de me recoucher.

Il leur claqua la porte au nez.

Joanna, cachant ses mains bandées, s'efforçait de maîtriser l'anxiété qui l'assaillait. Sur le mur d'en face, son propre visage lui souriait. Elle eut l'impression qu'une éternité la séparait de la radieuse jeune fille qui avait posé pour Mme MacPherson. Qu'était-il advenu de sa beauté ? La fleur s'était fanée...

Sentant le regard de Gavin peser sur elle, elle garda obstinément les yeux baissés. Si le portrait l'avait subjugué, le modèle le décevait certainement.

— En refermant la porte, je n'étais pas sûr de vous retrouver là, dit-il.

— Les spectres repartent en enfer dès qu'on a le dos tourné.

— Non, Joanna. J'ai eu peur que vous ne soyez qu'un rêve.

— Un cauchemar, vous voulez dire.

— Un rêve familier.

— Vraiment ? Vous rêvez souvent que votre lit est en flammes, et que vous êtes secouru par des esprits ?

— Non... Cela dit, je suis ravi d'avoir été sauvé par un aussi joli fantôme.

Le rouge monta aux joues de Joanna, une étrange chaleur naquit au creux de son ventre.

— Ah ! Vous rougissez ! remarqua-t-il. Donc vous avez bien du sang dans les veines. Je me présente : Gavin Kerr.

— Le nouveau seigneur d'Ironcross. Je sais.

— Mais vous ignorez que j'ai souvent rêvé de vous...

Elle leva enfin le regard, croisa ses yeux sombres, malicieux, puis elle avala sa salive, cherchant ses mots.

— Allez-vous... continuer de...

— De vous parler de mes songes ?

— Non... Vous êtes, euh... nu... milord...

Elle détourna la tête. Depuis tout à l'heure elle s'évertuait à fixer le sol, le mur, tout sauf la superbe nudité de cet homme.

Gavin posa la lampe à huile dans une niche.

— La vue de mon corps ne devrait pas vous déconcerter. Vous m'avez souvent surpris dans le plus simple appareil, pendant que vous vous adonniez à vos petites fantaisies.

— Je ne...

— Vous m'avez rendu visite chaque soir dans cette chambre. Une fois, vous avez même emporté mon dîner.

— Qu'est-ce qui vous fait croire que c'était moi ?

Il lui prit le menton, la forçant à relever la tête, et la sonda de son regard noir, plein de mystère.

— Je le sais. Osez nier que vous avez volé votre portrait nuit après nuit, sous mon nez.

Joanna tressaillit. Cette main sur son visage brûlait plus que les flammes.

— Eh bien ? insista-t-il.

Du pouce, il lui caressa la joue. La jeune fille ne répondit rien. La proximité de cet homme la bouleversait ; à ce simple contact, les mots se dérobaient dans son esprit. Elle se borna à hausser les épaules.

Une étrange déception l'envahit lorsqu'il la relâcha. Le feu de cheminée auréolait son corps viril et musclé d'une couleur d'ambre rouge. Il ramassa son kilt au pied du lit, offrant aux yeux émerveillés de Joanna un dos puissant, de longues jambes fuselées, des fesses robustes. Il ajusta le kilt à sa taille.

— Franchement, je ne vois pas en quoi ma nudité vous gêne, insista-t-il sans se retourner. Je ne sais combien de fois vous m'avez vu au lit pendant que je dormais.

Embarrassée, les joues brûlantes, elle s'éclaircit la gorge.

— Une... ou deux fois, bredouilla-t-elle.

— Sans parler du soir où je somnolais dans mon bain. Je ne portais pas grand-chose, non plus...

— Euh... oui, sans doute, je le suppose, puisque vous étiez plongé dans l'eau...

Il eut un petit rire.

— Vous supposez ?

— C'est-à-dire... j'étais trop accaparée par mon portrait pour faire attention à votre tenue... D'ailleurs, je n'ai fait que reprendre mon bien.

— Considérez-vous que ce portrait vous appartient ? Avez-vous oublié que, pour tout le monde, vous êtes morte depuis six mois maintenant ?

— Je suis certainement aussi laide qu'un cadavre, mais je vous assure que je suis vivante.

— Et moi, je vous assure que je veux bien mourir sur-le-champ, pourvu qu'un cadavre aussi ravissant que vous me tienne compagnie pour l'éternité.

Un trouble indéfinissable s'emparait de Joanna. Son sang lui battait aux tempes, une chaleur insidieuse la tenaillait. Jamais auparavant elle n'avait éprouvé de telles sensations.

— Mais où en étions-nous ? poursuivit-il.

La sensation se mua en panique.

— Il vaut mieux que je m'en aille, murmura-t-elle. Il

se fait tard. Vous devez être fatigué... Je ne reprendrai plus le tableau, c'est promis...

Elle s'interrompit, le souffle court. Gavin s'était approché pour lui bloquer le passage.

— Vous n'irez nulle part.

— Il est tard et vous...

— Je n'ai pas encore commencé.

Elle le considéra avec appréhension. Cet homme était dangereux.

— Que voulez-vous dire ? Que cherchez-vous, à la fin ?

— Des réponses.

— Et... c'est tout ?

Il lui prit le visage entre ses mains. Le regard de la jeune fille effleura la sombre toison de sa poitrine, et elle se retint pour ne pas y poser la joue.

— Vous lisez dans mes pensées, répondit-il doucement. Ce n'est pas tout, non. Il est vrai que je me pose beaucoup de questions. Mais aucune ne pourrait effacer le sort que vous m'avez jeté.

— Je suis un fantôme, milord, pas une sorcière. Je ne vous ai jeté aucun sort... C'est simplement ce portrait qui vous a ensorcelé.

Du bout des doigts, il redessinait le visage de Joanna, qui lui prit les poignets pour l'arrêter.

— Vous êtes belle, Joanna MacInnes, murmura-t-il. Douce, telle que je vous ai imaginée.

— Vous vous trompez. Je ne suis pas la femme du portrait. J'ai changé. Je porte les cicatrices de...

— Chut...

Il se pencha vers ses lèvres. Joanna tressaillit. Dans le halo de lumière orangée, le visage du lord se rapprochait. Ses yeux, plus sombres que la nuit, sondaient les siens jusqu'à son âme.

— Tu es belle... et vivante...

Alors, comme dans un rêve, la jeune fille lui enlaça la nuque de ses mains bandées. Et avec une passion qui la surprit elle-même, elle lui offrit ses lèvres.

12

Le feu de cheminée projetait l'ombre du comte d'Athol sur la cloison, lui donnant l'allure d'un monstre prêt à dévorer le jeune palefrenier qui se tenait à l'autre bout de la pièce.

— Es-tu sûr que tu n'as éveillé aucun soupçon, David ? demanda-t-il.

— Certain, milord. Ils m'ont cru sur parole. Pour eux, je suis le nouveau garçon d'écurie, point final... Il paraît que j'ai un air innocent... Ma pauvre mère disait qu'on me donnerait le bon Dieu sans confession...

Levant la main, le comte mit fin au bavardage de son fidèle informateur.

— Revenons à nos moutons, grommela-t-il en arpentant la chambre. Tu es donc formel : il a échappé au feu.

David hocha la tête.

— Oui, milord. Ses hommes s'étaient rassemblés devant sa porte. Je me suis glissé parmi eux. Il leur a ouvert, aussi frais et dispos que s'il sortait de son bain. Pas une brûlure ! J'ai pourtant entendu dire qu'il a le sommeil lourd.

Le comte pinça les lèvres. Selon la rumeur, Gavin Kerr était un être désespéré... Pas assez cependant pour se laisser mourir.

Il se tourna vers les flammes du foyer.

— Il n'a pas perdu sa combativité, murmura-t-il.

Le cœur de Joanna s'affolait dans sa poitrine. Ses pensées, incohérentes, partaient à la dérive. Un frisson la secoua tandis qu'il la serrait dans ses bras, lui communiquant sa propre fièvre.

Il l'embrassa, encore et encore, buvant son souffle, son âme.

Timidement, elle caressa la nuque de Gavin, qui laissa échapper un grognement de plaisir. Du bout de la langue, il retraçait les contours de sa bouche, et ses lèvres s'entrouvrirent malgré elle.

Des sensations brûlantes, éblouissantes, l'envahissaient ;

elle renversa la tête en arrière, offrant son cou à ses baisers. Ses genoux flageolaient, un vertige la saisit. Elle crut tomber dans un abîme sans fond. D'instinct, elle se cramponna aux larges épaules de Gavin.

Il la serrait de plus en plus fort. À travers le halo du désir qui obscurcissait son esprit, Joanna sentit contre son ventre la dure pression de son membre dressé. Malgré son innocence, elle sut d'instinct qu'il fallait s'arrêter là, mais fut incapable de résister au tourbillon sensuel. La folie l'emportait sur la raison. Elle avait hâte de sentir la peau de Gavin sur la sienne. Cette faim qu'elle lisait dans ses yeux, elle la ressentait, elle aussi.

Il lui prit le menton, sondant son regard comme pour obtenir son consentement. Elle retint un cri quand il effleura la pointe durcie d'un sein... Étranges sensations, inconnues jusqu'alors. « C'est donc cela, la passion, songea-t-elle confusément, cette force inouïe qui vous transporte, qui prouve qu'on est *vivant*. »

Sans réfléchir davantage, elle noua les doigts sur la nuque de Gavin et répondit avec ardeur à son baiser. Il gémit de bonheur. Sa main se glissa sous la robe informe, explorant la peau douce de la jeune fille, sa taille, ses hanches.

— Joanna, chuchota-t-il, tu m'as ensorcelé.

Elle se tordait dans ses bras, assoiffée de tendresse. Le monde autour d'eux se liquéfiait, elle avait perdu la notion du temps.

— Je crois que le démon m'a possédé, murmura-t-il contre son oreille, d'une voix enrouée. Joanna, fit-il en la pressant contre le mur, Joanna, dis-moi d'arrêter... J'ai trop longtemps rêvé de t'aimer en admirant ton portrait.

Joanna regarda les traits ciselés, les yeux sombres que le désir faisait briller comme des feux follets.

— Faites de moi ce que vous voulez, s'entendit-elle répondre.

Elle brûlait de goûter ses baisers, encore et encore, de se blottir dans ses bras, ne sachant trop à quoi s'attendre mais convaincue que, s'ils s'arrêtaient, elle en mourrait.

— Je veux vous appartenir... maintenant... ajouta-t-elle en frôlant de ses lèvres la paume de Gavin. Je n'ai plus beaucoup de temps devant moi...

Les mains qui un instant plus tôt la caressaient, la saisirent brutalement aux épaules. Étouffant un cri de douleur, elle le scruta, stupéfaite. Les yeux sombres étaient devenus froids, presque féroces.

— Plus beaucoup de temps ? rugit-il. Que voulez-vous dire par là ?

Les doigts de Gavin s'enfoncèrent dans la chair délicate de ses épaules. Désarçonnée par cette réaction, elle rajusta sa robe, s'efforça de rassembler ses esprits. Gavin attendait. Ses lèvres ne formaient plus qu'un trait.

— Vous savez qu'aux yeux du monde je suis morte. Voilà plus de six mois que j'erre dans le labyrinthe. J'ai eu largement l'occasion de réfléchir. J'ai beaucoup pensé à la mort, cette fin naturelle de la vie. Elle ne me fait pas peur. Nous devons tous mourir un jour – certains plus tôt que d'autres.

— Ne parlez donc pas par énigmes ! intima-t-il sans desserrer son étreinte. Vous ne faisiez pas allusion au destin du commun des mortels ! Vous parliez de vous-même. Et j'attends vos explications !

La jeune fille abattit le poing sur son torse musclé.

— Eh bien non ! s'écria-t-elle, furieuse elle aussi. Vous n'en saurez pas plus.

— Je suis le seigneur de ces terres, à présent.

— Grand bien vous fasse !

— Répondez à ma question.

— Non ! décréta-t-elle avec obstination en soutenant sans ciller son regard. Il ne suffit pas de piquer une colère pour que tous vos souhaits soient exaucés.

— Vous vous moquez de moi ? Vous êtes la seule et unique responsable de cette situation. Vous vous cachez, vous me jouez des tours, vous essayez de me charmer. Et puis maintenant, vous vous offrez à moi.

Joanna se sentit rougir. Elle s'était en effet jetée littéralement dans ses bras.

— Vous vous croyez futée, poursuivit-il en relâchant ses épaules pour l'attraper par les bras. Et vous l'êtes très certainement, puisque vous avez réussi à survivre pendant plusieurs mois. Mais ce soir, votre manège est terminé. Je vous tiens. Vous êtes vivante, et vous allez me dire quelle folie vous a poussée à agir ainsi.

— Une folie ! répéta-t-elle, ulcérée.

Il la traitait avec condescendance, comme une arriérée mentale.

— Par la Sainte Vierge, la seule folie que j'ai commise, c'est de vous venir en aide au lieu de vous laisser brûler comme une torche !

— Qu'est-ce qui me prouve que vous n'avez pas allumé le feu vous-même ?

Les yeux bleus de Joanna lancèrent des éclairs, mais elle garda le silence.

— Oui, qu'est-ce qui me le prouve ? insista-t-il. Vous allez et venez à votre guise dans cette chambre depuis des jours. Qui d'autre, à part vous, aurait accès à...

Elle eut un rire méprisant.

— Un tas de gens, idiot ! Il y a des panneaux pivotants menant aux passages secrets dans une bonne douzaine de pièces.

— Mais personne, pas même le majordome, ne semble les connaître.

— Vous êtes un simple d'esprit si vous croyez tout ce qu'on vous raconte !

Elle essaya de le repousser.

— Lâchez-moi !

— Pas avant d'en avoir fini avec vous, dit-il d'une voix arrogante. Êtes-vous en train d'insinuer que les domestiques sont au courant de l'existence de ces passages ? Et donc qu'ils me mentent ?

— J'essaie de vous expliquer que les souterrains sont accessibles même du dehors... Et qu'il y a pas mal de gens qui les empruntent sans que vous le sachiez.

Elle se tortilla dans ses bras.

— Lâchez-moi. Vous me faites mal.

Il desserra son étreinte, sans la quitter des yeux.

— Qui ? demanda-t-il. Qui sont ces gens ?

— Les mêmes qui, l'automne dernier, ont assassiné mes parents et leurs serviteurs.

Gavin sentit son cœur se serrer. Au fond de ses grands yeux bleus dansait l'ombre de la peine et de la colère.

— Vous savez qui a tué vos parents ? murmura-t-il.

Elle acquiesça sans hésiter.

— Oui. Je le sais.

Cette réponse réveilla la fureur de Gavin.

— Alors pourquoi vous êtes-vous cachée ? Pourquoi ne les avez-vous pas dénoncés à la justice ?

Une larme, translucide comme une perle de cristal, tremblota au bout des cils de Joanna.

— Pourquoi ? répéta-t-il d'un ton radouci.

— J'ai attendu. Je n'arrivais pas à me décider...

De sa main bandée, elle essuya la goutte d'eau salée. Gavin lui saisit la main avant qu'elle puisse la cacher. À son grand soulagement, elle n'essaya même pas de résister. Le bandage, fait de morceaux de draps, laissait apparaître la chair rouge, barrée de cicatrices. Doucement, il lui prit l'autre main qu'elle dissimulait derrière son dos. Les brûlures avaient dû lui causer d'atroces douleurs. Heureusement, elles étaient en voie de guérison.

La jeune fille regarda son portrait, puis ses yeux revinrent se fixer sur Gavin.

— Vous voyez bien que je ne suis pas elle, murmura-t-elle d'une voix presque inaudible. La Joanna MacInnes que vous voyez sur ce portrait a péri dans l'incendie... elle aussi.

Gavin se reprochait son attitude. Comment avait-il pu ne pas comprendre ce qu'elle avait enduré ? Elle avait été la seule survivante. En une nuit, elle avait perdu toute sa famille ; elle-même avait été marquée dans sa chair.

Il porta l'un de ses poings bandés à ses lèvres, posa un tendre baiser sur son poignet.

Aussitôt, elle retira sa main.

— Je ne veux pas de votre pitié, Gavin Kerr !

— Ce n'est pas la pitié qui m'a rapproché de vous.

— Alors pourquoi... avez-vous embrassé...

Le souffle court, elle laissa sa phrase en suspens.

— J'ai baisé votre main comme j'ai embrassé vos lèvres, tout à l'heure. Même si c'était une bêtise...

Elle lui adressa un malheureux petit sourire, et il reprit :

— Joanna, parlez-moi de vous. De votre vie ici. Comment avez-vous vécu depuis... depuis l'incendie ?

— C'est une longue histoire, milord, et je suis épuisée. Bientôt il fera jour, et vous devez être aussi fatigué que moi. Laissez-moi m'en aller, s'il vous plaît.

Il la considéra, songeur.

— Vous voulez que je vous laisse vous évanouir entre ces murs comme un fantôme ?

Elle inclina la tête.

— Si je vous laisse partir, ajouta-t-il, j'ai peur que dans une heure je ne doute que vous ayez été là.

— Et alors ? Serait-ce si terrible ?

— Oh oui, mon cœur. Terrible.

Les yeux de Joanna étincelèrent. Enfin, elle hocha lentement la tête.

— Je reviendrai. Je vous en donne ma parole... Alors, nous pourrons parler.

La libérer constituait une grave erreur, il le savait. D'un autre côté, l'emprisonner dans cette pièce équivaudrait à une déclaration de guerre... La voix douce de Joanna le tira de ses tergiversations.

— Vous savez maintenant que je suis vivante. Si compliqués que soient les couloirs sous ce donjon, je suis sûre que vous parviendriez à me retrouver si je ne tenais pas ma promesse.

— Comment saurai-je que vous êtes en sécurité ?

— Compte tenu des accidents auxquels vous avez échappé, votre vie est plus en danger que la mienne.

— Je suis sûr que vous ne vous nourrissez pas correctement. Vous n'avez que la peau sur les os. Quelqu'un vous aide ? On vous apporte de la nourriture ? Des vêtements ?

— Vous êtes sourd ? s'exclama-t-elle d'un ton indigné. Je viens de vous dire que votre vie est en danger !

— Et je vous ai entendue. Mais répondez à mes questions, si vous tenez à repartir d'ici.

— Je mange mieux depuis votre arrivée. Pour le reste, c'est non... Personne ne sait que j'ai survécu au désastre.

Pour eux, je ne suis qu'un fantôme de plus dans ce château hanté.

Les domestiques étaient levés. Des pas feutrés longeaient le couloir, devant la chambre. La nuit pâlissait, les premières lueurs de l'aube striaient l'horizon.

— Je reviendrai, chuchota Joanna. Je vous l'ai promis.

Il acquiesça à contrecœur. Il était impossible de la garder dans cette chambre. Molly et les autres servantes nettoieraient les traces de l'incendie, et mettraient tout sens dessus dessous. Et à moins d'annoncer la vérité à tous... L'image de John Stewart contemplant le portrait de Joanna rejaillit dans sa mémoire. La jeune fille avait certainement eu raison de se cacher.

— Vous reviendrez demain soir... Ce soir, plutôt ! grommela-t-il.

C'était un ordre, pas une invitation. Trop lasse pour argumenter, elle se contenta d'opiner de la tête.

— Vous reviendrez dès que tout le monde sera au lit.

— Si vous voulez.

— Je veux !

Ils étaient devant le panneau ouvert. Il allait s'effacer pour la laisser passer, quand une idée lui traversa l'esprit.

— Un instant. Et si j'ai besoin de vous joindre... avant la nuit ?

— Mais pour quelle raison...

— Je l'ignore. Je voudrais juste savoir, au cas où.

Elle parut s'abîmer dans une intense réflexion. Heureux de la retenir une minute encore, il attendit... Il aurait bien attendu jusqu'à la fin du monde. Il avait du mal à se passer de sa compagnie.

Le visage de Joanna s'éclaira enfin d'un sourire.

— Si jamais l'occasion se présentait, allez voir le prêtre. Dites-lui de vous conduire à la crypte.

— J'y suis déjà allé.

Elle lui lança un coup d'œil incertain.

— Vraiment ?

— Le père William m'a fait visiter les deux cryptes de la chapelle.

— Une troisième existe sous les deux autres, avec des

tombes bien plus anciennes. On y accède par l'extérieur. Le prêtre connaît le chemin.

Elle s'interrompit brièvement, l'oreille aux aguets. On entendait clairement les pas des domestiques dans le vestibule. Joanna baissa le ton :

— Quand vous y serez, renvoyez le père William. Dès que vous serez seul, je sortirai de ma cachette.

— Comment saurez-vous que je suis là ?

Elle esquissa un pas en direction du panneau pivotant.

— Cet endroit m'est familier, dit-elle. Ayez confiance. Si vous avez besoin de moi, je viendrai.

— Joanna, encore un mot, souffla-t-il tandis qu'elle s'apprêtait à franchir le seuil. Qui a provoqué la mort de vos parents ?

Les yeux bleus aux reflets violets devinrent durs comme l'acier.

— Mater, répondit-elle. Mater les a tués.

Dans sa voix vibrait une implacable conviction.

13

Le dépeçage du gibier – un chevreuil et deux biches – se déroulait sous la surveillance d'Allan, dans un ravin bordé de saules. Alentour, la meute hurlante des chiens se disputait la curée. Appuyé sur sa lance de chasseur, Gavin regardait la scène d'un œil distrait. Son esprit vagabondait.

Joanna MacInnes avait perdu la raison, se disait-il. Comment pourrait-il en être autrement ? Quoi de plus normal qu'une personne aussi jeune, aussi fragile, soit affectée par une telle tragédie ? Vivre sous terre pendant six mois ! Se faire passer pour morte alors qu'elle avait survécu... Ce comportement étrange constituait à ses yeux la preuve d'un esprit perturbé. Tout comme ses accusations contre la vieille femme inoffensive de l'abbaye.

Mater les a tués, avait-elle dit avant de disparaître, et

à présent Gavin regrettait de ne pas avoir exigé sur-le-champ une explication.

S'il n'y avait pas eu ses invités, il l'aurait suivie dans le passage secret... Hélas, le code de l'honneur l'astreignait à suivre à la lettre ses obligations d'hôte. Le comte d'Athol semblait se plaire au domaine, car il avait décrété de bon matin qu'il resterait une semaine. Gavin n'avait pu qu'acquiescer. Toute tentative d'écourter la visite de sir John risquait de transgresser les règles de bon voisinage.

Pourtant, avant de partir à la chasse, Gavin avait fait un bref détour par la chapelle, afin d'interroger le père William à propos de la troisième crypte. La mâchoire du prêtre avait failli se décrocher de surprise, mais il n'avait pas osé demander d'où le lord tenait ses informations. Oui, avait-il répondu, il existait bien un sépulcre plus ancien. Il contenait plusieurs tombes, mais il ignorait qui y était inhumé. L'ancien aumônier du manoir lui avait montré l'entrée, qu'il était à peu près sûr de pouvoir retrouver...

L'étalon de Gavin se dandinait, nerveux, les chiens déchiquetaient en grognant les abats, mais le seigneur d'Ironcross continua de rêvasser. Il avait hâte de revoir Joanna. Cette idée fit naître un frisson entre ses reins. Il se demanda obscurément s'il était encore en possession de toutes ses facultés mentales. N'importe quel homme un peu logique n'aurait accordé aucun crédit à la promesse de la jeune fille. Gavin, lui, y avait cru aussitôt. Un invisible lien les attachait. Une confiance. Elle reviendrait, il en était convaincu. Et lorsqu'il la reverrait, il lui dirait le fond de sa pensée : selon lui, Mater n'était pas une meurtrière...

L'étalon s'ébroua, tirant son cavalier de ses méditations. En jetant un coup d'œil circulaire, il constata que le comte d'Athol et son escorte brillaient par leur absence. Ils avaient suivi la piste de deux autres biches, avait expliqué Allan. Et tant mieux ! se félicita Gavin. La vue de John Stewart l'insupportait. Savoir que le comte avait connu Joanna avant lui l'emplissait d'une colère inexplicable.

Quelles avaient été exactement leurs relations ? La réponse ardente de la jeune fille à ses baisers démontrait une certaine expérience. Et malgré son âge, John Stewart était encore séduisant... Gavin réprima un juron. De sa vie, il n'avait été tourmenté par un sentiment aussi vil que la jalousie. Jusqu'alors, le passé de ses maîtresses ne le préoccupait pas. Il se moquait ouvertement des puritains qui prônaient la virginité des filles jusqu'au mariage. Mary Boleyn, la seule femme qu'il eût aimée, et qui reposait maintenant dans le caveau de sa famille, comptait à son actif plusieurs amants, dont un roi. Cela ne l'avait nullement dérangé à l'époque. Alors, pourquoi éprouvait-il un tel sentiment de possessivité vis-à-vis de Joanna MacInnes ?

Secouant la tête, il descendit de cheval et dégringola la pente du ravin. Allan supervisait toujours le dépeçage du gibier ; une lourde odeur de sang flottait dans l'air. Max, le chien bâtard, trottina vers le seigneur en remuant la queue. Se dressant sur ses pattes arrière, il posa celles de devant sur les épaules de Gavin et le salua d'un grand coup de langue en pleine figure. Gavin lui gratta les oreilles, avant de s'adresser au majordome :

— Vos chiens de chasse sont doux comme des caniches de salon, Allan.

— Les autres sont mieux entraînés, répondit le majordome, vexé. Celui-là mérite des coups de bâton.

— Je plaisantais. Il a bien fait son travail, après tout... Ce fut une journée de chasse parfaitement convenable.

— Nous avons tous contribué de notre mieux à cette réussite, milord.

Gavin ramassa un bout de bois, le lança ; tandis que Max partait le chercher comme une flèche, il se tourna vers le majordome.

— Que savez-vous des cryptes d'Ironcross, Allan ?

L'expression choquée sur le visage du vieil homme céda vite le pas à l'incrédulité. Gavin ne lui accorda pas un temps de réflexion.

— Eh bien ? le pressa-t-il.

— Comment savez-vous...

— Il est normal qu'un nouveau châtelain désire tout savoir sur son château, non ?

Le majordome ébaucha un hochement de tête.

— Mille excuses, milord. Je ne voulais pas vous manquer de respect... Mais autant que je me souvienne, personne n'est descendu dans ces caveaux depuis des années. Je m'étonne même que vous en ayez entendu parler... La plupart des domestiques ignorent jusqu'à leur existence.

— Pas tous, apparemment. Je parie que quelques-uns savent comment on s'y rend, rétorqua Gavin. Moi aussi je m'étonne, Allan, car l'autre jour, quand j'ai réclamé un guide, personne n'a pipé mot, y compris vous.

— Ne m'en veuillez pas, milord. Ces cryptes sont si anciennes qu'on n'a plus aucune raison d'y aller.

Allan s'exprimait d'une voix hésitante, ce qui intrigua Gavin.

— Qui est enterré dans la plus ancienne des cryptes ?

— Oh, il y a un tas de tombes. Les plus âgés des paysans déclarent volontiers que les mauvais esprits qui hantent Ironcross y sont nombreux.

Un silence pesant s'ensuivit. Le vent s'était levé soudain ; un souffle glacial s'engouffra dans le ravin, gémissant entre les branches des peupliers. Les chiens se mirent à aboyer, alors que les chevaux décochaient des ruades. Gavin se rendit compte qu'Allan ne faisait plus attention à lui. Ses yeux semblaient fixer quelque chose d'invisible... Les mauvais esprits, avait-il dit. Or, tout comme lady MacInnes, Joanna pensait que des mains humaines avaient allumé l'incendie qui avait fait périr ses parents.

— Allan, dit-il d'une voix forte, afin de tirer le vieil homme de sa rêverie. Depuis quand tous ces gens sont-ils enterrés là-dedans ?

Le majordome marqua une nouvelle pause.

— Il y a très longtemps, milord. Il faut compter trois fois mon âge. Il n'y a plus un seul témoin vivant... Et quant aux noms des morts, on ne les connaît pas. Quand j'étais petit, on parlait des « saintes dépouilles de l'abbaye ».

— De l'abbaye ?

Allan soutint le regard interrogateur de son maître.

— Oui, milord, de l'abbaye. Bien que je ne sache pas pourquoi... Au fil des ans, à mesure que la malédiction... euh, je veux dire, à mesure que les accidents ont commencé à décimer les seigneurs d'Ironcross, des légendes se sont forgées dans les campagnes... On parlait du caveau sous les voûtes, du pouvoir occulte des morts... J'étais un gamin, mais je les vois encore arriver...

— Qui arrivait, Allan ?

— Des paysans. De pauvres ignorants. Ils ont recouvert la crypte d'ex-voto pour conjurer le mal... Ils venaient des quatre coins des Highlands, des grands domaines des MacKenzie, des MacLeod, des Campbell, des MacIntyre... On se serait cru à Jérusalem ! Ils campaient sur les collines. Le châtelain de l'époque s'absentait souvent. Personne ne les empêchait de visiter le caveau des « saintes dépouilles » par les passages souterrains.

Le majordome se tut, l'œil rivé sur l'eau du lac qui léchait le bas du ravin.

— Continuez ! intima Gavin.

— Quand sir Duncan est devenu le propriétaire du domaine, il y a mis bon ordre. Les pèlerinages ont été interdits. Ceux qui se risquaient encore à emprunter les souterrains étaient passibles de lourdes peines... Voilà pourquoi plus personne n'y va depuis. À tel point qu'on ne sait plus comment s'y rendre.

— Mais pourquoi a-t-on enterré au château des gens de l'abbaye ? Pourquoi ne les a-t-on pas inhumés là-bas ? Saintes ou pas, ces dépouilles n'ont rien à voir avec le manoir.

Allan haussa les épaules.

— Je ne sais pas, milord.

— Croyez-vous que Mater pourrait me renseigner ?

Le majordome détourna les yeux.

— Je ne pense pas...

— Vous ne pensez pas qu'elle sait ? Ou qu'elle voudra évoquer ce sujet ?

— Je... Il ne serait pas très sage...

— Pas très sage ? D'interroger Mater ?... Pourquoi, Allan ?

Un martèlement de sabots dispensa le majordome de répondre. Le comte d'Athol et ses hommes descendaient la pente au grand galop. Deux biches gisaient en travers de la selle de deux cavaliers.

— Occupez-vous du gibier du comte, dit Gavin à Allan, et prévenez mon escorte. Nous ferons un détour par l'abbaye avant de retourner au château.

Un masque de perplexité apparut sur les traits du majordome.

— Quelle est la raison de cette visite inopinée, milord ? Allez-vous poser des questions à Mater... à propos de la crypte ?

— Exactement. Puisque mes domestiques sont incapables de me renseigner, je suis bien obligé de m'adresser à cette femme !

Allan conserva un silence circonspect. L'inquiétude assombrissait son visage. « Encore un qui a peur de la malédiction », songea Gavin en remontant à cheval. Il talonna les flancs de son étalon et se lança à la rencontre du comte d'Athol.

Les étranges accusations de Joanna lui revinrent en mémoire. Mater, de son côté, avait évoqué les fréquentes visites de la jeune fille, « de son vivant ». Ignorait-elle vraiment qu'elle avait survécu ?

Gavin tira sur les rênes, afin de saluer John Stewart.

— À ce que je vois, la chasse a été bonne...

— Oui, excellente. Avec tout ce que nous avons attrapé aujourd'hui, il y a de quoi remplir vos celliers.

— J'ai une meilleure idée pour la répartition des biens, dit Gavin en flattant l'encolure de son cheval. Sur le chemin du retour, je m'arrêterai à l'abbaye où je distribuerai une partie du gibier. Cela me permettra d'avoir un petit entretien avec Mater...

— L'abbesse ? fit le comte, rembruni.

— Si vous ne voulez pas m'accompagner, nous nous reverrons au château, sir John. Mon majordome veillera sur votre confort jusqu'à mon retour.

— Je préfère. Je n'ai nulle envie de voir cette vieille folle sur son tas de pierres.

Les yeux gris du comte sondaient Gavin, qui s'efforça de cacher sa satisfaction.

— Au fait, comment vous a-t-elle accueilli, lors de votre première visite ?

— Comment savez-vous que j'y suis déjà allé ?

Bien que John soutînt son regard, un léger changement s'opéra sur sa physionomie.

— Je l'ai supposé, répondit-il d'une voix ferme. L'abbaye fait partie du domaine d'Ironcross depuis des siècles... Il est normal que vous souhaitiez l'inspecter.

Gavin hocha la tête.

— Effectivement, j'y suis déjà allé. Mater est une personne intéressante. Même si les gens qui habitent près de l'abbaye ne sont pas très amicaux, c'est le moins que l'on puisse dire... Mais pourquoi me posez-vous cette question ?

Le comte d'Athol pencha le buste en avant. Du plat de la main, il lissa la crinière noire de sa monture.

— Vous devez être au courant que ces dernières années un grand nombre de vos paysans se sont installés sur mes terres. Les uns cherchaient du travail, les autres voulaient se mettre sous ma protection...

— Oui, l'aumônier du château me l'a dit.

— Les histoires que ces gens simples racontent font dresser les cheveux sur la tête... Il y a, semble-t-il, quelque chose de particulier – de dangereux – attaché à cette abbaye... et à cette vieille mégère.

— De quelle sorte d'histoires s'agit-il ?

— On dit qu'il n'y a plus que des femmes à l'abbaye... des créatures bizarres, sauvages... Et que les hommes y sont réduits à l'esclavage... Ils sont utilisés comme des reproducteurs, après quoi ils sont noyés dans le lac... brûlés... ou, pire encore, émasculés.

Incrédule, Gavin le dévisagea.

— Et vous croyez à ces fables ?

— Bien sûr que non ! Il faut bien inventer une excuse quand on abandonne les terres qu'on cultivait depuis la nuit des temps... Et puis, les hommes ont horreur que les femmes puissent se débrouiller sans eux. Voilà ce que je me disais. J'ai pourtant changé d'avis quand j'ai eu à affronter leur hostilité moi-même.

— Comment ? demanda Gavin avec curiosité.

— C'était l'été où Joanna est venue se réinstaller à Ironcross. Je fréquentais assidûment le domaine...

— L'été dernier, je suppose, coupa Gavin.

L'animosité altérait le timbre de sa voix.

— L'avant-dernier, rectifia lentement le comte. Voyons, où en étais-je... ah oui ! J'étais donc constamment invité au manoir. Hélas, son père l'a renvoyée à la cour jusqu'à l'automne suivant...

Le comte s'interrompit, le visage assombri comme un ciel d'orage. Joanna était revenue fiancée à James Gordon, Gavin le savait. D'ailleurs, elle était toujours promise à cet homme. Comment avait-il pu l'oublier ? Son cœur se serra à cette pensée.

— Toujours est-il, continua John, que ce fameux été, j'ai su qu'elle se rendait souvent à l'abbaye. Au retour, elle chantait les louanges des femmes qu'elle rencontrait là-bas. À ses yeux, elles étaient des anges.

— A-t-elle jamais mentionné l'abbesse Mater ?

— Et comment ! Elle la décrivait comme la bonté personnifiée, et s'émerveillait de l'influence spirituelle qu'elle exerçait sur ses disciples. Joanna respectait et admirait cette horrible sorcière.

Alors, que s'était-il passé pour que, maintenant, elle l'accuse de meurtre ? se demanda Gavin.

— Comme je vous l'ai dit, étant le seigneur de Balvenie, j'avais entendu pas mal de récits concernant l'abbaye, poursuivit le comte. Un jour, j'ai donc décidé d'accompagner Joanna.

— Et qu'avez-vous vu ?

— Pas un chat. À part la dénommée Mater. Personne dans les champs. D'après Joanna, j'avais fait peur aux paysans, qui avaient pris la fuite. Elle a dit que la fois suivante ils se montreraient peut-être plus audacieux.

— Et alors ?

— Alors, rien. La deuxième fois fut exactement comme la première. J'enrageais. Je n'allais pas me soumettre à la volonté d'une bande de femmes, me disais-je, car j'étais persuadé qu'il s'agissait de femmes. Invisibles et sans visages.

— Comment Mater vous a-t-elle accueilli ? questionna Gavin, le visage empreint de gravité.

— Elle tolérait ma présence pour faire plaisir à Joanna. Cette vieille noix ne m'a jamais adressé directement la parole. J'y suis retourné une demi-douzaine de fois, sans plus de résultats. Joanna m'a un jour prié de ne plus y aller. Il était clair que j'étais devenu un sujet de discorde entre elle et ces commères, et qu'elle préférait leur compagnie à la mienne.

Le comte se tut en grimaçant un sourire. Il avait dû se comporter comme un prétendant, pensa Gavin. Il avait dû projeter de demander la main de Joanna à son père. Mais la jeune fille l'avait rejeté deux fois : en l'excluant de son univers, puis en accordant sa main à un autre.

De nouveau, le regard de Gavin dériva du côté de l'abbaye.

Quoi qu'il apprenne de sir John, d'Allan ou même de Mater, Joanna seule détenait la clé de l'énigme.

14

Il ne l'avait pas crue, elle le savait.

Oui, Gavin Kerr n'avait pas cru un mot de ses révélations. Il devait la considérer comme une folle. Et elle l'était, d'une certaine manière, puisqu'elle s'était entichée de lui... Du moins lui avait-il donné la preuve qu'elle le fascinait autant que son portrait. Elle avait frissonné sous ses caresses, s'était sentie femme dans ses bras...

Joanna exhala un soupir. Sa passion pour cet homme risquait de la détourner de son dessein... De son juste combat.

— Bon sang ! gronda-t-elle, puis elle tressaillit tandis que l'écho de sa voix se réverbérait sous les voûtes.

Elle remonta la mèche de sa lampe. La flamme éclaira le sol de la crypte. Âgenouillée, les mains crispées sur le manche d'un poignard, la jeune fille poursuivait inlassablement sa besogne. Depuis des semaines, elle creusait, élargissant la rigole dans un but bien précis.

— Justice sera bientôt faite, murmura-t-elle.

Voilà pourquoi elle se trouvait ici. Voilà pourquoi elle avait enduré des mois de solitude, d'obscurité, de peine immense. Et maintenant, l'heure de la vengeance avait sonné. Elle allait enfin mettre son plan à exécution.

Elle connaissait le rituel par cœur. L'abbesse et ses acolytes se réunissaient à la pleine lune. Entre-temps, Joanna pouvait aller et venir dans le caveau sans crainte d'être surprise. Elle avait découvert la rigole étroite en forme de cercle, sous la coupole où les fidèles dressaient le bûcher de fagots.

Les nuits de pleine lune.

Une cruche d'huile trônait hors du cercle. Cachée dans le renfoncement, derrière l'autel, la jeune fille avait maintes fois observé Mater s'acquitter de son rôle de prêtresse. Quand la cérémonie atteignait son paroxysme, la vieille femme soulevait la cruche pour verser l'huile dans la rigole étroite.

C'est pourquoi elle l'avait élargie. Afin que le flot visqueux s'écoule vers la porte, bloquant l'unique passage vers la sortie. Dans la lueur ondoyante du bûcher, on ne verrait pas la différence... On ne s'en rendrait pas compte avant que l'huile soit enflammée.

Elle crut entendre le crépitement infernal des flammes... Elle avait si souvent rêvé cette scène qu'elle pouvait presque apercevoir le mur incandescent qui se dresserait entre les disciples en transe et la porte. Elle écouterait leurs hurlements, leurs lamentations, les regarderait se racornir comme de vieux parchemins... Elles mourraient comme ses parents étaient morts. Ce lieu deviendrait celui de son propre supplice, mais elle acceptait son destin.

La folie triompherait ; elle n'avait pas d'autre choix. Elle était la seule à pouvoir châtier la servante du diable.

Gavin dévala la pente du vallon. Les ruines de l'abbaye s'égaillaient parmi les bruyères et les buissons épineux. Personne alentour. Il éperonna son cheval, tirant par la bride la jument qui transportait un chevreuil et une biche. Il était seul – ses hommes l'attendaient de l'autre côté du versant – mais cela n'avait pas empêché les paysans de disparaître en un clin d'œil, comme à l'accoutumée.

À la place où il avait trouvé Mater la première fois, il n'y avait que la pierre plate qui lui servait de siège, et des cendres chaudes. Il descendit de cheval, déchargea la jument de son fardeau. Des braises rougeoyaient sous la cendre. Il s'accroupit, y ajouta quelques brindilles bien sèches. Un craquement retentit, une mince flamme jaillit. Il jeta un bout de bois plus gros, le regarda se couronner de crêtes ardentes.

Il avait conscience que des dizaines de paires d'yeux l'observaient à travers les volets des cabanes, mais il poursuivit sa tâche sans se presser. Ayant découpé un morceau de viande avec son couteau de chasse, il le plaça sur le feu. La graisse grésilla ; bientôt, un délicieux fumet s'éleva. Il ajouta alors un deuxième morceau de gibier, sans cesser d'alimenter le feu...

Enfin, la maigre silhouette de Mater surgit d'une des chaumières. Son expression désapprobatrice, le rictus de dédain au coin de sa bouche, avertirent Gavin que sa ruse fonctionnait. Avec un large sourire, il se redressa. La vieille femme lança un regard à la viande qui rôtissait.

— Qu'avez-vous apporté ?

Le ton de sa voix était froid comme le vent du nord.

Gavin se rassit sur les talons, afin de surveiller la cuisson.

— Nous avons eu une bonne journée de chasse. J'ai pensé qu'il serait juste de partager le butin.

— Nous ne voulons pas de votre charité.

— Seriez-vous l'unique religieuse à refuser ce que notre seigneur le Christ enseignait ?

Elle se borna à le fixer d'un air impassible.

— En fait, il ne s'agit pas de charité, reprit-il. La moitié du gibier provient des terres que vous louez. Il est juste que vos gens aient la part qui leur revient de droit.

Le menton haut, elle demeura debout, dominant la corolle du feu.

— Restez loin de cette abbaye, vous et vos soldats. Nous avons renoncé à nos droits... Et nous ne toucherons pas à cette viande.

— C'est à vous de voir. Mais si vous ne la mangez pas, elle pourrira...

— Le gaspillage est un péché... Vous allez devoir ramener vos victuailles, milord.

— Je ne ramènerai rien du tout, répondit-il avec détermination. Et si vous continuez à me contredire, je vous enverrai régulièrement des vivres.

Elle le scruta, dégoûtée, comme s'il était un monstre. Gavin se leva d'un mouvement souple, tout sourires.

— Mes soldats ont eu une rude journée. Il est possible qu'ils veuillent passer la nuit dans ces collines... Vous n'aurez pas à les héberger, rassurez-vous. Le temps s'est un peu amélioré, ils dormiront à la belle étoile.

La figure ridée de Mater s'empourpra.

— Est-ce une menace ?

— Non. Une offre d'amitié.

L'ombre du doute passa sur les traits fanés de l'abbesse.

— Je ne vous comprends pas, dit-elle après un long silence.

— Faites un effort, alors.

De nouveau, elle le dévisagea avec intensité. Gavin ne broncha pas.

— Que voulez-vous au juste, milord ?

— Allez-vous me poser la même question chaque fois que je vous rends visite ?

— Si je savais comment arrêter les persécutions que les différents seigneurs d'Ironcross nous ont fait subir, je ne poserais plus aucune question. Je prierais même les anges de protéger le manoir.

— Eh bien, dites-vous que le seigneur actuel est différent. Et que les habitants de ses terres l'intéressent. J'ai l'intention de passer souvent vous voir, l'abbesse, essayez de vous habituer à cette idée. Votre vie et celle de vos gens sera ainsi moins...

Il indiqua les champs déserts d'un ample geste.

— Moins perturbée, acheva-t-il.

— Croyez-vous que c'est aussi simple ?

— Vous rendez les choses plus difficiles qu'elles ne le sont.

Un soupir excédé échappa à Mater ; elle pivota sur ses pieds et se mit à avancer à grands pas vers les arcades détruites. Vif comme un félin, Gavin lui attrapa le poignet.

— Attendez ! Demandez à votre légion d'anges d'ôter cette viande du soleil.

Ce fut à peine si elle jeta un coup d'œil au gibier. Elle se remit en marche, Gavin sur ses talons. Ensemble, ils longèrent le mur, mangé par un lierre tenace, avant d'emprunter le sentier de la colline.

Tandis qu'ils grimpaient, un gros nuage noir cacha le soleil. L'ombre engloutit la vallée. À l'ouest, un amoncellement de nuages annonçait un orage.

Parvenu au sommet, Gavin se tourna vers son étrange compagne.

— Combien de fois devrai-je me montrer avant que vos sujets commencent à accepter ma présence ? demanda-t-il.

— Combien de souffles reste-t-il dans votre corps ? rétorqua-t-elle sèchement. Vous n'arriverez pas à vous imposer par la force.

— Je n'ai pas l'intention d'utiliser la force. Mais ils sont aussi mes sujets, Mater. Vous ne pouvez pas me faire disparaître.

Elle lui jeta un regard en biais.

— Vous n'êtes qu'un simple mortel. Un être fait de chair et de sang, destiné à disparaître.

— Croyez-vous que seuls les représentants du sexe masculin sont mortels ?

Elle se remit en marche ; il la suivit.

— Qu'avez-vous contre nous, Mater ? insista-t-il. Pourquoi seules les femmes sont-elles les bienvenues dans cette abbaye ? Pour quelle raison détestez-vous les hommes ?

Pas de réponse. La vieille femme se pencha vers une grappe de jacinthes qui perçait sous un rocher, puis reprit son chemin. Gavin lui emboîta le pas.

— Que savez-vous des cryptes d'Ironcross ?

Il vit ses épaules se raidir, mais elle ne souffla mot.

— Le caveau souterrain déborde de tombes. Qui a-t-on enterré là-bas ? Si j'ai bien compris, ces morts auraient dû être ensevelis ici, à l'abbaye. Pourquoi sont-ils au château ? Et pourquoi personne ne veut plus en parler ? Quel est ce mystère ?

Elle resta là, le visage tourné vers les ruines au pied de la colline, dans un silence de pierre. Gavin s'avança, de manière à croiser son regard.

— Je n'abandonnerai pas avant d'avoir obtenu une réponse, déclara-t-il d'une voix plus dure qu'il ne l'aurait voulu. Qui a été enterré là-bas ?

Le vent, qui s'était levé sur le lac, charriait son haleine humide dans le vallon. Les herbes bruissaient à son passage mais l'abbesse restait immobile, indifférente à la bourrasque.

— Y a-t-il un rapport entre ces sépultures et la malédiction qui pèse sur Ironcross ? Mater, parlez ! Je vous en conjure !

Leurs regards se croisèrent comme deux lames de fer aiguisées.

— Des femmes, dit-elle enfin. Ce sont des femmes qui sont enterrées là-bas. Elles sont nos ancêtres, nos saintes... nos sœurs. Cessez donc de poser des questions idiotes, milord, et laissez leurs âmes en paix. Vous feriez mieux de retourner d'où vous venez sans un regard en arrière, croyez-moi.

— Sinon ? la défia-t-il. Que m'arrivera-t-il ? Me romperai-je le cou en tombant de cheval comme Duncan MacInnes ? Me noierai-je dans le lac comme son fils Alexander ? Mourrai-je empoisonné comme son autre fils Thomas ? Mais je suppose que ces trois-là ont eu de la chance, si l'on compare leur fin à celle de sir Kenneth, de lady Anne et de leur domesticité. Brûlés vifs...

Un frémissement quasi imperceptible plissa les lèvres de Mater. Était-cet de l'émotion ? De l'impatience ?

— C'est donc cela, reprit-il. Si je ne me plie pas à votre volonté, vous allez donner l'ordre de ma mise à mort ? Allez-vous appeler les esprits de ces femmes enterrées sous mon château pour les déchaîner contre moi ?

— Vous parlez sans savoir. Vous et vos semblables ignorez ce que c'est que d'obéir. De souffrir !

La fourche blême d'un éclair taillada le ciel, l'assourdissant fracas de la foudre se répercuta dans les collines. Les premières gouttes de pluie heurtèrent le visage de Gavin qui scrutait les yeux gris, durs comme l'acier, de la vieille femme.

— Je ferai tout ce qui est en mon pouvoir pour protéger mes sœurs, prononça-t-elle d'une voix lourde de menaces. J'userai de forces dont vous n'avez pas idée, pour écraser le mal chez les hommes.

Ce disant, elle se mit à descendre la pente. Le ciel se couvrait d'étranges lueurs vertes, les éclairs lacéraient les nuages, le tonnerre roulait sans relâche...

Gavin suivit Mater du regard. Lorsqu'elle disparut parmi les ruines, une conviction absolue s'imposa à son esprit. Les accusations de Joanna étaient fausses ! Les derniers mots de Mater résonnaient encore à ses oreilles... Elle ferait tout pour protéger ses fidèles, mais cela ne voulait pas dire qu'elle irait jusqu'au meurtre.

Oh non, conclut-il en dévalant la colline pour récupérer son cheval, Mater n'était pas une meurtrière.

15

Gavin mit une bûche dans la cheminée, puis se redressa, les yeux fixés sur les flammes.

Avant de quitter la cour d'Écosse, lady MacInnes l'avait instruit des superstitions qu'il aurait à affronter à Ironcross. Elle-même ne croyait pas aux forces surnaturelles, pas plus que Joanna, bien que l'esprit de celle-ci semblât perturbé par la mort de ses parents. Seule Mater avait fait allusion aux forces de l'au-delà...

L'odeur du bois roussi, des tentures brûlées flottait encore dans la pièce. Mais cet attentat qui avait failli le tuer, il ne l'attribuait pas aux fantômes. Quelqu'un s'était introduit dans sa chambre. Il écartait toute possibilité d'accident. Il avait mis la lampe à l'abri, avait mouché sa chandelle. Aucune escarbille n'avait pu rouler sur les tapis de laine, trop loin de l'âtre. En outre, l'intrus savait que Gavin avait le sommeil profond. Il avait espéré que l'épaisse fumée étoufferait sa victime...

Le chuintement feutré d'une clenche, l'imperceptible grincement du panneau pivotant, se firent entendre. Gavin tourna les yeux vers la porte secrète. Joanna franchit le seuil et, l'espace d'une seconde, son ombre se profila sur la cloison d'en face, mince et agile.

Elle avait tenu sa promesse.

D'un pas hésitant, elle entra dans la chambre. Elle se déplaçait comme un chat, grâce à ses souliers de cuir souple. Dieu qu'elle était belle ! Aujourd'hui, elle avait coiffé la masse blonde de ses cheveux en arrière ; une tresse dorée lui arrivait à la taille. Elle avait changé, en effet, par rapport au tableau, constata-t-il. Plus mince, plus pâle aussi, avec des yeux plus grands, brillants, sauvages. Les traits étaient plus ciselés, les lèvres plus pleines. La Joanna d'aujourd'hui était plus splendide encore que la beauté étourdissante, immortalisée par le pinceau d'Elizabeth MacPherson. Elle portait la même robe informe qu'hier, taillée d'un seul bloc dans un tissu rugueux... L'ourlet, qui s'effilochait, découvrait des mollets gracieux ; l'échancrure, trop ample, bâillait sur les coupoles de ses seins.

Un long frisson parcourut Gavin. Son regard brillant de désir n'échappa pas à la jeune fille, qui croisa ses mains bandées sur sa poitrine.

— Ainsi, vous êtes revenue, dit-il.

— Je vous l'avais promis. Mais n'allez pas vous dire... euh...

Troublée, les pommettes rosies, elle s'interrompit. Puis elle poussa un soupir pathétique :

— Ce qui s'est passé ici la nuit dernière... je ne voudrais pas que vous pensiez...

Il fit mine de l'aider.

— Que je pense quoi ? Que je vous dois la vie ?

— Non, non, pas du tout...

— Alors quoi ? poursuivit-il, imperturbable. Que vous continuerez à veiller sur moi ?

— Non, ce n'est pas ce que j'ai voulu dire, bredouilla-t-elle.

— Alors, j'en conclus que vous m'avez sauvé la vie *et* que vous continuerez à veiller sur moi comme un ange gardien.

Elle le regarda, agacée.

— Arrêtez de parler à ma place ! ronchonna-t-elle.

— Mais parlez donc, ma chère. Je parie que vous aviez les mots sur le bout de la langue.

Joanna tapa du pied, telle une enfant contrariée.

— Vous m'interrompez tout le temps !

— Je vous promets de vous écouter jusqu'au bout sans ouvrir la bouche. Allez-y, je vous en prie.

Pendant qu'elle le scrutait d'un air suspicieux, il s'assura que le panneau était bien refermé. S'il s'était écouté, il l'aurait attirée dans ses bras et embrassée à perdre haleine.

Comme si elle avait lu dans ses pensées, elle recula craintivement.

— Que disiez-vous ? s'enquit-il avec un sourire.

Il se dirigea vers une petite table dressée pour le dîner. Il avait prétexté l'accident de la veille pour se retirer dans ses appartements. Lorsque le barde du comte avait entamé la longue épopée de Cúchulaín, ancien héros celte, il s'était excusé auprès de son invité. Celui-ci n'en avait pas pris ombrage. Avant de quitter la salle à manger, Gavin avait prié Peter de lui faire porter son dîner dans sa chambre. La vieille Gibby s'était surpassée. Volailles, gibier, bœuf braisé s'alignaient sur la table, dans la lueur ambrée des chandelles...

Il souleva la cloche d'argent, et le fumet appétissant vint chatouiller les narines de Joanna.

— En attendant de pouvoir formuler vos préoccupations, me feriez-vous l'honneur de partager mon repas ?

La jeune fille leva sur lui un regard hésitant.

— J'espère que ce festin n'a pas été préparé dans le but de me délier la langue. C'est inutile. Je suis revenue avec l'intention de répondre à toutes vos questions.

Elle eut un petit sourire triste.

— Je crains, toutefois, que mes réponses ne vous déplaisent.

Il lui avança une chaise.

— Asseyez-vous, je vous prie. Rien n'a été fait exprès, rassurez-vous.

— J'attends vos questions.

— N'ayez crainte, je ne les oublierai pas.

Elle haussa le menton.

— Et... au cas où vous auriez des arrière-pensées...

Il arqua les sourcils d'un air choqué.

— Vous voulez dire, en échange de ce repas ?

Comme elle acquiesçait, il ajouta :

— Me prenez-vous pour une brute, Joanna ?

Son regard détailla le corps de la jeune fille, qui se raidit sous cette insidieuse caresse.

— Vous ne risquez rien, assura-t-il. Maintenant, si le menu avait été concocté par mon cuisinier au château de Ferniehurst... ou par celui, non moins fameux, d'Ambrose et Elizabeth MacPherson...

Comme il s'y attendait, à la mention de ces deux noms, le visage de Joanna s'éclaira.

— Vous les connaissez ? demanda-t-elle.

Elle avait retrouvé le sourire – un sourire presque aussi radieux que celui du portrait.

— Ils sont mes meilleurs amis, répliqua-t-il. Pour ne pas dire les seuls.

— Cela ne m'étonne pas que vous n'ayez pas d'amis. Vous êtes sûrement invivable ! déclara-t-elle, espiègle. Est-ce que je me trompe ?

— Eh bien, je préfère ne pas répondre à cette épineuse question. Peut-être qu'après le dîner vous serez apte à juger si je suis de bonne ou de mauvaise compagnie.

Enfin, elle s'assit. Gavin admira son dos gracieux,

barré par la tresse dorée, ses épaules menues, son cou de cygne d'une blancheur éclatante, et il dut admettre que, hélas, comme elle l'avait suggéré, il avait bel et bien des « arrière-pensées »...

— J'espère que vous ne vous tiendrez pas derrière moi pendant tout le repas ?

— Bien sûr que non.

Il prit place à son côté. Ses genoux frôlèrent ceux de Joanna, qui s'empressa de s'écarter. Pour la première fois de sa vie, Gavin se sentit rougir. Il se comportait comme un adolescent...

— Ainsi, vous connaissez les MacPherson ?

— Oui, depuis de nombreuses années, répondit-il en la servant copieusement. C'est Ambrose qui m'a présenté au reste de la famille.

Il remplit les hanaps d'un vin onctueux.

Joanna regardait la nourriture sans oser y toucher. Peut-être parce qu'il y en avait trop... Gavin rompit le pain, lui en tendit un morceau, et ce geste parut l'encourager.

— Et vous ? demanda-t-il.

— J'ai eu, moi aussi, la chance de faire la connaissance d'Ambrose et d'Elizabeth.

Elle prit une bouchée, marqua une pause en fermant les yeux. Une expression de pure félicité éclaira son visage.

— Avez-vous eu l'occasion de rencontrer Alec MacPherson et son épouse, Fiona, à la cour ? s'enquit-il.

Joanna avala sa bouchée. Un délice. Du bout de sa fourchette, elle en dégusta une nouvelle.

— Mmmm... Que dites-vous ?

— Je me demandais si vous ne faisiez pas partie des colombes qui roucoulaient après Malcolm MacPherson.

Elle l'enveloppa d'un regard réprobateur.

— Ce n'est pas vrai ! Vous avez dit quelque chose à propos du frère aîné et de la belle-sœur d'Ambrose.

— Vous faisiez la sourde oreille, mais vous m'avez très bien entendu !

— Je mettais votre honnêteté à l'épreuve, dit-elle en

goûtant la purée de navets avec la même expression béate.

Gavin lui jeta un coup d'œil amusé.

— Alors, j'ai échoué...

— Oui, lamentablement, répondit-elle, avalant une grosse bouchée de gibier mariné dans du vinaigre et des épices. Mais je veux bien vous accorder une seconde chance.

Il inclina cérémonieusement la tête.

— Vous êtes trop bonne. Je vous promets de ne pas la gâcher.

Elle lui sourit, tout en buvant une gorgée de vin.

Gavin ne parvenait pas à détacher les yeux de la jeune fille. De la ligne pure de ses épaules, de son visage fin, penché sur l'assiette. Il aperçut une petite veine qui palpitait sur son cou, et eut envie d'y presser les lèvres.

— Reprenons ma question, dit-il, à propos des MacPherson...

— J'ai rencontré Fiona et Alec une fois, à l'atelier d'Elizabeth. Et... non, je n'ai jamais roucoulé pour Malcolm MacPherson. Contrairement à certaines de mes amies... Malheureusement pour moi, je ne le connais pas. Ambrose avait l'intention de me le présenter, mais le superbe capitaine sillonnait toujours les mers... Je n'ai donc pu rejoindre la volière des colombes énamourées !

Elle lui sourit de son air le plus innocent. Gavin la fixa un long moment.

— Joanna MacInnes, vous êtes diabolique !

— C'est vous qui tentez le diable.

— J'ai voulu plaisanter, tout simplement.

— Et vous avez reçu la monnaie de votre pièce.

Elle se remit à s'empiffrer, sous l'œil admiratif de son compagnon. Elle avait le sens de l'humour. Du charme. Une beauté hors du commun.

Si l'on ajoutait la fortune à ces qualités, elle représentait le parti idéal. Des hommes tels que John Stewart et James Gordon se damneraient pour l'épouser. Et lui-même...

Jusqu'alors, il n'avait jamais songé au mariage. Or, Joanna avait éveillé en lui, hormis son instinct protecteur, quelque chose de plus profond, de plus primitif. Un désir qui le consumait à petit feu depuis qu'il avait goûté ses lèvres exquises. Depuis, il n'était plus le même. Une voix intérieure lui répétait sans répit qu'il devait, coûte que coûte, avoir cette femme. Pas pour un instant. Pas pour un certain temps. Pour l'éternité...

Tandis qu'elle dévorait à belles dents une aile de poulet, elle leva les yeux. Il sombra dans le bleu foncé de ses prunelles. Pour la première fois, la vie lui souriait, pensa-t-il. Dès l'instant où son regard s'était posé sur le portrait de l'héritière d'Ironcross, il avait été captivé. Sa rencontre avec Joanna n'était pas le fruit du hasard. Le destin les avait rapprochés, comme si son existence prenait enfin le sens qui lui manquait...

Sa voix mélodieuse l'extirpa de ses pensées :

— Quelle chose inhabituelle qu'un Lowlander comme vous soit lié d'amitié avec un clan de Highlanders comme les MacPherson.

— À chacun ses faiblesses. Je tiens les natifs des Highlands pour des scélérats, mais il y a toujours une exception qui confirme la règle.

Joanna lui adressa une grimace, et il sirota une gorgée de vin, ravi de sa repartie.

— Évidemment, de temps à autre, on tombe sur un Highlander civilisé, mais c'est plutôt rare, reprit-il.

— Inutile de vous répéter. J'avais saisi le fond de votre pensée.

Sans cérémonie, elle s'empara de l'assiette à laquelle Gavin avait à peine touché, et la vida dans la sienne. Elle n'avait pas dû manger depuis des jours, songea-t-il.

— Ne vous gênez pas ! fit-il, feignant de se fâcher. Vous savez, nous autres, Lowlanders, ne sommes pas partageurs.

— Mais *nous autres,* Highlanders, sommes des voleurs !

Il lui saisit la main au moment où elle s'emparait du dernier morceau de pain, la garda dans sa paume. Leurs regards se nouèrent.

— Et nous autres, Lowlanders, reprenons toujours ce qui nous appartient, déclara-t-il.

Lentement, il attira le petit poing bandé vers sa bouche. Elle s'efforça de résister, mais il était trop fort. Peu à peu, son avant-bras s'inclinait. Alors elle bondit sur ses pieds, se pencha vivement, et attrapa le bout de pain avec les dents.

— Ah ! ah ! s'exclama-t-elle, la bouche pleine. Nous autres, Highlanders, sommes trop rapides pour nous laisser prendre.

— Ah oui ? gronda-t-il en tirant sur sa tresse, la forçant à renverser la tête. C'est ce qu'on va voir.

Joanna pouffa.

— Que vous le vouliez ou non, nous sommes vifs. Surtout pour les gros balourds des Lowlands !

— Comment osez-vous me traiter de gros balourd ?

Il avait relâché la tresse dorée, et l'avait enlacée par la taille. Le sourire triomphant de la jeune fille s'effaça.

— Je n'ai pas intérêt à insister... n'est-ce pas, milord ?

Elle ne le défiait plus. Une infinie douceur perçait dans son regard, dans sa voix. Leurs plaisanteries avaient cédé le pas à quelque chose de plus puissant.

Gavin ne pouvait plus se contenir. Penchant la tête, il écrasa sa bouche contre celle de Joanna.

— Hmm, murmura-t-il en respirant profondément. C'est bien meilleur que le dîner.

Elle eut un doux sourire.

— Faites-vous monter un autre plateau des cuisines. Je vous promets de ne pas me jeter dessus.

De nouveau, il s'empara de ses lèvres.

— Ce que j'ai en tête promet d'être plus délectable que les meilleures recettes de Gibby.

16

Il la pénétra d'une poussée.

— Iris ! grogna-t-il, les dents serrées.

Elle subissait ses assauts passivement. Une lame de feu le transperça, il répandit sa semence dans le ventre de la femme.

Margaret l'enlaça tandis qu'il demeurait allongé sur elle, immobile, épuisé. Il pleurait silencieusement. Ses larmes mouillaient la chemise de la femme muette, qui lui caressa tendrement les cheveux, du bout des doigts...

Les yeux brillants, il releva la tête pour scruter la figure émaciée de son amante, ses immenses yeux noirs.

— Pourquoi fais-tu ça, Margaret ? Pourquoi me laisses-tu te brutaliser ?

Elle ne pouvait répondre, il le savait. Mais elle continua de lui caresser le visage.

— C'est péché de te soumettre à mes appétits... Je suis un mécréant... je profite de ta faiblesse...

Il roula sur le dos, les mains derrière la nuque. Sa voix retentit de nouveau, tranchante comme un fil de rasoir :

— Le pire, quand je couche avec toi, c'est que je vois Iris. Je me rappelle notre enfant qui n'a jamais vu le jour.

Margaret s'assit, tira sa chemise froissée sur ses cuisses. Une couverture gisait à côté de la paillasse. Elle en recouvrit la nudité de l'homme.

— Toujours attentive, murmura-t-il durement. Toujours prête et consentante...

Les doigts de Margaret avaient entrepris d'explorer les lignes de la main de son amant. Il se dégagea.

— Je suis indigne de toi, Margaret. Et toi, tu n'entends pas, tu ne comprends pas un mot de ce que je te dis. Je sais que tu ne révéleras jamais les secrets terribles que je te confie.

Il se détourna, les yeux voilés de chagrin.

— Iris m'a trahi, Margaret. Elle était ainsi faite... C'est la faute au sang gitan qui coulait dans ses veines.

Une larme tremblotait au bout de ses cils ; elle s'écrasa dans la paume de la femme.

— Je l'avais pourtant prévenue, continua-t-il, sentant la colère monter en lui. Je lui avais interdit d'aller voir le lord. Je lui ai promis de m'occuper d'elle, de notre enfant. Mais Iris était fougueuse. Impatiente. La vieille sorcière lui avait monté la tête contre moi...

Il s'assit sur son séant, saisit un gobelet de bière posé à même le sol. Une longue gorgée de liquide apaisa la soif qui lui desséchait la gorge. Il regarda avec dégoût les doigts maigres de Margaret sur son bras. Il la repoussa violemment.

— Elle méritait de mourir, ce soir-là ! grogna-t-il après un long silence. Il n'y avait pas d'autre issue. Cette catin est allée chez le lord... Et après le mal qu'elle a fait...

Il s'interrompit. Une lueur sauvage passa dans ses yeux tourmentés.

— Elle méritait de mourir ! hurla-t-il. Et lui aussi. Il me l'a prise. Il m'a tout pris... La mort était le juste châtiment pour ces deux êtres abjects.

Le prêtre se tut. Une fois de plus, il avait laissé exploser sa colère, et maintenant, il fixait le plafond d'un air absent.

Margaret hocha la tête. Elle posa un baiser sur l'épaule de William, puis moucha la chandelle avant de se pelotonner sur la paillasse, près de lui.

Les lèvres de Joanna s'entrouvrirent. La langue de Gavin explora doucement sa bouche. Émerveillée, elle entendit un chant sensuel s'élever depuis le tréfonds de son être. Ses bras se nouèrent autour du cou de Gavin. Une chaleur insidieuse l'enveloppait, elle s'y abandonna. Toute crainte l'avait quittée. Plus rien n'avait d'importance, plus rien n'existait à part eux deux.

Elle aspirait à goûter pleinement l'amour charnel avec cet homme, sans retenue, sachant que la fin – sa fin – était proche. Cela, Gavin Kerr l'ignorait. Elle se garderait bien de le mettre au courant. Le plan qu'elle avait conçu et qu'elle exécuterait à la prochaine pleine lune ne pouvait être remis en cause.

La tête renversée en arrière dans un mouvement voluptueux, elle lui tendit ses lèvres. Cette fois-ci, elle irait jusqu'au bout, elle l'avait décidé.

Comme s'il avait deviné ses pensées, il se recula un peu afin de la scruter. Son torse puissant se soulevait au rythme de sa respiration saccadée.

— Joanna, murmura-t-il.

Ses mains glissèrent le long de son dos, se nichèrent au creux de ses reins, la pressant davantage contre lui.

— Je n'ai jamais perdu à ce point le contrôle de mes actes. Tu m'as envoûté...

— Êtes-vous sûr que ce n'est pas la Joanna du portrait que vous voulez ?

— Oh non, répondit-il avec fougue. C'est toi que je veux, joli fantôme qui me hante !

Elle lut dans ses prunelles sombres le même désir qui la tenaillait. À ses yeux, elle était belle, désirable. C'est tout ce qui importait.

— Je ne suis pas un fantôme, Gavin Kerr, dit-elle en défaisant la bande de tissu qui lui tenait lieu de ceinture. Je me montrerai à vous comme une vraie femme. Une femme vivante...

Il la regarda, ébloui, tandis qu'elle faisait glisser sur une épaule, puis sur l'autre, la profonde encolure de sa robe.

— Joanna... Joanna... mon amour... il faut que tu saches que, si tu te donnes à moi, je te garderai pour toujours.

— Oui, chuchota-t-elle en abaissant la robe jusqu'à sa taille. Aussi longtemps que la vie le permettra.

L'étoffe grossière glissa sur ses hanches minces, forma une mare par terre, à ses pieds. Elle ne portait plus qu'une fine chemise qui lui collait au corps comme une seconde peau. Sous la caresse de son regard, elle frissonna. Il lui effleura les seins, dont les pointes dardèrent sous le tissu transparent. Lentement, il fit courir ses mains sur les épaules de la jeune fille, puis le long de ses bras. Enfin, il lui prit les mains.

— Non !

Elle s'efforça de retirer ses pauvres mains emmaillotées, mais il les retint fermement.

— Je te veux tout entière, Joanna, dit-il d'une voix enrouée en se penchant pour lui embrasser le bout des doigts. Comme tu es. Avec tes blessures...

Il commença à dérouler les bandes de linge ; tandis qu'il les retirait, elle détourna la tête, apeurée, afin de ne pas voir la répulsion dans ses yeux lorsqu'il découvrirait ses chairs boursouflées.

Mais il porta ses mains nues à ses lèvres, les recouvrit de baisers...

Joanna retenait ses larmes. Ce geste, d'une tendresse inouïe, mettait à mal les défenses de son cœur. Sa carapace se fissurait. Cet homme voulait la posséder corps et âme. Et son âme, qu'elle avait farouchement gardée à l'abri des émotions, menaçait de s'offrir à lui.

Il défit la lourde tresse d'or, passa les doigts dans les torsades blondes qui ruisselaient jusqu'à ses hanches.

— Joanna, dit-il, je ne peux pas te prendre comme cela. Il faut que nous parlions de l'avenir...

Il n'y avait pas d'avenir, mais il ne le savait pas. Au lieu de répondre, elle ôta sa chemise, devant le regard ébloui de Gavin.

— Tu es si belle... Il faudra que je fasse annuler tes fiançailles.

Elle lui scella les lèvres de ses doigts.

— Il n'y a pas de fiançailles.

— Mais comment...

— Après toi, il n'y aura pas d'autre homme... Gavin, je t'en prie, fit-elle, se blottissant dans ses bras. Je te veux, moi aussi. Maintenant. Nous parlerons d'avenir... après.

Il la sentait trembler contre son cœur. Les lèvres de Joanna s'entrouvraient, l'appelaient. Il n'avait pas la force de résister.

— Que Dieu me vienne en aide, murmura-t-il d'une voix rauque.

— Maintenant... répéta-t-elle. Je ne te demande rien d'autre.

Il la serra dans ses bras, goûta ses lèvres avec passion. Une chaleur torride se déversa dans les veines de Joanna. Les mains de Gavin couraient sur ses seins, ses hanches, ses reins. Il la pressa contre lui, et elle sentit sa virilité à travers le léger lainage du kilt. Un doux gémissement lui échappa.

— Joanna, murmura-t-il. Ma belle sorcière...

Il traça du bout de la langue un ruban de feu sur sa gorge. Pressée de sentir la peau nue de Gavin, elle glissa les mains sous la chemise de lin, explorant les muscles qui se raidissaient à son contact.

À bout de patience, il la souleva de terre. D'instinct, la jeune fille lui enlaça la taille de ses cuisses.

— Ô mon Dieu, soupira-t-il, si je ne te prends pas tout de suite, j'en mourrai.

Elle lui mordilla le lobe de l'oreille.

— Alors prends-moi, Gavin.

Il la fit basculer sur le lit, et elle le regarda se dévêtir. Les lourdes bottes tombèrent sur le plancher, les habits suivirent, l'un après l'autre, révélant un corps musclé, magnifique. C'était la première fois qu'elle voyait un homme nu. D'un regard stupéfait, elle mesura le désir qu'elle lui inspirait. Il s'agenouilla sur le lit, se pencha pour savourer la pointe de ses seins, promena la langue sur son cou, sur la peau satinée de son ventre. Elle se mit à ondoyer comme une flamme que la brise fait danser. Une terrible faim la tenaillait. Elle gémissait, haletante, avec l'impression de flotter, de glisser sur des nuages à une vitesse vertigineuse.

Sa main descendit vers le nombril de Gavin, puis plus bas, pour s'emparer de son sexe. C'était chaud, dur, palpitant.

— Oh non, murmura-t-il, pas encore.

Joanna cambra les reins, assaillie par l'urgence de le sentir en elle.

— Gavin, dit-elle avec ardeur. Prends-moi maintenant. Je t'en supplie.

— Seras-tu mienne pour toujours, Joanna ?

Elle acquiesça ; leurs lèvres se cherchèrent, se trouvèrent. Leurs corps en firent autant. Soudain, une brûlure la transperça et elle retint un cri de douleur. Les yeux clos, elle s'accrocha aux épaules de Gavin, qui resta un long moment immobile. Ensuite, il se remit à bouger. Lentement au début, tout doucement... Puis de plus en plus vite. Elle s'ouvrit à lui, fascinée par la force qui peu à peu les emportait. Leurs corps fusionnèrent avec une passion qui bientôt effaça toute douleur...

Joanna eut la sensation qu'un ciel chauffé à blanc s'ouvrait devant elle, et que sa lumière l'embrasait.

L'eau fangeuse du lac souterrain était peu profonde. Le comte d'Athol se hissa sur les rochers. À la lueur d'une lampe tempête, il étudia les parois de la caverne qui plongeait sous le château d'Ironcross. Une paillasse et une étoffe sombre gisaient par terre. Il se pencha. Un manteau, quelques guenilles, constituaient en tout et pour tout les maigres possessions de la créature qui avait élu domicile dans le souterrain. Une femme, probablement, à en juger par ce qui, autrefois, avait dû être un sous-vêtement féminin. À côté, un petit tas de cendres encore chaudes, une écuelle en bois, et un quignon de pain.

Par tous les diables ! songea le comte. Depuis qu'il était gamin, il connaissait l'existence de la caverne pour l'avoir parcourue maintes fois en compagnie de Kenneth MacInnes et de ses garçons d'écurie. Le souvenir de leurs jeux d'enfants fit éclore un sourire nostalgique sur ses lèvres, sourire qui s'éteignit presque aussitôt. Tout à l'heure, David, son « espion », lui avait raconté qu'un esprit hantait Ironcross, mais John ne l'avait pas cru. À présent, ces indices le confortaient dans sa première impression. Aucun fantôme n'avait jamais eu besoin de la chaleur d'un feu, d'une couche ou de pain... Restait à résoudre le mystère suivant : pourquoi cette femme s'obstinait-elle à rapporter le portrait de Joanna MacInnes à sa place initiale ?

Lorsque le seigneur d'Ironcross lui avait annoncé sa décision de se retirer tôt, ce soir, le comte avait dissimulé sa satisfaction. Il voulait mener lui-même l'enquête sur le prétendu fantôme. Car il ne pouvait se fier à David...

Il repoussa le manteau déchiré avec le pied. Il n'allait pas permettre à une mendiante de contrarier ses plans... Surtout quand il était si près du succès.

Calé sur les coussins moelleux, Gavin prit une profonde inspiration. La pluie flagellait la muraille du manoir, de temps à autre le tonnerre grondait sur le lac. Pourtant, une paix exquise l'enveloppait. C'était merveilleux de partager son lit avec Joanna, pelotonnée à son côté. Après leur folle étreinte, il avait tiré sur elle la couverture. Longtemps, il avait contemplé son visage adoré.

Sitôt qu'il était entré en elle, il avait compris qu'il était son premier amant. Et bien qu'il n'eût jamais accordé la moindre importance à la virginité des femmes, l'émotion l'avait bouleversé.

Gentiment, il repoussa une boucle dorée sur le front de la jeune fille.

— Tu étais vierge, dit-il simplement.

— Oui.

— Pourquoi ne me l'as-tu pas dit ?

— Tu ne m'aurais pas crue.

— Comment peux-tu penser une chose pareille ?

Il l'attira vers lui, et elle posa la tête sur son épaule.

— Tu ne me connais pas, poursuivit-il. Je me serais comporté autrement si j'avais su...

— C'était *ma* virginité. J'ai eu envie de te la donner. Cela me regarde.

— Cela me regarde aussi. J'aurais dû me montrer plus... doux. Moins impatient. Au lieu de cela, je t'ai prise comme une femme habituée à... aux hommes...

— Chut... fit-elle, posant un doigt sur la bouche de Gavin. As-tu eu du plaisir ?

— Oui, Joanna. Un plaisir immense.

— Mon corps t'a-t-il plu ? Ne m'as-tu pas trouvée trop grosse ? Ou trop maigre ?

— Tu es parfaite, murmura-t-il en se penchant pour l'embrasser, mais elle le repoussa.

— Parfaite... mais incapable en amour, dit-elle, boudeuse.

— Non, mon amour. Au contraire, tu as été très... habile.

Un sourire apparut sur les lèvres de Joanna.

— Habile à te séduire ? demanda-t-elle, les yeux pétillants de malice.

— D'une grande habileté, en effet.

— Tu n'es pas choqué, alors ?

— Pourquoi ? dit-il, haussant les sourcils, amusé par leur jeu. Parce que tu m'as séduit ?

Il glissa la main sous les couvertures et caressa doucement un sein d'albâtre. Aussitôt, la pointe se raidit. Frissonnante, Joanna ferma les yeux.

— J'avais mes propres plans pour te séduire, expliqua-t-il. Tu m'as à peine devancé. Et j'approuve ta méthode de tout cœur.

— Quand me poseras-tu tes fameuses questions ?

Ce n'était pas le moment, pensa-t-il. Son désir pour elle renaissait, intact. Il sentit sa petite main brûlante sur son ventre et tressaillit à son tour.

— Après que je t'aurai séduite, chuchota-t-il.

Elle hocha la tête, gagnée par une étrange langueur.

— Essaie ! le défia-t-elle. Mais je te préviens : je ne vais pas rester passive...

17

Les doigts tremblants, Margaret poussa le loquet de la porte qu'elle venait de refermer derrière elle. Elle suivit du regard son frère qui faisait les cent pas dans la pièce.

— Ah, te voilà ! s'exclama-t-il, contenant à peine sa colère.

Plaquée contre le battant, elle fixa le plancher.

— Où étais-tu, Margaret ?

Tête basse, elle essuya ses paumes moites sur sa jupe.

— Où diable étais-tu passée ?

Le rugissement d'Allan la fit sursauter. À contrecœur, elle leva les yeux vers lui.

— A... ab... b...

— Ne mens pas. Molly était à l'abbaye, et elle ne t'a pas vue.

Margaret s'obstina à répéter :

— Ab... a...

— Le mensonge est péché mortel, petite sœur.

Elle secoua vigoureusement la tête, les yeux embués.

— L'un des garçons d'écurie t'a vue aller à la chapelle.

Margaret ébaucha un vague signe de croix.

— N... ne... p...

— Tu rougis, Margaret. Pourquoi ? cria-t-il, les poings serrés. Étais-tu encore avec ce nabot lubrique ?

Allan posa la main sur l'épaule de la femme, qui pleurait à chaudes larmes.

— Il est plus mauvais que Lucifer en personne, pauvre idiote. Est-ce que tu comprends ?

Margaret lui prit la main.

— N'approche plus le prêtre, reprit-il. Évite-le, je te l'ordonne.

Elle acquiesça.

— Je ne laisserai plus personne nous faire du mal... Plus personne, Margaret, est-ce clair ?

De nouveau elle acquiesça, en tremblant comme une feuille.

Gavin tisonna le feu, puis ajouta une bûche dans l'âtre. Se redressant, il se tourna vers Joanna. Assise dans le lit, elle avait ramené les genoux contre sa poitrine, le regard dans le vide. À en juger par son visage figé, elle se rappelait des souvenirs douloureux.

Durant leurs ébats, elle n'avait songé qu'à prendre et à donner du plaisir. Elle avait été gaie, vivante, sensuelle. Mais à présent, depuis qu'il avait décidé de la questionner, comme convenu, un voile de tristesse était tombé sur elle.

Gavin prit le pichet de vin et deux hanaps sur la table avant de regagner le lit.

— Il y a tant de choses que je voudrais savoir, dit-il calmement.

— Je ne sais par où commencer. Veux-tu que je te raconte en détail l'incendie ? C'était horrible... Veux-tu vraiment savoir comment j'ai échappé à l'enfer, alors que toute ma famille a succombé ?

Sa voix était à peine audible.

Posant le pichet et les hanaps en équilibre précaire sur le montant du lit, Gavin se glissa sous la couverture. Un petit pied glacé toucha le sien, il la sentit frissonner de tous ses membres.

Il lui entoura les épaules d'un bras protecteur, l'attira près de lui, contre la tête de lit en bois sculpté. Elle posa la joue sur sa poitrine.

— Commence par le début, suggéra-t-il. Je veux tout savoir. Parle-moi de ton enfance.

Elle releva la tête pour le dévisager.

— De mon enfance ? Pourquoi ?

Elle arborait un petit sourire un peu forcé, qui fit fondre le cœur de Gavin. Il s'empara de ses lèvres, mais rompit le baiser, sentant son désir se réveiller.

— Joanna, dit-il, il faut que je sache. Après tout, tu es la première femme à qui j'ai demandé de m'épouser.

— T'épouser ?

Son air sceptique témoignait d'une profonde hésitation. Gavin n'insista pas. Ils évoqueraient ce sujet plus tard.

— Étais-tu une petite fille sage et timide ? demanda-t-il.

Joanna s'esclaffa.

— Sage et timide ! Mes parents ne m'auraient pas décrite ainsi.

— Bien sûr... J'oubliais que tu es fille unique.

— Grand-père Duncan est mort avant ma naissance. Mes deux oncles, Alexander et Thomas, ne se sont pas mariés. J'étais le seul enfant de la famille. La petite chérie de tout le monde.

— Autant dire choyée, gâtée...

— Absolument, admit-elle. Mes parents me couvraient de cadeaux, mes deux oncles en faisaient autant. Je serais devenue une véritable peste sans ma grand-mère, qui était plus autoritaire.

— Lady MacInnes est une femme de grande qualité.

— Tu la connais ? demanda Joanna, surprise.

— Je l'ai rencontrée avant de venir dans les Highlands. C'est elle qui, la première, m'a parlé de toi, ma jolie sorcière...

— Elle va bien ? s'enquit-elle doucement. Pauvre grand-mère ! Elle a dû avoir le cœur brisé lorsqu'elle a appris la mort de mon père... et de nous tous.

— Elle m'a donné l'impression d'une personne fragile, en effet. Lady MacInnes tient par la force de son esprit. Avec l'âge, elle a gagné en pertinence ce qu'elle a perdu en facultés physiques. Je crois qu'elle n'a pas renoncé à l'espoir.

Un silence s'ensuivit. La pluie cinglait les fenêtres.

— L'espoir que quelqu'un ait survécu ? s'étonna la jeune fille.

— Je ne pense pas qu'elle croie à un tel miracle. Mais elle espère que justice sera faite.

L'expression de Joanna changea. L'intensité subite de son regard, son intérêt avertirent Gavin qu'il avait touché une corde sensible.

— Est-ce que ma description de lady MacInnes correspond au souvenir que tu as gardé d'elle ?

Joanna fit oui de la tête, avec un doux sourire.

— Grand-mère s'est toujours battue pour ses convictions. C'est quelqu'un de terriblement déterminé. Son influence m'a permis de rester dans le droit chemin... Mais a-t-elle dit autre chose sur moi, sur le château ?

— C'est moi qui pose les questions !

— D'accord, admit-elle, touchant du bout des doigts le visage de Gavin.

— Ta grand-mère m'a prié de chercher ton portrait. Elle espérait qu'il aurait échappé à l'incendie.

— Et c'est tout ? N'a-t-elle pas évoqué les désastres qui ont frappé notre famille ?

— Elle m'a raconté comment chacun de ses fils est mort. À son avis, la malédiction d'Ironcross n'a rien à voir avec l'au-delà. Le mal qui hante le domaine est dû à la méchanceté humaine.

— Et elle t'a convaincu de chercher la vérité.

— Oui. J'ai mes propres terres dans les Borders. Je n'avais pas l'intention de vivre dans les Highlands. Le lord chancelier m'a offert le domaine d'Ironcross, mais je ne me serais peut-être jamais déplacé si je n'avais pas reçu la visite de ta grand-mère.

— Regrettes-tu d'être venu ?

Il scruta ses grands yeux bleus aux reflets violets.

— Je suis profondément reconnaissant à ta grand-mère. Grâce à elle, je t'ai rencontrée, ma bien-aimée.

Elle détourna la tête, mais pas assez vite pour cacher les larmes qui embuaient ses yeux.

Gavin avait la gorge sèche. L'émotion lui coupait le souffle. Il contempla le feu de cheminée, s'efforçant de se maîtriser. Toute sa vie, il avait perdu ceux qu'il aimait. La mort fauchait impitoyablement les êtres qu'il chérissait. Il s'était juré de ne plus commettre la même erreur. C'est-à-dire de ne plus aimer. Il était un guerrier. Un homme dépourvu de sentiments.

Or, Joanna avait déchaîné une tempête dans son cœur. Toutes ses résolutions avaient été balayées.

Se tournant vers elle, il essuya une larme qui perlait au bout de ses longs cils.

— Je me souviendrai toujours, dit-elle, brisant le silence, de mon retour chez grand-mère après le premier été que j'ai passé à Ironcross. J'étais tout à l'enthousiasme de mes découvertes. Je lui ai dit que j'avais adoré les Highlands. Sa réaction m'a stupéfaite. Elle est entrée dans une colère noire.

— Mais pour quelle raison ? A-t-elle donné une explication ?

— Non, aucune. Sa colère s'est vite calmée quand j'ai pris la défense des gens que j'ai connus et appréciés ici... « Calmée » n'est pas le mot adéquat. Sa colère s'est transformée en frayeur. En peur panique. Alors, elle m'a raconté comment grand-père Duncan, puis mes oncles, sont morts... Il ne s'agissait pas d'accidents, disait-elle, mais de meurtres.

— Mais avait-elle des preuves ? C'est elle qui a accusé Mater ?

La jeune fille baissa la tête.

— Joanna, je t'en prie, parle !

— C'est *mon* combat. Pas le tien.

— Jusqu'à preuve du contraire, je suis le seigneur d'Ironcross. Tout ce qui se passe ici me concerne.

— Je comprends, admit-elle en hochant la tête. Surtout après l'incendie qui a failli ravager ta chambre... Ce n'était pas un accident non plus, tu sais. Quelqu'un était ici. Ils ont essayé de te tuer, Gavin... Ta vie est en danger, tu as raison de chercher la vérité.

— Depuis que je te sais vivante, depuis que je t'ai près de moi, je n'ai qu'une hâte : démasquer les coupables.

Elle le dévisagea, les yeux brillants.

— Quand as-tu soupçonné Mater ? questionna-t-il. D'après la rumeur, vous étiez amies avant l'incendie.

— À l'époque, j'étais suffisamment sotte pour l'admirer. Pour la défendre.

— La défendre contre qui ?

— Contre ma grand-mère.

— Mater déplaisait-elle à lady MacInnes ? Est-ce qu'elles se connaissaient ?

— Durant toutes les années où les MacInnes ont été seigneurs d'Ironcross, grand-mère est restée très peu de temps au manoir. Je ne crois pas qu'elle ait eu l'occasion de bien connaître Mater. Pourtant, à mon retour ce fameux été, c'est mon amitié pour cette femme qui l'a exaspérée le plus.

— Et toi, tu as pris la défense de Mater.

— Oui, hélas. Je me trompais, naturellement...

— Est-ce que ta grand-mère t'a expliqué les raisons de son ressentiment ?

— Elle la détestait. Elle la tenait pour responsable de tous ces soi-disant accidents. C'est une raison suffisante.

— D'accord, dit-il d'un ton maussade. Mais quelles preuves avait-elle ?

— Elle a refusé de m'en dire davantage. C'est pourquoi j'ai continué de plaider la cause de Mater avec obstination. Dieu, quelle naïveté !

— Que s'est-il passé ? l'encouragea-t-il.

— Cet automne-là, je suis rentrée à Stirling complètement transfigurée. Mater et ses disciples m'avaient conquise. Elles étaient dévouées, pleines de bonté. J'ai retrouvé grand-mère à la cour, et aussitôt j'ai commencé à chanter les louanges de Mater. À ce nom, elle s'est rembrunie. « Elle est la fille de Satan ! » s'est-elle écriée. J'ai eu beau la presser, la supplier, elle a refusé de m'en dire davantage.

Joanna marqua une pause en se tordant les mains.

— Je n'y comprenais plus rien. J'avais reçu une éducation fondée sur la raison et la mesure en toute chose. Or, la femme qui m'avait appris à ne jamais accorder crédit aux rumeurs, exigeait que je la croie sur parole, sans poser de questions. Elle est allée jusqu'à me donner l'ordre d'éviter Mater et « le troupeau de femelles » qu'elle commandait – ce furent ses propres mots.

Gavin lui saisit les mains.

— Mais de retour dans les Highlands, l'automne suivant, malgré les avertissements de lady MacInnes, tu t'es précipitée à l'abbaye.

— Oui, murmura-t-elle, accablée. Pour mon malheur. Cela me peine d'autant plus que j'ai désobéi à ma grand-mère.

— Et puis, quelque chose est arrivé.

— C'est exact, chuchota-t-elle, le regard lointain. Lors de ma dernière visite à l'abbaye, j'ai surpris une conversation entre deux disciples de Mater. C'était à propos d'une réunion... une sorte de rituel. Ma curiosité a été piquée au vif. Je n'étais pas invitée à la cérémonie. Néanmoins, j'ai décidé de découvrir de quoi il retournait.

— Où cette réunion avait-elle lieu, Joanna ?

— Dans la crypte de la chapelle, fit-elle dans un chuchotement rauque.

Elle frissonna. Un courant d'air glacial pénétra dans la chambre. Gavin enveloppa ses épaules nues avec la couverture.

— Et tu y es allée ?

— Je voulais m'y rendre à tout prix, même si ça n'était pas facile. Nous attendions le comte d'Athol, et je supposais qu'il allait se disputer avec mon père à propos de mes fiançailles. Ne pas me montrer à table aurait été une insulte supplémentaire vis-à-vis de notre invité.

— Était-ce la nuit de l'incendie ?

— Oui, murmura-t-elle. La nuit où l'enfer s'est déchaîné... Comme prévu, pendant le repas, mon père et sir John se sont disputés. La querelle traînait en longueur. J'ai sauté sur cette occasion pour sortir de table. Je me suis excusée et suis partie en courant vers le passage secret. J'avais hâte d'atteindre la crypte avant le lever de la pleine lune.

— Comment connaissais-tu le chemin ?

— Le comte d'Athol me l'avait montré, l'été précédent... Nous étions allés jusqu'à la porte de l'Enfer.

— Je trouve bizarre que le seigneur du domaine voisin connaisse par cœur les souterrains du manoir.

— Pas tant que cela. Mon père les lui avait fait visiter, quand ils étaient petits. Ils exploraient les cavernes avec leurs amis et jouaient aux pirates. Tout le monde croyait que le manoir était hanté, alors pour les petits garçons, c'était un exploit de traverser la passerelle de la porte de l'Enfer.

Gavin se retint de demander davantage de précisions sur cette « porte ». Il préféra revenir à la nuit de l'incendie.

— Que s'est-il passé ensuite ?

— Je suis arrivée à la crypte sans difficulté. Un silence de mort m'a accueillie.

Une brusque rafale de vent ouvrit les deux fenêtres. Gavin se précipita pour les refermer. La pluie constella de gouttelettes glacées son visage et son torse. Le tonnerre grondait sur la lande, la tempête battait son plein. Il repoussa l'une après l'autre les vitres étroites. Puis il tisonna le feu ; un peu de chaleur chassa l'air froid.

Joanna semblait toute petite dans l'immense lit. Petite et fragile... Elle tendit les bras vers lui, et il se dépêcha de venir s'y blottir, heureux de sentir sa douceur. Décidément, elle l'avait ensorcelé, songea-t-il pour la énième fois.

— Enfin, elles sont venues, enchaîna-t-elle à mi-voix. Elles n'avaient plus rien de commun avec les femmes paisibles que je connaissais. Elles formaient une bande de ménades.

— Est-ce qu'elles t'ont vue ?

Elle appuya le front contre la poitrine de Gavin.

— Non. Je m'étais cachée. Et puis, elles auraient été incapables de voir qui que ce soit. Elles étaient trop accaparées par leurs incantations, leurs chants sauvages...

Un nouveau frisson la parcourut.

— Que s'est-il passé après, Joanna ?

— J'ai assisté au rituel. Je ne saurais dire si c'était une messe païenne, satanique, ou un mélange des deux...

Le vent gémissait contre les fenêtres. Les flammes

dans l'âtre s'épanouirent d'un seul coup, en une gerbe incandescente.

— Elles ont mis le feu à des... fagots... qu'elles avaient dressés au milieu du caveau, continua la jeune fille en butant sur chaque mot. J'entends encore le crépitement des flammes... Le bûcher a illuminé la crypte tout entière, tandis qu'elles dansaient comme des possédées. On aurait dit qu'elles n'étaient plus humaines ! Et Mater dirigeait la cérémonie...

Gavin l'écoutait attentivement. Il avait déjà entendu parler de messes analogues dans les Lowlands. D'aucuns prétendaient qu'elles étaient les vestiges d'anciennes croyances. Quoi qu'il en soit, on ne pouvait porter des accusations de meurtre contre Mater, sous prétexte qu'elle célébrait ce rite païen.

— Ce n'est pas tout, ajouta Joanna. Pendant qu'elles dansaient, Mater s'est mise à les haranguer. Elle stigmatisait la méchanceté des hommes, disant que la malédiction frapperait de nouveau les seigneurs d'Ironcross. J'ai compris qu'elle faisait allusion à mon père. Elle a invoqué une Force qui s'abattrait sur le lord du manoir... et ses successeurs.

Joanna se lova contre Gavin, secouée de frissons.

— J'étais pétrifiée. Elle parlait de Kenneth MacInnes, mon père. Un homme qui était la gentillesse même. Et elle le menaçait de mort, lui qui n'aurait pas fait de mal à une mouche. Ô mon Dieu... pourquoi ?

— Et après ?

— Après, elles sont parties comme des furies. Je suis restée longtemps dans ma cachette, anéantie, incrédule. Au bout d'un long moment, j'ai quitté la crypte. J'ai emprunté le passage qui menait à l'aile sud, et c'est alors que j'ai senti la fumée. Il y en avait partout. Des volutes épaisses avaient envahi les couloirs secrets. J'étouffais, mais j'ai réussi à grimper les marches.

Joanna tremblait de plus en plus. Gavin la souleva et l'entoura de ses bras. Un coup de tonnerre ébranla le manoir.

— C'était trop tard ! gémit-elle. L'incendie s'était propagé partout. Des cris, des appels au secours retentissaient à travers le rugissement du feu. Je les ai laissés mourir ! Je me suis attardée trop longtemps dans la crypte !

Elle éclata en sanglots. Ses larmes roulèrent sur le torse de Gavin, qui resserra son étreinte. Il avait la gorge serrée, les mâchoires crispées. Il savait pertinemment ce qu'elle éprouvait. Le chagrin de perdre ceux que l'on aime. La culpabilité d'avoir survécu...

— J'ai réussi à atteindre l'étage du haut. L'air était irrespirable, la chaleur atroce. J'ai voulu pousser le panneau qui ouvrait dans ma propre chambre, mais le mécanisme était bloqué. Des flammes s'échappaient des interstices. J'ai eu les mains brûlées, je sentais l'odeur de chair carbonisée. J'étais enfermée dans le passage, pendant que mes parents étaient piégés de l'autre côté du mur. Je me suis éloignée en titubant ; j'ai emprunté le couloir secret qui conduisait à la chambre de mes parents. Là aussi, le panneau ne s'est pas ouvert. Je me suis jetée dessus, j'ai pleuré, je les ai appelés... Je n'entendais plus rien de l'autre côté, à part un crépitement horrible. Ils étaient déjà morts... *Morts* ! Et moi, j'étais condamnée à vivre...

Elle sentait le cœur de Gavin battre contre sa joue.

— La chaleur devait être épouvantable. Comment as-tu pu la supporter aussi longtemps ?

— La chaleur n'était rien, en comparaison des souffrances que j'ai endurées après. J'ai souvent souhaité mourir...

Gavin hocha la tête. Il ne la comprenait que trop bien. Le champ de bataille de Flodden resurgit dans sa mémoire. Lui aussi avait été témoin de la mort de son père et de ses frères. Il avait été forcé de les regarder agoniser, tandis qu'il gisait à terre, impuissant... Et lui aussi avait appelé la mort de toutes ses forces... mais à la place, c'était Ambrose MacPherson qui était venu. Blessé lui-même, il l'avait soulevé sur son épaule et avait marché deux jours durant, sous la pluie.

Un éclair livide griffa le ciel, le tonnerre gronda avec un fracas terrible.

Gavin se revit sur l'épaule d'Ambrose. Il lui avait

infligé les pires misères. Menaces, insultes, jurons. C'était sans compter avec la ténacité et la vaillance du Highlander... Ambrose avait continué de marcher sans tenir compte des protestations de son ami. Et tout en marchant, il n'avait cessé de parler d'espoir. De lendemains de liberté pour l'Écosse... L'amitié des deux hommes s'était renforcée après cette aventure. Ils étaient devenus comme deux frères.

Joanna avait besoin d'espoir, se dit Gavin. Il était temps qu'il applique la leçon qu'Ambrose lui avait apprise.

— Je me suis évanouie, poursuivit Joanna. J'ai repris conscience au bord du lac souterrain. Mes mains brûlées trempaient dans l'eau, mais j'ignore comment je suis descendue jusque-là. J'avais affreusement mal, c'est tout ce dont je me souviens.

— Es-tu retournée à l'aile sud ?

— Pas tout de suite. Une forte fièvre me clouait au sol. La douleur a bien failli me rendre folle. Je ne sais plus combien de temps je suis restée couchée dans la grotte. Des heures... des jours... j'avais perdu la notion du temps. Je me suis retrouvée debout sans trop savoir comment. J'ai repris le passage secret vers l'aile sud. Il n'y avait plus que des ruines...

Il lui prit gentiment le menton, l'obligeant à relever la tête.

— Pourquoi ne t'es-tu pas montrée ? Pourquoi n'as-tu pas demandé secours aux servantes ?

Une colère subite embrasa les pommettes de Joanna.

— Les servantes ? Sûrement pas ! Elles faisaient toutes partie de la conspiration.

Il la regarda, les sourcils froncés. Un éclair éblouissant illumina un instant la chambre.

— Qu'entends-tu par là ? demanda-t-il.

— Toutes les femmes qui travaillent dans cette maison subissent l'influence de Mater. Je les ai vues dans la crypte. Gibby, la cuisinière. Molly, l'économe. Margaret, la muette... Et les autres...

— Mais tu ne les as pas vues mettre le feu à l'aile sud.

— Je n'en avais pas besoin, rétorqua-t-elle en haussant le ton. J'en avais vu suffisamment.

— Non, Joanna, dit-il avec gravité. Ce ne sont pas des preuves suffisantes...

— Elles sont coupables.

— C'est toi qui le dis. Tant qu'on n'a pas établi avec certitude qu'elles sont à l'origine de l'incendie, tu ne peux pas les accuser.

— Ceci est *ta* perception de la vérité, répliqua-t-elle en le regardant droit dans les yeux. Libre à toi de les croire innocentes. Si c'est le cas, tu serais bien le seul !

18

La salle à manger bourdonnait comme une ruche. Soldats, écuyers et domestiques avalaient le bol de porridge que Gibby avait préparé pour le petit déjeuner, accompagné de fromages et de tranches de lard fumé. En se dirigeant vers la table de maître, Gavin aperçut du coin de l'œil Allan, assis entre Edmund et Peter. Les deux compères riaient aux éclats, et à en juger par la figure crispée du majordome, ce dernier était la cible de leurs railleries.

La veille, il avait demandé à Joanna pourquoi elle ne s'était pas confiée au majordome. Parce que, avait-elle répliqué, Margaret, sa sœur cadette, participait aux messes de Mater. Dès lors, elle se méfiait... Et à juste titre ! avait pensé Gavin. Les épreuves l'avaient rendue suspicieuse...

Contre la volonté de son amant, Joanna était retournée ce matin dans sa caverne, sous le donjon. Il avait essayé de la persuader de rester : ils n'auraient qu'à verrouiller la porte de la chambre, afin que personne ne puisse entrer. Elle n'avait rien voulu entendre. Avant de s'évanouir dans l'ombre du passage secret, elle lui avait promis de revenir à la tombée de la nuit.

Des yeux, Gavin chercha le comte d'Athol, mais ne le

vit nulle part. Une pointe d'inquiétude étreignit son cœur. Son invité était un familier des caves du manoir : il pouvait être en train d'errer dans les sous-sols... Il regretta d'avoir laissé repartir Joanna. Si le comte tombait sur elle...

Il pivota sur ses talons, prêt à regagner sa chambre. Il pousserait le panneau, s'efforcerait de chercher Joanna dans le labyrinthe des couloirs et...

— À ce que je vois, vous vous êtes levé fort tard !

Gavin s'efforça de dissimuler son soulagement. L'homme qui l'avait salué n'était autre que le comte.

— Mais réflexion faite, enchaîna-t-il, ironique, vous paraissez aussi fatigué que si vous ne vous étiez pas couché. Étiez-vous par hasard en train de donner la chasse au portrait de Joanna MacInnes ?

— Pour un invité, vous semblez bien connaître tous mes faits et gestes, grommela Gavin.

Le comte eut un haussement d'épaules.

— Dame ! Il est très amusant qu'un homme de votre condition devienne enragé chaque fois qu'un serviteur déplace un tableau... On en parle dans les écuries, dans les cuisines... Vos gens ne savent plus s'il faut rire de vous ou vous craindre davantage.

— Voilà qui est très sage de leur part... Et quant à vous, mon cher, je me demande d'où vous tenez ces potins. Vous n'êtes pas du genre à susciter les confidences des filles de cuisine ou des garçons d'écurie.

Ignorant cette pique, John Stewart esquissa un sourire pincé.

— Vous n'avez pas encore arrêté le coupable, si je ne m'abuse ?

Gavin se tut un instant, méditant sa réponse, et observa son interlocuteur. Le comte pouvait parfaitement avoir commandité l'incendie qui avait tué sir Kenneth et sa femme. Il était un possible suspect, tout comme Mater et ses complices.

— Vous ne vous abusez pas, répliqua-t-il sèchement. Il faut dire que le voleur possède un gros avantage sur moi. Il circule comme chez lui dans les passages secrets du château... Il a toujours une longueur d'avance car chaque fois que j'ai demandé un guide, je n'ai essuyé que des refus... C'est à croire que mes gens sont à la solde de ce vaurien.

— Pourtant, plusieurs de vos domestiques ont déjà dû se promener dans les souterrains, répondit John, les sourcils froncés. À commencer par votre majordome. Allan vit à Ironcross depuis sa plus tendre enfance... Ses arrière-grands-parents ont probablement transporté les pierres pour la construction du manoir. À votre place, je réclamerais son aide en premier lieu.

— C'est déjà fait, mais il prétend qu'il n'est pas descendu dans les caves depuis la nuit des temps... Or, vous-même avez été élevé dans ces collines. J'ai cru comprendre que, petit garçon, vous veniez souvent au château.

— Et qui vous a dit cela ? Permettez-moi de douter, à mon tour, que vous ayez pu susciter les confidences d'une servante...

Gavin l'interrompit en levant une main.

— Répondez à ma question, s'il vous plaît.

— Oui, c'est vrai, admit le comte en hochant la tête. Nous étions très amis avec Kenneth. Quand il ne me rendait pas visite à Balvenie, je venais à Ironcross.

— Merci de votre sincérité.

— Elle répond à la vôtre, Gavin Kerr. Vous ne tournez pas autour du pot. J'en conclus que vous êtes un homme honnête.

Il suivit du regard une servante qui apportait un plateau chargé de nourriture, puis reprit :

— Je ne sais pas si vous avez eu votre ration matinale. Moi, je meurs de faim. Allons grignoter un morceau.

— Entendu. Mais d'abord, dites-moi si les galeries qui courent sous ce château vous sont familières.

Il attendit, sûr que le comte lui cacherait la vérité. Pourtant, après un silence, John acquiesça.

— Absolument. Je dirai même que peu de gens connaissent aussi bien que moi les galeries d'Ironcross.

Un sourcil levé, il tourna les talons. Masquant sa surprise, Gavin lui emboîta le pas vers la table principale, où il l'invita à s'asseoir.

— Écoutez, dit-il dès qu'ils furent attablés. J'aimerais vous faire une offre. Je ne vous demanderai pas comment il se fait que vous connaissiez aussi bien les passages secrets de mon château. Soit dit en passant, j'ai l'impression qu'ils ne sont « secrets » pour personne, à part moi... Et en échange, vous me les ferez visiter.

Le comte mordit à belles dents dans une cuisse de canard rôti avant de répondre :

— Vous n'avez pas besoin de me proposer de marché. Je serai heureux de vous servir de guide. Je suis même prêt à vous raconter comment j'ai appris à circuler dans ces souterrains.

Gavin regarda son invité d'un air sceptique.

— Vraiment ?

— Êtes-vous toujours aussi méfiant, ou est-ce seulement quand vous négociez avec un nouveau voisin ?

Gavin saisit la cruche de lait.

— Chez moi, je passe pour quelqu'un de confiant, au contraire. Ce trait de caractère m'a quitté, il est vrai, dès l'instant où j'ai mis les pieds dans les Highlands. J'ignore pourquoi... Peut-être avez-vous une idée ?

John saisit la carcasse du canard, la rompit en deux, et planta les dents dans la chair croustillante.

— Je vous ai simplement offert un tour dans les sous-sols de votre manoir, marmonna-t-il, la bouche pleine. Pour exorciser vos démons, adressez-vous plutôt à un prêtre.

— Je suis rassuré d'apprendre que vous n'êtes pas *aussi* exorciste ! s'esclaffa Gavin, en se servant un morceau de fromage crémeux.

Le comte éclata de rire.

— Notez, si vous insistez, je pourrais chanter une ou deux prières !

— Je vous préfère dans le rôle de guide, dit Gavin.

— Quand voudriez-vous entreprendre cette merveilleuse expédition ? Ce soir ? Demain ?

— Aujourd'hui. Tout de suite, de préférence. Finissez votre petit déjeuner, monsieur le comte. Nous partirons ensuite.

Joanna s'accroupit, promenant le cercle lumineux de sa lampe sur ses maigres possessions. Aucun doute ne subsistait : quelqu'un était passé par là. Ses vêtements loqueteux avaient été fouillés, puis rangés sous la paillasse, mais pas tout à fait à la même place...

Le sang de la jeune femme se glaça dans ses veines. Elle leva les yeux vers le plafond de la grotte, sans déceler le moindre bruit. Elle remonta la mèche de la lampe, puis s'agenouilla afin d'étudier de plus près le sol, recouvert d'une fine couche de sable. Alors, elle vit les empreintes. Les pas de l'intrus. De larges bottes d'homme.

Joanna jeta le manteau en lambeaux sur ses épaules, resserra les rubans du col sous son menton. Mieux valait renoncer à cette cachette. Car celui qui l'avait découverte reviendrait à coup sûr...

Elle enfouit ses maigres trésors dans les poches du manteau, roula la paillasse, la prit sous son bras. Ayant mouché la mèche, elle s'apprêta à se fondre dans l'obscurité. Elle trouverait une autre cachette. Mais avant tout, elle devait retourner à la crypte. Il ne restait plus que quelques jours avant la pleine lune, et il lui faudrait se dépêcher si elle voulait mettre au point sa vengeance.

Elle longea rapidement le lac souterrain.

Une ombre se détacha alors de la paroi, et la suivit.

19

Gavin suivait le comte à l'intérieur du boyau étroit. Il se disait qu'il était idiot d'errer dans ces galeries sans avoir averti Joanna. Mais la spontanéité avec laquelle John Stewart avait accepté de le guider l'avait pris de court. Il avait pensé qu'il fallait battre le fer tant qu'il était chaud. Le moindre bruit alerterait la jeune femme, il l'espérait...

Ils étaient entrés dans les passages par la cuisine. Une fois le panneau pivotant déplacé – le seul que, visiblement, le comte connaissait –, les deux hommes s'étaient engouffrés dans l'ouverture, sous les regards ahuris des domestiques.

Voilà des heures qu'ils tournaient ; du moins, Gavin avait cette pénible impression. Joanna n'avait pas exagéré en parlant de labyrinthe. Un lacis de couloirs s'entrecroisait, suivant un plan mystérieux. Un essaim de chauves-souris s'envola soudain vers le plafond qui se perdait dans le noir, et que la lumière de la lanterne n'atteignait pas. Les murs, incrustés de salpêtre, exhalaient une odeur de moisi. Les galeries tournaient parfois brusquement, aboutissant à des impasses.

Au début, Gavin avait essayé de mémoriser certains repères, mais très vite il avait abandonné. Le même dessin se répétait inlassablement, des galeries et encore des galeries, des murs suintant d'humidité... Il avait prié son guide de le mener vers l'aile sud, afin de voir le passage que Joanna avait maintes fois emprunté, pour voler son portrait.

Soudain, ils débouchèrent sur une corniche. Plus loin, la grotte s'ouvrait sur le lac, où le vent charriait des rafales de pluie. Gavin sut alors qu'ils se trouvaient sous le bâtiment sud du manoir. Il sentit le regard gris de son compagnon peser sur lui.

— Dites-moi, mon cher... depuis votre arrivée à Ironcross, n'avez-vous pas eu l'impression que votre vie était en danger ?

— Qu'est-ce qui vous fait penser une chose pareille ?

— L'incendie, l'autre soir, dans votre chambre. Je suppose que vous n'avez pas survécu à Flodden Field, ni aux missions périlleuses aux côtés du roi, pour périr dans votre lit à cause d'un instant d'inattention. Vous êtes fort, courageux, mais certes pas négligent.

— Non, en effet.

— Par ailleurs, après l'épouvantable accident de l'automne dernier, j'ai tendance à penser que les menaces qui pèsent sur les seigneurs d'Ironcross ne relèvent pas de la superstition.

— Vous croyez que le feu qui a détruit l'aile sud a été allumé intentionnellement ?

— Oui. Vous en doutez ?

Gavin se garda bien d'émettre un avis. Il considérait le comte comme un suspect possible.

— Je vous trouve bien sûr de vous-même, dit-il.

— Dès l'instant où j'ai mis le pied dans le bâtiment détruit par l'incendie, j'ai compris qu'il s'agissait d'un acte criminel.

— Avez-vous remarqué quelque chose qui vous a conforté dans cette opinion ?

John Stewart s'adossa à la paroi humide du rocher.

— Il était facile de voir que le feu avait pris en plusieurs endroits en même temps. Par ailleurs, chaque panneau pivotant menant vers les passages secrets avait été condamné. Très certainement pour empêcher les habitants du manoir de s'échapper. Kenneth MacInnes connaissait ces passages mieux que quiconque. Pourtant, il n'a pas pu les emprunter, parce que toutes les issues avaient été bloquées.

Le nouveau seigneur d'Ironcross le regarda, sidéré, et le comte enchaîna :

— Ce soir-là, quand je me suis précipité, j'ai réussi à retirer l'une des barres, mais trop tard. Le toit s'était déjà effondré, et je suis arrivé juste à temps pour contempler l'horrible amoncellement des corps brûlés.

— Mais pourquoi avez-vous quitté Ironcross aussi vite, sir John ? Pourquoi n'avez-vous pas cherché à confondre les coupables, puisque vous étiez convaincu qu'il s'agissait d'un acte criminel ?

Le poing du comte s'abattit sur le roc.

— Je n'avais pas le choix. Allan, le majordome, m'a traité comme si j'étais le premier suspect. C'est tout juste s'il ne m'a pas accusé ouvertement de ce crime. Il voulait alerter lady MacInnes.

— Avait-il une raison quelconque de vous soupçonner ?

— Mais non ! Même si Kenneth et moi, nous nous

étions disputés cette nuit-là, je n'avais aucun motif pour l'assassiner. Par tous les diables, Gavin, je l'aimais comme un frère ! Je me suis trouvé en un instant le point de mire de tous ces gens... tous ces paysans... Alors que n'importe lequel d'entre eux aurait tué le lord comme on égorge un mouton... Ils ne lui témoignaient aucune affection. En fait, Kenneth s'était attiré leur animosité, comme tous les seigneurs précédents. Je ne sais pas si sa mort les a attristés. En tout cas, ils n'en ont pas été surpris.

— Bref, vous êtes parti aussitôt après l'incendie, résuma Gavin, imperturbable.

— Si j'étais resté une minute de plus, j'aurais étranglé ce maudit majordome qui m'accablait de reproches ! Ma querelle avec Kenneth me désignait comme le coupable idéal. Je suis reparti, oui. Je n'avais pas d'autre choix, je vous le répète.

— Mais une fois au château de Balvenie, pourquoi n'avez-vous pas essayé de découvrir la vérité ?

Le comte hésita. Le regard de Gavin se fit soupçonneux, et il insista :

— Avez-vous laissé des espions sur place ?

— Oui, admit John à mi-voix. C'était une bonne idée, non ?

— Et alors ? Vous ont-ils apporté des informations intéressantes ?

Le comte secoua la tête.

— Non, aucune. À l'origine, j'avais ici deux hommes à ma solde. L'un d'eux est mort peu après mon départ... Un accident. Un rocher lui a fracassé le crâne.

— Un rocher ?

— Exactement.

Gavin repensa au rocher qui avait failli l'écraser, sur le chemin du château.

— Et l'autre ? Mort aussi ?

— Vivant et en bonne santé, rétorqua John tranquillement. J'ignore si la mort de son complice l'a effrayé, mais voilà six mois qu'il ne m'a rien appris de valable.

Gavin le dévisagea longuement.

— Qui est votre espion, milord ?

— Avant de le punir, considérez qu'à l'époque où je

lui ai confié cette tâche, il n'y avait pas de seigneur à Ironcross. C'est un brave garçon et...

— Il ne sera pas puni. Je ne mettrai même pas en cause vos arrangements. Compte tenu des circonstances, vous avez fait pour le mieux.

Sir John assena une accolade amicale dans le dos de Gavin.

— Pour un Lowlander, vous êtes un homme extrêmement compréhensif ! le félicita-t-il.

— Peut-être, mais ne restez pas dans mon dos, répliqua Gavin.

L'autre eut un geste de recul.

— Je vois. La confiance règne !

— Pas encore, mais cela viendra peut-être... Maintenant, dites-moi le nom de cet homme. Il ne lui arrivera rien, je vous en donne ma parole. Néanmoins, il faut que je sache ce qui se passe sur mes terres.

Le comte d'Athol hésita un bref instant, puis prononça à voix basse le nom de l'espion.

20

Margaret porta les mains à sa gorge, étouffant un cri, tandis que la lame effilée du poignard se plantait dans le dos de David.

Le palefrenier essaya de tourner la tête, pour voir son agresseur, mais il n'aperçut que les roches déchiquetées bordant le précipice. Adossée à la paroi de la caverne, Margaret assista, impuissante, à la mise à mort. Une silhouette jaillit de l'ombre, poussa le garçon dans l'abîme. David dégringola comme un pantin désarticulé.

Margaret ferma les yeux.

« Si seulement j'étais aveugle au lieu d'être muette ! » songea-t-elle, mortifiée.

Jamais elle ne pourrait chasser de son esprit le bruit du malheureux heurtant les rochers, avant de disparaître dans les entrailles de la terre. Ni la vision du poignard ensanglanté entre les mains de la personne qu'elle aimait par-dessus tout.

Et qui venait de commettre un crime.

— Décidément, sir John, vous n'êtes pas un très bon guide ! Le voleur du tableau n'a pu entrer de ce côté, sinon il serait tombé dans le vide.

Les deux hommes se tenaient sur le seuil de l'ancienne bibliothèque de sir Kenneth.

— J'ai découvert moi-même ce panneau pivotant le deuxième jour après mon arrivée à Ironcross, continua Gavin. Il existe certainement un autre passage près de la cheminée.

Le comte lui jeta un regard noir.

— Eh bien, je ne le connais pas.

— Enfin, vous admettez votre ignorance...

— Non. Je veux dire qu'il n'y a pas d'autre passage.

— Mais si, voyons ! Cela tombe sous le sens. Si toutefois il vous reste un peu de bon sens. Avouer qu'on s'est trompé n'a jamais tué personne.

— Je n'avoue rien ! grogna John Stewart en rebroussant chemin. Par tous les saints, je trouverai ce maudit passage.

— Pas aujourd'hui, décréta Gavin, suivant son compagnon vers une échelle branlante, couverte de moisissures. Je préfère visiter une autre partie du souterrain.

Sir John le regarda, à la lueur de la lanterne.

— Je manque peut-être de bon sens, mais vous, vous n'êtes qu'une girouette. Vous changez d'avis comme de chemise... Eh bien, de quel côté milord désire que je le conduise ?

— À la crypte.

— Celle de la chapelle ?

— Je suis sans doute une girouette, mais vous avez le cerveau lent. Je parle de la crypte qui se trouve sous ce donjon.

John Stewart se rembrunit.

— Pourquoi diable voulez-vous la visiter ?

— Depuis quand n'êtes-vous pas allé là-bas ?

— Je n'y suis jamais allé, murmura le comte. Même

quand nous étions petits et téméraires, nous évitions cet endroit.

— Êtes-vous en train de m'expliquer que vous aviez peur ?

John haussa les épaules.

— « Reste loin de ce que tu ne comprends pas » : vieux proverbe des Highlands, répondit-il. Nous savions que des femmes étaient enterrées dans le caveau, et que seules les femmes avaient le droit d'y aller.

— Un homme est-il jamais entré dans le sépulcre ?

— Je ne sais pas, Gavin, dit le comte. Quand nous étions petits, Kenneth affirmait qu'il fallait rester loin de la crypte. Je n'ai fait que suivre les consignes.

— Ainsi, cher comte, cette journée n'aura été qu'un superbe gâchis... Non seulement vous n'avez pu découvrir le passage de la bibliothèque, mais vous êtes incapable de me conduire aux cryptes.

Cette réplique eut l'effet escompté :

— En route, espèce de tête de mule ! grogna John. Je vous y emmène. J'en ai assez que vous me cassiez les oreilles !

— Si c'est pour nous égarer une fois de plus, ce n'est pas la peine.

— Gavin Kerr, vous êtes un véritable fléau !

Exhalant un soupir, le comte d'Athol leva la lanterne, qui diffusait une faible clarté.

— Il faut se diriger vers l'est... c'est-à-dire par ici. Si mes souvenirs sont exacts, l'un de ces tunnels part dans la bonne direction.

— À l'est donc ! marmonna Gavin. Quand nous arriverons à Jérusalem, je saurai que nous sommes allés trop loin !

Joanna avait l'impression que les battements de son cœur retentissaient comme des coups de gong dans le silence du sépulcre. Retenant son souffle, elle s'accroupit derrière une tombe.

Elle était en train d'achever sa tâche désormais quotidienne, creusant les rigoles qui sillonnaient le sol, quand un toussotement l'avait figée sur place. Vite, elle avait recouvert les traces avec de la paille et s'était retirée au fond de la crypte, tandis que des pas résonnaient sous les voûtes.

Peu après, la lueur d'une lampe troua l'obscurité. La lumière voletait de pilier en pilier. Puis elle entendit le bruit du bouchon que l'on ôtait de la cruche d'huile. La panique l'envahit... L'intruse – car il ne pouvait s'agir que d'une femme – avait pour mission de préparer la crypte en vue de la prochaine réunion. Et si les préparatifs se prolongeaient, elle risquait d'être découverte.

— Ah, te voilà enfin...

Joanna réprima un sursaut. Elle avait reconnu la voix de Mater. De l'entrée de la crypte parvint un gémissement en guise de réponse. Puis le silence retomba, oppressant, glacial. Joanna n'osa relever la tête pour regarder.

— Margaret, qu'y a-t-il ? fit la vieille femme avec étonnement. Pourquoi pleures-tu ?

Joanna s'aplatit contre la tombe, aux aguets.

— Pourquoi me rejettes-tu ? reprit Mater d'un ton plein de reproche. Pourquoi t'éloignes-tu de moi ? Reste ! Je veux juste m'assurer que tu n'es pas blessée.

Rassemblant tout son courage, Joanna se pencha doucement hors de son abri. En scrutant les ténèbres elle aperçut, à la pâle lueur de la lampe, les deux femmes à l'entrée du caveau. Margaret, le dos au mur, pleurait. Mater essaya de l'approcher, mais la femme muette la chassa d'un grand battement de bras.

— Que se passe-t-il, Margaret ? s'enquit Mater gentiment. Qu'as-tu, ma douce ?

Elle lui attrapa les mains et l'attira dans ses bras. Margaret tremblait violemment. Bientôt, des sanglots lui échappèrent. Et tout en pleurant, elle se blottit contre l'abbesse, telle une enfant qui cherche un peu de réconfort auprès de sa mère.

L'espace d'une seconde, l'image de la Mater qu'elle avait aimée et respectée resurgit dans la mémoire de Joanna. Mater la sage, la protectrice... Puis une autre vision vint se superposer à la première, celle d'une Mater en fureur, qui allumait les flammes de la mort...

— On t'a fait du mal, ma chérie ?

Étonnée, Joanna vit Margaret hocher la tête. Au château, elle passait pour sourde-muette auprès des domestiques. À l'évidence, si elle était incapable de parler, elle pouvait parfaitement entendre et comprendre.

— Mon cœur se déchire de te voir souffrir, reprit Mater, dont les doigts noueux effaçaient les sillons de larmes sur les joues de la servante. Oh, ma sœur bien-aimée... tout est ma faute...

Joanna tendit l'oreille. Mater appelait ses disciples ses « sœurs », mais cette fois, il y avait une immense tendresse dans sa voix.

— J'ai vaincu ma douleur mais toi, après tant d'années, tu portes encore ton fardeau : une langue inutile, une âme tourmentée...

Margaret secoua la tête en signe de protestation. Elle prit la main de Mater, la couvrit de baisers, y posa sa joue mouillée de larmes.

Joanna se retira dans le renfoncement derrière la tombe, s'efforçant de calmer les pulsations désordonnées qui battaient à ses tempes. Pourquoi, alors que son plan était presque au point, était-elle assaillie par l'incertitude ? Gavin avait réussi à lui faire douter de ce qu'elle avait vu de ses propres yeux !

Adossée à la pierre glacée, elle laissa les souvenirs affluer : le rugissement des flammes, l'odeur de chair brûlée... Elle ne devait pas oublier sa mission, sa vengeance.

Les deux femmes enlacées avancèrent dans la crypte. La plus âgée parlait toujours à la plus jeune, d'une voix apaisante.

Les préparatifs terminés, la lueur de la lampe s'éloigna. Sur le chemin de la sortie, Mater lança :

— Va chercher Allan au donjon. Je vous attendrai près de la porte de l'Enfer.

Margaret émit une sorte de plainte étouffée.

— Va, Margaret ! intima Mater. Il est grand temps de lui rappeler qu'il doit veiller sur sa sœur.

Joanna jeta un nouveau regard dans leur direction. Margaret agitait les mains en signe de protestation.

— Tu feras ce que je te dis ! gronda Mater. Il ne reste plus que nous trois. Bien que nous soyons vieux, Allan et moi sommes autonomes. Alors que toi...

L'émotion brisa sa voix, mais elle reprit :

— Je ne rentrerai pas à l'abbaye tant que mon frère ne m'aura pas promis de t'attribuer un travail moins fatigant. Et s'il ne s'occupe pas de toi, il aura affaire à moi !

« Mater est leur sœur », songea Joanna, stupéfaite, en se pelotonnant de nouveau parmi les ombres.

Pour rien au monde, se jura Gavin, il ne permettrait à Joanna de retourner dans ces tunnels. Il avait été assez bête pour se ranger à ses arguments. À présent, il savait que chaque tournant recelait des dangers indicibles. Des fissures, des crevasses... Elle avait peut-être survécu six mois, mais alors, elle avait la possibilité de se réfugier dans la tour de l'aile sud.

Il se tenait maintenant au bord d'un gouffre que le comte d'Athol appelait la porte de l'Enfer, et qui plongeait dans des profondeurs insondables. On apercevait de l'autre côté un autre rebord rocheux. Une antique passerelle de cordes, accrochées à des anneaux scellés dans le roc, traversait l'abîme. Il prit la lanterne, la leva à bout de bras, aperçut l'autre bout de la passerelle.

De son côté, John Stewart étudiait les lieux. Il donna un coup de pied à une pierre, qui tomba dans le vide. Ils ne l'entendirent jamais atteindre le fond.

— La porte de l'Enfer, hein ? fit Gavin.

— La bien nommée, je dirai, grommela John.

— Et c'est ici le seul endroit par lequel nous pouvons traverser ?

Un sourire malicieux éclaira les traits du comte.

— Sûrement pas. Sauf que je ne sais pas où est le pont naturel qui conduit de l'autre côté. Je ne l'ai jamais pris, du temps de ma folle jeunesse... Il paraît que le pont en question enjambe un lac souterrain. Nous pourrions le chercher...

— Non, merci. J'ai déjà perdu trop de temps dans ce trou. La passerelle me semble solide.

— Après vous ! dit le comte avec bonne humeur. N'oubliez pas, cependant, qu'à partir d'ici je suis forcé de renoncer à mon rôle de guide.

Gavin tâta du bout de sa botte les minces lattes de bois.

— Mon pauvre ami, vous n'avez jamais été très convaincant dans ce rôle.

Le comte le repoussa.

— Très bien ! Cette passerelle a été construite il y a plus d'un siècle. Je doute qu'elle supporte le poids d'un gorille de votre taille... Je pars en éclaireur.

Il s'engagea sur la passerelle, qui se mit à tanguer, suivi par son compagnon. Ils se trouvaient vers le milieu quand un mouvement au bord du rocher attira l'attention de Gavin.

Il leva la lanterne, tandis qu'une des cordes se rompait avec un bruit sec.

21

La passerelle se déroba sous leurs pieds, la lanterne fut précipitée dans les profondeurs de l'abîme. Gavin s'accrocha de toutes ses forces aux cordes. John Stewart perdit l'équilibre, lâchant un cri de terreur. Gavin le rattrapa par la ceinture, puis les deux hommes se mirent à se balancer à l'extrémité de la passerelle brisée, au-dessus du gouffre.

Gavin ne sentait plus ses mains. Alourdi par le poids de John, il eut l'impression que ses épaules se tordaient. Une douleur fulgurante lui transperça les omoplates, il faillit lâcher prise. Des pieds, il chercha un appui sur les lattes, mais en vain. John émit un gémissement.

Gavin respira profondément. Le comte pesait de plus en plus lourd... Son épaule meurtrie lors de sa chute de cheval le faisait beaucoup souffrir, mais il ignora la douleur. En haut comme en bas, les ténèbres les enveloppaient. Ils demeurèrent un instant – une éternité – suspendus dans les airs.

Puis le comte essaya de réagir. De la main droite, il s'agrippa aux planches. Peu après, sa main gauche suivit le mouvement. Gavin enroula la corde autour de son poignet, et commença à se hisser péniblement.

— Pouvez-vous remonter tout seul, John ? demanda-t-il.

— Oui... Que diable s'est-il passé ?

— Quelqu'un qui nous veut du bien a tranché l'une des cordes.

— Vous l'avez vu ?

— J'ai aperçu quelque chose, juste avant que la passerelle ne se transforme en balançoire. Essayez de grimper derrière moi.

— J'essaie, soupira John.

— Êtes-vous blessé ?

— Un peu étourdi. Je me suis cogné la tête contre les rochers.

— Ne craignez rien. Vous avez la tête dure, et il ne doit pas y avoir grand-chose dedans.

— Merci pour vos encouragements, ronchonna John.

— Dépêchez-vous. Mieux vaut monter avant que l'autre corde ne casse.

Quelqu'un avait voulu les assassiner. Leur agresseur devait, pour le moment, les croire morts.

— Attention, dit Gavin, je vais lâcher votre ceinture.

— Allez-y...

Avec une grimace, Gavin se mit à grimper en se tenant à la corde et en prenant appui avec les pieds sur la paroi rocheuse.

Le cri avait retenti à travers les tunnels. Joanna se redressa derrière la pierre tombale.

Gavin.

Saisissant la torche sur l'applique de l'entrée, elle courut vers le gouffre. Le cri venait de là-bas, elle en était convaincue.

Après que Mater et Margaret eurent quitté les lieux,

elle était restée assise, l'esprit engourdi. Mais la voix de Gavin l'avait tirée brutalement de sa rêverie.

Elle força l'allure. Les doigts glacés de la peur se refermaient sur son cœur. Mater avait plusieurs longueurs d'avance, calcula-t-elle, affolée.

Un brusque courant d'air, la façon dont les sons se répercutaient avertirent Gavin qu'il était près du rebord. L'incident avait eu le mérite d'effacer tous ses soupçons à l'encontre du comte d'Athol. Quels que fussent les anciens projets de John Stewart concernant Ironcross, il n'avait aucun rapport avec les morts violentes qui avaient frappé le clan MacInnes. L'accident auquel ils avaient failli succomber tous les deux constituait la preuve de son innocence.

John tapota la botte de Gavin, qui aussitôt s'immobilisa. Il ouvrit la bouche pour parler, mais un bruit de pas le réduisit au silence. Quelqu'un venait... L'instant suivant, leur échelle de fortune se mit à bouger. La lame d'un couteau tailladait les fibres de la corde...

Poussant un cri sauvage, Gavin continua son ascension aussi vite que ses mains endolories le lui permettaient.

Elle s'approchait du puits noir et insondable nommé la porte de l'Enfer, quand elle entendit de nouveau sa voix. Une bouffée de joie l'envahit. Les tunnels dans cette partie de la caverne étaient si étroits, si obscurs, qu'ils auraient fait peur au diable en personne.

Après un brusque tournant, le couloir s'élargit, et Joanna déboucha sur le parapet de pierre qui bordait le gouffre. La passerelle n'existait plus ! Levant la torche, elle aperçut les cordes encore amarrées de l'autre côté, plongeant dans le vide. Une silhouette s'y penchait...

Le cri de Gavin déchira le silence, ce qui fit s'enfuir la silhouette. Tentée de la poursuivre, Joanna se ravisa. Gavin était en danger, elle devait lui venir en aide. S'agenouillant à même le rocher, elle plongea la torche dans la bouche du puits... Au début, elle n'aperçut que le vide, puis elle vit Gavin qui remontait le long de la paroi.

Quand il se hissa sur le rebord, elle laissa échapper un soupir de soulagement. Mais avant qu'elle ne puisse dire un mot, la voix d'un autre homme l'appela.

— Joanna !

Le comte d'Athol, qui monta sur le parapet derrière Gavin, la regardait avec incrédulité.

La vieille femme jaillit du tunnel, le souffle court. Puis elle battit en retraite à la vue de Joanna, agenouillée sur le rocher. Tant mieux ! songea Mater, satisfaite. La jeune fille avait enfin renoncé à se cacher...

Elle s'enfonça de nouveau dans l'obscurité du passage, tandis que les deux hommes émergeaient du puits.

22

Le comte d'Athol esquissa un pas sur le parapet, dévisageant Joanna de l'autre côté de l'abîme. Visiblement, il se croyait victime d'une hallucination. La jeune femme le regardait aussi, partagée entre la surprise et la frayeur. Elle semblait prête à s'éclipser mais, au moment où elle reculait, Gavin cria :

— Ne partez pas !

Le regard de Joanna dériva vers lui, empli de confusion.

— Êtes-vous Joanna MacInnes ? demanda-t-il, s'efforçant de feindre l'étonnement.

— Oui, c'est bien elle, affirma le comte d'Athol.

Une blessure lui barrait l'arcade sourcilière ; il paraissait étourdi. Ses genoux fléchirent, il chancela. Gavin tendit la main et l'agrippa par l'épaule.

— Je ne vous ai pas tiré de là pour que vous retombiez, grommela-t-il. Asseyez-vous.

— Mais que fait-on de Joanna ?

— Asseyez-vous, intima Gavin. Et restez là. Si Joanna veut bien m'indiquer le chemin, je l'escorterai. Je reviendrai vous chercher avec des secours.

Le comte secoua la tête.

— Non... je connais le chemin... Nous irons tous les deux...

La voix de Joanna retentit alors, impérieuse.

— John, ne bougez pas. Vous êtes blessé...

Le comte acquiesça.

— Et ne regardez pas le vide, vous aurez le vertige, ajouta-t-elle, puis elle s'adressa à Gavin. Prenez la deuxième fourche à votre droite. Je vous y rejoins.

Sur ces mots, elle fit demi-tour.

Un faible sourire éclaira les traits du comte.

— Quelle femme ! murmura-t-il, admiratif.

— En effet, répondit Gavin. Restez là, je reviendrai vous chercher. Ça va aller ?

Se laissant glisser le long de la paroi humide, sir John dégaina son poignard.

— Je n'ai pas besoin de nounou. Je peux encore me défendre. Avancez donc. Et tâchez de ne pas vous perdre dans ce satané labyrinthe.

Souriant sous cape, Gavin s'engagea dans la galerie que Joanna lui avait indiquée.

Les bras croisés sur sa poitrine, Margaret regardait le prêtre réunir hâtivement ses possessions. Des larmes roulaient sur ses joues blêmes ; de temps à autre, elle les essuyait avec sa manche. La sacoche de cuir trônait sur le lit, ouverte. Margaret en extirpa une capuche qu'elle porta à sa joue. Le père William la lui arracha brutalement des mains, la jeta de nouveau dans la sacoche. Ensuite, passant les doigts dans ses cheveux clairsemés, il promena alentour un regard flou.

— Je reviendrai pour toi, Iris, murmura-t-il, les yeux fixés sur la croix en argent qui ornait le mur. Je t'en donne ma parole. Je ne t'abandonnerai pas, toi et l'enfant.

Ses yeux brillaient d'un éclat bizarre, fiévreux. La lueur de la folie dansait dans ses prunelles... On eût dit qu'un démon avait pris possession de son esprit. Peut-être avait-il perdu la raison, songea Margaret, oppressée. Mais cela lui était égal. Oh oui, parfaitement égal...

Elle l'aimait.

Il l'appelait du nom d'une autre femme, mais elle n'y attachait aucune importance. À présent, il s'apprêtait à partir, à cause de la faute qu'il avait commise, mais Margaret la lui avait déjà pardonnée. Elle voulait simplement qu'il l'emmenât avec lui. Il le fallait, se dit-elle, submergée par une angoisse insoutenable.

Il avait besoin d'elle. Le désarroi lui laissait un goût de fiel dans la bouche, mais elle était prête à le suivre au bout du monde. À présent, il avait les yeux exorbités, sauvages, or elle n'avait pas peur. Il ne lui ferait pas de mal.

Elle prit son manteau, le jeta sur ses épaules, puis se tint immobile, le visage baigné de larmes. Quelque chose en elle cherchait désespérément à se libérer. Les mots qu'elle ne pouvait prononcer lui brûlaient le cœur.

« N'aie pas peur, je viens avec toi. Je serai toujours là, je m'occuperai de toi, je t'aimerai. Peu m'importe ce que les gens pensent. Dis-moi que tu as besoin de moi... Je t'en supplie, William, dis-moi que tu me veux près de toi... »

— Je vois que tu viens avec moi, Iris, dit-il d'une voix hallucinée, la voix d'un homme qui n'avait pas dormi depuis des nuits. Cette fois, tu as décidé de m'accompagner...

Margaret acquiesça. Saisissant la main du père William, elle la porta à ses lèvres.

« Tu as compris. Et tu me veux ! » répondit-elle en pensée.

Joanna laissa tomber la torche et s'élança dans les bras de Gavin. Il était sain et sauf ! Il s'en était fallu de peu qu'il ne disparût dans les profondeurs de l'abysse. Elle l'étreignit farouchement. Elle n'aurait pas supporté de le perdre, lui aussi...

Gavin pressa la joue contre ses cheveux.

— Joanna, dit-il rapidement. John croit que nous ne nous sommes jamais rencontrés. Je ne veux pas que ta réputation en souffre.

— Au diable ma réputation ! Quand je pense à ce qui a failli se passer...

Elle renversa la tête, lui offrant ses lèvres. La bouche de Gavin s'écrasa contre celle de la jeune femme, qu'il serra de toutes ses forces.

— Joanna, murmura-t-il au creux de son oreille. Sache que rien n'a changé entre nous.

— Que veux-tu dire ? fit-elle en reculant pour scruter ses yeux sombres.

— Nous appartenons l'un à l'autre. Tu seras ma femme.

Mon amour. Des mots si simples... Pourtant, elle s'interdisait de les prononcer. Ses jours étaient comptés. Car elle ne pouvait renoncer à son plan.

— Nous allons ramener John au donjon, déclara-t-il, puis...

— Mais c'est impossible ! coupa-t-elle. Si je vais avec vous, tout sera découvert.

— Joanna, John t'a vue. Tu ne peux plus te cacher. Il faudra que tu te montres au grand jour.

Elle ouvrit la bouche pour protester, mais il la devança :

— Il est grand temps que tu rejoignes le monde des vivants. Ces cavernes sont dangereuses. Celui qui a tranché la corde pourrait s'en prendre à toi.

Joanna repensa à Mater et Margaret. La femme muette avait quitté la crypte en premier. Mater avait eu tout le temps de rejoindre ensuite la porte de l'Enfer. Comment avait-elle eu connaissance de la présence des deux hommes dans les souterrains ? Peut-être les avait-elle aperçus par hasard, et avait-elle sauté sur l'occasion pour tenter de les éliminer... En ce cas, elle avait aussi vu Joanna. Et maintenant qu'elle la savait vivante, elle n'hésiterait pas à achever ce qu'elle avait commencé dans l'aile sud.

Gavin avait raison, conclut-elle. Mieux valait se mettre à l'abri... jusqu'à la pleine lune.

— Comment expliquerons-nous ma réapparition ?

— Nous ne devons aucune explication à personne. Je m'occuperai de tous les détails.

— Que diras-tu exactement ? insista-t-elle.

— Le minimum. Nous avons eu un accident sur la passerelle, et tu nous as sauvé la vie... Tu es amnésique. Tu ne te souviens de rien, depuis l'incendie. Voilà pourquoi tu errais dans les souterrains comme une âme en peine.

Elle considéra la question, n'y trouva aucune faille.

— Promets-moi que tu ne me renverras pas à la cour, auprès de ma grand-mère. Je veux rester ici... avec toi.

Un sourire joua sur les lèvres de Gavin.

— À condition que tu acceptes de m'épouser... Je m'occuperai d'annuler tes fiançailles avec Gordon.

Elle hocha la tête. Son existence se terminerait à la prochaine pleine lune, comme celles des meurtrières de l'abbaye. Elle ne vivrait pas assez longtemps pour réaliser son rêve le plus cher : devenir la femme de Gavin Kerr, la mère de ses enfants.

Gavin attendait la réponse, sans se douter un seul instant de ses pensées moroses. Elle le regarda.

— Oui, répondit-elle d'une voix légère, dissimulant sa tristesse derrière un sourire. Je veux bien t'épouser.

23

Le comte d'Athol dévisagea Gavin, interdit. Sa face avait viré au gris poussière. Il effleura le bandage qui lui enserrait le front. Une totale incrédulité se lisait dans ses yeux injectés de sang.

Gavin aspira une goulée d'air. Il se demandait s'il n'avait pas eu tort de mettre son nouvel ami au courant de ses projets.

— Sale menteur ! grommela John, ayant enfin retrouvé l'usage de la parole. Vous plaisantez ! Vous n'avez pas demandé la main de Joanna !

— Mais si ! Autant vous habituer à cette idée tout de suite. J'ai bien réfléchi : ce mariage représente la meilleure solution.

— Dommage qu'elle soit déjà fiancée à ce petit sot de James Gordon.

— Son père l'a promise à ce garçon il y a presque un an. Et tout le monde la croit morte.

— Je ne vois pas la différence ! railla John. Vous avez un pois chiche à la place du cerveau, ma parole ! Elle lui appartient toujours.

— Mais elle désire rompre ses engagements, rétorqua Gavin calmement. Elle a consenti à devenir ma femme. Pas plus tard que ce matin, j'ai envoyé Edmund à Huntly, avec une lettre adressée à Gordon.

— Vous profitez de la situation ! Joanna a vécu pendant six mois sous terre, comment voulez-vous qu'elle soit capable de prendre une telle décision ?

— Son esprit est intact.

— Pourquoi êtes-vous si pressé ? hurla John, fou de rage. Je n'arrive pas à comprendre... Vous n'avez pas besoin de sa dot. Ce château, en comparaison de votre domaine des Borders, est un taudis... Je ne sais même pas pourquoi vous vous êtes donné la peine de venir dans les Highlands.

— On m'a dit que l'on jouit ici du meilleur climat d'Écosse.

— Gavin, écoutez ! Même si, pour une raison que j'ignore, vous convoitez ces terres désolées, vous n'avez pas à épouser Joanna pour les obtenir. Le lord chancelier vous les a offertes sur un plateau d'argent. Et même s'il apprenait que Joanna est vivante, cela ne changerait rien à l'affaire.

— Vous avez raison. Or je n'épouse pas Joanna pour un titre ou un domaine... mais parce que c'est la seule solution.

Le comte d'Athol le scruta d'un œil torve.

— La seule solution ? articula-t-il.

— Joanna désire demeurer à Ironcross, afin que les responsables de la mort de ses parents reçoivent un juste châtiment.

— Alors vous la forcez à vous épouser en échange d'une enquête ? Vous n'êtes qu'un maître chanteur de la pire espèce ! Un brigand ! Un...

— Nom d'un chien, arrêtez-vous ! vociféra Gavin. Sachez que je suis venu ici dans l'espoir d'en apprendre un peu plus sur le sort de Joanna et de ses parents. Dès le début, avant même de la rencontrer, je me suis senti attiré par elle...

— Balivernes ! ricana John. Vous voulez me faire avaler que vous êtes arrivé tel un chevalier servant, pour sauver une jeune dame en détresse ? Vous me prenez pour un crétin ?

— Croyez ce que vous voulez, à la fin ! grommela Gavin, à bout de nerfs. Je regrette de ne pas vous avoir abandonné sur votre rocher, dans la caverne. Je ne sais même pas pourquoi j'essaie de vous expliquer mes sentiments. Je me suis intéressé à Joanna quand j'ai rencontré lady MacInnes à Stirling. Dès ma première nuit ici, son portrait m'a envoûté. Elle m'a plu tout de suite... et l'attirance est réciproque. Est-ce donc si difficile à comprendre ?

— *Difficile* ? explosa John. Par Lucifer, c'est impossible ! Elle vous connaît à peine.

Il s'interrompit pour scruter son hôte d'un air suspicieux.

— Que faisiez-vous pendant que je gisais dans cette chambre, inconscient ? Je parie que vous m'avez drogué à seule fin de tenter votre chance auprès de Joanna.

— Vous êtes tout simplement furieux parce qu'elle me préfère à vous, répliqua Gavin abruptement. Ce n'est pas la première fois qu'elle vous délaisse pour un autre... Admettez une fois pour toutes qu'elle ne veut pas de vous.

John Stewart se rembrunit.

— Elle vous l'a dit ?

Gavin émit un soupir.

— Demandez-le-lui. Peut-être parviendra-t-elle à vous convaincre. Elle voit en vous un ami dévoué, rien de plus. Il lui reste si peu d'êtres chers en ce bas monde... N'allez pas tout gâcher avec votre précipitation aveugle.

Le comte d'Athol se tut un long moment. Une indicible émotion marquait son visage.

— Entendu, dit-il finalement. Je parlerai avec Joanna.

Je lui poserai des questions... En attendant, je voudrais en savoir plus sur vous. M'assurer que vous la méritez.

Gavin le fusilla du regard.

— Votre arrogance dépasse les limites.

— Oui, et elle ne m'attire pas que des amitiés. Vous êtes peut-être habile, pour un Lowlander... mais cela ne veut pas dire que vous ferez un époux digne de Joanna.

Peu à peu, la tension se dissipait. Gavin prit place sur une chaise près du lit où John reposait, calé sur des oreillers.

— Votre dispute avec sir Kenneth, la nuit de l'incendie, concernait le même sujet, n'est-ce pas ? Vous vouliez être sûr que James Gordon méritait d'obtenir la main de sa fille ?

— Oui, avoua John avec une grimace de dépit. Je connais Joanna depuis qu'elle est haute comme trois pommes. J'ai toujours pensé qu'elle épouserait un prince...

— Vous êtes encore plus fou que je ne pensais, John Stewart ! Votre position d'ami ne vous autorisait pas à mettre en doute le choix de son père.

Un éclair rebelle passa dans les prunelles de John.

— Kenneth était prêt à marier sa fille à un coureur de jupons, doublé d'une fripouille. Et pour quoi faire, je vous prie ? Pour l'éloigner d'Ironcross. Une décision basée sur une soi-disant malédiction ne peut pas être valable !

— Compte tenu du nombre de parents que Kenneth MacInnes a perdus, on ne peut pas lui en vouloir.

Les joues de John s'empourprèrent.

— Ce soir-là, je l'ai traité de vieil imbécile. Deux heures plus tard, il était mort, et le vieil imbécile, c'était moi... Kenneth voulait de toutes ses forces sauver sa fille des maléfices. Aujourd'hui, je me sens le devoir de respecter sa volonté.

— Aujourd'hui, la situation est différente.

— Qu'est-ce qui a changé ?

— Joanna, déclara Gavin d'une voix douce. Les épreuves l'ont mûrie. Si Kenneth MacInnes était de ce monde, il conviendrait que sa fille est une personne complètement différente. Le chagrin a forgé son caractère. Elle réclame justice.

— Raison de plus pour la mettre à l'abri. Mieux vaut qu'elle épouse Gordon, ou qu'elle retourne chez sa grand-mère. Elle sera plus en sécurité à Huntly ou à Stirling.

— Ainsi, à sa place, vous auriez pris la fuite, laissant les meurtriers de vos parents impunis ?

— Mais c'est une femme ! Par la passion sacrée du Christ, elle a eu son lot de peine...

— Assez ! coupa Gavin. Vous êtes son ami, John. Pas son père. Joanna MacInnes est plus forte qu'il n'y paraît. Pensez à notre mésaventure d'hier. Je me demande si nous aurions survécu pendant six mois dans le noir, comme elle.

— Là n'est pas la question. Le mal rôde entre ces murs. La mort plane au-dessus du manoir comme un vautour.

— Nous affronterons ensemble la malédiction... si malédiction il y a. Car j'ai tendance à penser que le démon qui hante ce château est de chair et de sang. Un spectre qui a besoin d'un couteau pour scier une corde, vous avouerez que c'est peu fréquent.

John hocha la tête, les sourcils froncés.

S'il lui fallait davantage de preuves, Gavin serait bientôt en mesure de les lui fournir. Pendant qu'Edmund galopait vers le château des Gordon, Peter, lui, avait été chargé d'une autre mission : retrouver le prédécesseur du père William...

La clé de l'énigme résidait dans l'histoire du manoir. Les raisons de toutes ces morts mystérieuses prenaient racine dans le passé. Peut-être à l'époque où sir Duncan était le seigneur d'Ironcross. Peut-être même plus tôt encore. Du temps où ces inconnues avaient été enterrées dans le caveau du château...

Gavin espérait que le vieux chapelain détenait les réponses...

La voix moqueuse de John le tira de ses réflexions.

— Je crois que je continuerai à jouir de votre hospitalité pendant un certain temps, milord.

— Est-ce un souhait ou une requête, monsieur le comte ?

Sir John haussa les épaules.

— Un avertissement. Je ne laisserai pas Joanna sans escorte sous votre toit. Tant que vous n'aurez pas reçu la réponse de James Gordon, il est de mon devoir de rester.

— S'il vous sied de jouer les chaperons...

— Ce n'est pas la seule raison qui m'incite à prolonger mon séjour. On a attenté à ma vie aussi bien qu'à la vôtre. Je ne suis pas enclin à pardonner une telle impertinence. Je compte bien mettre la main sur ce malfrat.

Gavin parut considérer les arguments de John.

— D'accord, répondit-il finalement. Vous pouvez rester... À condition de surveiller vos manières !

24

Assise dans un fauteuil sculpté près du lit à colonnes, Joanna songeait à Gavin. Le soleil déclinait, une lumière vermeille inondait la chambre, un ultime rayon s'attardait sur l'épais tapis de laine. Le seigneur d'Ironcross lui avait attribué la plus belle chambre du manoir.

Mais son absence plongeait la jeune femme dans un abîme d'incertitudes. Pourquoi ne la rejoignait-il pas ?

Le soir tombait doucement. Joanna ne pourrait rester longtemps confinée dans cette pièce. Bientôt, elle allait devoir affronter le monde extérieur. La seule pensée de revoir les domestiques la fit frissonner. On la saluerait avec des sourires, avec une déférence hypocrite. Ils la détestaient, elle le savait... Et elle le leur rendait bien. Pourtant, elle essaierait de saluer les servantes sans laisser exploser sa colère.

Elle avait déjà aperçu Molly, l'économe. Elle aussi faisait partie des ménades qu'elle avait vues dans la crypte, la nuit de l'incendie. Une Molly méconnaissable. Toute de blanc vêtue, en transe, comme ses compagnes... Une

Molly qui n'avait rien à voir avec celle qui, la veille, lui avait apporté un coffre d'habits. Joanna avait attendu que l'économe ressorte, le visage détourné. Puis, la gorge nouée par l'émotion, elle avait ouvert le coffre. Il contenait quelques robes ayant appartenu à sa mère. Elle n'avait pu retenir ses larmes – larmes de tristesse, larmes de colère...

Aujourd'hui elle ne pleurait plus. Elle avait les yeux secs.

La jeune femme lissa l'étoffe satinée de la robe qu'elle avait choisie. Sa mère avait esquissé, jadis, tant de fois le même geste...

Les ombres s'allongeaient dans la chambre. Pour la centième fois, elle se répéta son serment. Se contenter de l'instant présent. Attendre le jour de la vengeance.

Pourtant, elle aimait Gavin. La merveilleuse nuit passée en sa compagnie s'était à jamais gravée dans son cœur. Le souvenir de ses caresses, de ses baisers, demeurait son plus cher trésor.

Dans l'après-midi, le comte d'Athol lui avait rendu visite. Il s'inquiétait de ce qu'elle veuille rester au manoir et épouser Gavin Kerr. Se drapant dans une dignité glaciale, elle lui avait signifié qu'il ne devait plus poser de questions indiscrètes, s'il tenait à rester son ami. À sa grande surprise, John Stewart s'était incliné de bonne grâce. Comme s'il se sentait déchargé d'un grand poids...

Le soir était tombé maintenant. Joanna se coucha sur le lit. Son amant tardait à venir. Il semblait attendre le retour de son messager avec la réponse de James Gordon, avant de se résoudre à apparaître. Il était même capable de la respecter jusqu'à leur nuit de noces.

Joanna ne pouvait attendre si longtemps. Avant le jour de leur mariage, elle serait morte et enterrée. Dès lors, chaque instant lui paraissait infiniment plus précieux qu'une vie entière.

Gavin traversa la salle à manger, se frayant un chemin parmi les guerriers endormis. Il déboucha dans le vestibule, emprunta le couloir menant à sa chambre, l'air préoccupé. Depuis ce matin, le père William demeurait introuvable. Les domestiques prétendaient qu'il était parti en visite, mais l'ecclésiastique ne s'aventurait jamais hors de l'enceinte du château. Il ne parcourait pas les campagnes, ne s'occupait pas de ses ouailles. Les besoins spirituels des rares paysans du domaine étaient pris en charge par Mater.

Le père William avait bel et bien disparu, avait conclu Gavin, intrigué. John Stewart lui avait annoncé une autre nouvelle inquiétante. David, son informateur, s'était également volatilisé. Et ce n'était pas tout. Pendant le dîner, Gavin avait appris par une servante que Molly se faisait un sang d'encre pour Margaret. La femme muette s'était évanouie dans les airs.

Trois personnes portées disparues dans la même journée ! À ce rythme-là, d'ici à une quinzaine de jours, il serait le seigneur d'un château vide !

Le cas de Margaret semblait plus facile à comprendre. Ce matin, Joanna lui avait raconté la scène qu'elle avait surprise dans la crypte. Margaret s'était certainement réfugiée à l'abbaye auprès de sa sœur...

En passant, il salua d'un signe de tête le garde qu'il avait posté devant la chambre de la jeune femme. L'espace d'une seconde, le désir l'embrasa, mais il se contrôla. Tant que James Gordon n'avait pas donné sa réponse, tant qu'il ne pourrait présenter Joanna comme sa future épouse, il était inutile de ruiner sa réputation.

Poussant la lourde porte de chêne, il pénétra dans sa propre chambre. À la vue du grand lit solitaire, il soupira. Il avait espéré que les nouveaux problèmes auxquels il était confronté auraient éteint le feu sournois qui le torturait. Mais chaque minute qui passait attisait les flammes de son désir. Joanna lui manquait terriblement.

— Quel idiot tu fais ! se gourmanda-t-il à voix haute.

La nuit promettait d'être longue. Il ouvrit la fenêtre, contempla la lune qui voguait sur le firmament. Combien de fois verrait-il la lune croître et décroître en compagnie de son épouse ? Un sourire apparut sur ses lèvres. Son épouse ! Pour la première fois de toute son existence, Gavin élaborait des projets d'avenir. Il se voyait avec Joanna portant leur premier enfant, puis tous deux, plus âgés, entourés de leurs fils et leurs filles. Et plus vieux encore, les cheveux blancs, souriant à leurs petits-enfants...

« Comme ça doit être bon, songea-t-il, de vieillir près de la femme que l'on aime ! »

Le panneau qui glissa à côté du lit mit un terme brutal à sa rêverie. Craignant un nouvel attentat, il dégaina son poignard et se retourna vivement. Joanna se tenait sur le seuil de la porte secrète. Avec un sourire lumineux, il remit le poignard dans son étui de cuir.

La jeune femme avança dans la pièce, et le cœur de Gavin manqua un battement.

— Je t'ai entendu passer devant ma porte ! lui reprocha-t-elle doucement. J'espérais que tu t'arrêterais...

Il l'avait connue en guenilles. La robe de soie émeraude et de dentelle rehaussait l'éclat de sa beauté. Ce soir, elle était tout simplement éblouissante.

— Je... eh bien... je me suis dit... bredouilla-t-il.

Elle sourit.

— Qu'est-ce que tu t'es dit, Gavin Kerr ?

Du bout des doigts, elle lui frôla l'épaule.

— Est-ce cette épaule qui te fait mal ? demanda-t-elle, le voyant tressaillir.

Il l'enlaça par la taille.

— Quelle épaule ? murmura-t-il.

— Celle que tu t'es cognée dans ta chute, hier. C'est John qui me l'a dit.

— Celui-là commence à m'échauffer les oreilles.

Se penchant, il lui prit les lèvres. Le baiser se prolongea, exigeant, profond. La faim qui le taraudait se réveilla, dardant sa chaleur torride dans ses reins. Ses doigts frottèrent le bout de ses seins jusqu'à ce qu'ils durcissent... La réponse de Joanna, immédiate, passionnée, porta le désir de Gavin au paroxysme. Il souleva la masse de ses cheveux, laissa errer ses lèvres sur la peau douce et blanche de son cou.

— Chaque fois que je me retrouve seul avec toi, je suis incapable de m'arrêter, souffla-t-il.

— Ne t'arrête surtout pas ! chuchota-t-elle en dégrafant la ceinture de son amant.

— Je ne veux pas courir le risque d'être découvert ici avec toi, dit-il d'une voix enrouée.

— Personne ne songera à venir.

Il fit glisser le corsage de la robe jusqu'à la taille de Joanna. Ses lèvres happèrent la pointe d'un sein, lui arrachant un soupir.

Elle retint sa respiration quand il déboutonna la robe, qui forma une mare soyeuse à ses pieds. Sa fine chemise ne cachait rien de ses attraits.

— Quelqu'un pourrait quand même concevoir des soupçons, murmura-t-il, émerveillé, faisant passer la chemise par-dessus sa tête.

Il la dévorait des yeux. Il avait déjà eu l'occasion d'admirer la splendeur de sa nudité, mais ce soir, elle lui parut encore plus belle, plus vibrante. Du regard, il savoura chaque détail de son corps, puis sonda ses grands yeux bleu sombre.

— Et ce quelqu'un pourrait nous surprendre... ajouta-t-il, la soulevant de terre comme une plume.

Blottie contre lui, elle passa les bras autour de son cou.

— L'excuse est toute trouvée, répondit-elle avec un sourire ingénu. Je suis ici afin de soigner vos blessures, mon seigneur.

Lorsqu'il la fit basculer sur le lit, elle se releva à moitié pour finir de dégrafer sa ceinture. Tandis qu'il se débarrassait de ses bottes, elle entreprit de retirer le kilt et, peu après, il se tenait devant elle, nu lui aussi, dans la lueur rougeoyante du foyer. À son tour, elle admira la perfection de ce corps masculin aux muscles déliés. Sa petite main couverte de cicatrices se referma sur son membre dressé, arrachant à Gavin un soupir de volupté. Il plongea les doigts dans la chevelure de Joanna, qui traça de la langue une arabesque brûlante sur son bas-ventre. Bientôt, elle pressa la joue contre sa virilité. Gavin serra les dents. Il sentait les lèvres et la langue de la jeune femme le titiller, le goûter.

— Joanna... gémit-il.

Elle le prit dans sa bouche, et il manqua défaillir de plaisir. Leurs yeux se croisèrent, brillant d'une passion égale. Gavin luttait pour se contrôler. Il était proche de l'extase. Doucement il la repoussa, la renversa sur le lit. Il lui scella la bouche d'un baiser sauvage, puis promena ses lèvres sur sa gorge satinée, son ventre plat. Enfin, sa langue se glissa dans le triangle doré, et Joanna se cambra, s'offrant à la plus exquise des caresses. Bientôt, une chaude moiteur naquit au plus profond de son être. Avec un râle de volupté, elle creusa les reins davantage...

Lorsqu'elle cria son plaisir, il se glissa en elle.

Tels deux naufragés emportés par une vague ardente, ils s'étreignirent à perdre haleine.

Leurs corps s'épousaient avec une aisance étonnante. Ils étaient faits l'un pour l'autre... Ils ne faisaient plus qu'un. Leurs corps, leurs âmes étaient soudés à jamais.

L'extase les surprit au même instant, dans un éblouissement suprême.

Ensuite, ils demeurèrent longtemps inertes, enlacés. Chacun sentait la chaleur de l'autre, rassurante. La fatalité s'éloignait, avec sa cohorte de malheurs. Le spectre de la mort s'évanouissait. Il ne restait plus que la vie.

Et leur amour.

25

Hissé sur un coude, Gavin repoussa une mèche dorée du front de Joanna.

— Il faut que tu essaies, l'encouragea-t-il. Pour une fois, tâche de sortir Mater de ton esprit et réfléchis : qui d'autre aurait pu commettre ce crime ?

— Gavin, je ne comprends pas tes réticences. Je te l'ai dit et répété. Même hier, elle était dans la crypte. Il se peut fort bien que ce soit elle qui ait tranché la corde de la passerelle.

— Oui, peut-être. Mais supposons que ce soit quelqu'un d'autre...

— Pourquoi ne cesses-tu de la défendre ? se plaignit-elle, mortifiée. Pourquoi refuses-tu de me croire ? Elle a déjà fait suffisamment de mal. Combien de morts te faudra-t-il encore pour être convaincu ?

Une rage contenue faisait briller ses yeux. Gavin lui caressa gentiment la joue.

— Je ne refuse pas de te croire, Joanna. Mais nous avons besoin de preuves...

— Je n'ai pas besoin de preuves ! Je sais qu'elle est coupable. Si tu avais assisté à leur cérémonie démoniaque cette nuit-là, tu n'aurais plus aucun doute.

— Justement. Il est facile d'être abusé par des impressions. Par ce que nous avons vu ou entendu. C'est ainsi qu'on peut laisser courir le vrai meurtrier...

Elle ouvrit la bouche pour protester, mais il la fit taire en posant un doigt sur ses lèvres.

— J'ai eu, moi aussi, des certitudes qui maintenant se sont dissipées. J'ai soupçonné que le responsable du drame était le comte d'Athol.

— John ? s'exclama-t-elle. Il ne ferait pas de mal à une mouche.

— J'en suis sûr à présent. Mais jusqu'au moment où il a manqué se rompre le cou dans la caverne, je l'ai cru coupable. Il avait un bon motif pour éliminer ton père...

— Encore heureux que tu ne l'aies pas accusé publiquement.

Gavin lui prit le visage dans ses mains.

— Oui... Et je voudrais éviter de faire deux fois la même erreur. Loin de moi l'idée de protéger Mater, et celles que tu considères comme ses complices. Si elles ont vraiment allumé l'incendie, elles le paieront de leur vie... Mais je voudrais élucider le mystère. Examiner si quelqu'un d'autre n'avait pas un intérêt quelconque dans l'affaire. Depuis que j'ai mis les pieds à Ironcross, personne ne m'a dit la vérité. Les gens se montrent peu bavards. Le secret pèse sur ce lieu comme les brumes matinales enveloppent la lande.

— Les paysans subissent l'influence de Mater.

— Peut-être, admit-il. Mais la volonté d'une vieille femme ne suffit pas pour plonger tout le monde dans le silence. Il y a autre chose, Joanna, je le sens.

— Tu parles de la malédiction ?

— As-tu jamais posé des questions sur la crypte ? demanda-t-il.

Un souffle de vent ouvrit brusquement la fenêtre. L'air glacé pénétra dans la pièce. En frissonnant, Gavin alla fermer la vitre, puis se glissa de nouveau sous la couverture et reprit :

— Sais-tu qui sont ces femmes enterrées sous le donjon ?

— J'ai demandé à droite et à gauche. Ce sont des saintes, paraît-il, mais je n'en sais pas plus. J'ignore comment elles sont mortes.

— Si nous perçons le mystère de ce sépulcre, nous remonterons à l'origine de la malédiction d'Ironcross.

— Et aux meurtriers.

— Probablement. La malédiction semble dater de plusieurs siècles. Nous ignorons ce qui a pu se passer avant l'arrivée des MacInnes. Ces tombes sont anciennes.

Troublée, Joanna fronça les sourcils.

— Raison de plus pour penser que ces rituels bizarres sont liés aux meurtres.

— Ou que quelqu'un utilise ces croyances comme un bouclier pour cacher ses méfaits, suggéra Gavin. Il faut essayer par tous les moyens d'en savoir plus sur l'histoire de ces saintes.

Il lui prit la main, la pressa entre les siennes.

— Restons unis, Joanna. Tâchons de mener correctement notre enquête. Gardons l'œil ouvert, l'esprit en alerte. À nous deux, nous châtierons les crimes commis contre ta famille.

Le visage de la jeune femme se radoucit. Il sut que s'il ne l'avait pas convaincue, il avait du moins obtenu une trêve. Contrairement à lui, qui dissimulait ses sentiments sous une carapace, Joanna affichait les siens sans contrainte : sa confiance, son affection...

Il refoula l'envie de lui exprimer son amour. Les mots se dérobaient. Il ne pouvait révéler le tréfonds de son âme avant d'avoir vaincu ses propres démons... ses propres malédictions.

— Encore une chose, murmura-t-elle alors. Quelques

jours avant la mort de mes parents, mon père a eu des mots avec le prêtre.

— Le père William ? Je l'ai longuement interrogé. À aucun moment il n'a évoqué un désaccord quelconque avec ton père.

— Et pour cause. La mort de mon père l'a sauvé de la ruine... Et la mort d'Iris lui a donné une seconde chance.

— Iris ?

— Le père William cache bien son jeu sous son habit d'ecclésiastique... Iris était une des servantes de ma mère. Une rousse, très jeune, très belle. Avant ma dernière visite ici, elle a supplié ma mère de l'envoyer chez ma grand-mère à Stirling, quand je repartirais.

— Mais elle a péri dans l'incendie.

— Oui. Or, même sans l'incendie, ma mère ne l'aurait pas envoyée à Stirling... À mon arrivée, j'ai appris qu'Iris attendait un enfant.

— Laisse-moi deviner... Le père de l'enfant l'a rejetée ?

Joanna secoua la tête.

— Non ? fit Gavin, intrigué. Elle ne savait pas qui l'avait mise enceinte ?

— Si. Au début, elle ne voulait pas le nommer. Ma mère a menacé de l'envoyer à l'abbaye jusqu'à la naissance du bébé.

— Sous la protection de Mater ?

— Oui...

— Mais... Iris a-t-elle finalement nommé son amant ?

— Elle a désigné le père William.

Cette révélation n'étonna pas Gavin outre mesure. Il se revit en compagnie du prêtre, dans la cour de la chapelle. L'attachement que ce dernier montrait pour l'une des tombes, la façon dont il avait évoqué Iris, prenaient tout leur sens à présent.

— A-t-il admis sa responsabilité ?

— Mon père l'a convoqué. Il n'a pas osé nier les faits. Père l'a menacé de le dénoncer à ses supérieurs hiérarchiques. Il lui a donné une semaine pour ramasser ses affaires et quitter Ironcross.

— Kenneth MacInnes personnifiait la bonté, dit Gavin. J'en connais qui lui auraient infligé une punition autrement plus sévère. Sa soutane ne l'aurait pas sauvé.

Joanna esquissa un hochement de tête.

— Iris n'avait aucune chance d'épouser l'homme qui lui avait fait un enfant. C'est pourquoi père a choisi de le renvoyer... Tu penses qu'il a fait montre d'indulgence ? Ce n'était pas l'avis du père William. Il a été outré d'être chassé d'une manière aussi « impudente ». Ce furent ses propres mots.

— Et après l'incendie, le bonhomme en a profité pour garder sa place... Mais tu savais qu'il était resté ?

— Eh bien... Iris et son bébé étaient morts, et j'avais d'autres préoccupations en tête. Je n'y ai plus songé.

Gavin posa sur elle un regard interrogateur, mais elle secoua vigoureusement la tête.

— Non, ce ne peut pas être lui ! Il est trop lâche pour provoquer un désastre d'une telle ampleur.

— Il était sur le point de perdre tout ce qu'il avait. Sa position, sa réputation... L'Église n'est pas tendre avec ses brebis galeuses. Ton petit prêtre aurait fini défroqué.

— J'ai beau réfléchir, c'est non ! s'entêta-t-elle, allongée sur le dos, les yeux fixés au plafond. Ce poltron a peur de son ombre. Il n'aurait jamais osé se venger de mon père... surtout de cette façon. Et puis, n'oublie pas que le feu a tué aussi la femme qu'il aimait.

— La femme avec laquelle il forniquait, Joanna, rectifia Gavin. On ignore quels sentiments il nourrissait pour sa maîtresse.

Elle se tourna pour le regarder. Elle pensait à leur relation. Voyant l'ombre du doute ternir son joli visage, il l'enlaça tendrement.

— Ne crois pas un instant que je te suis infidèle, murmura-t-il. Aucune autre femme ne te supplantera jamais dans mon cœur.

Elle tendit la main, lui toucha la pommette.

— Je t'aime, Gavin. Je veux que, toujours, tu t'en souviennes.

Il sourit.

— Vraiment ? Pourquoi me dis-tu cela sur ce ton solennel ? Comptes-tu me haïr demain ?

Elle s'allongea sur lui, le scruta au fond des yeux d'un air belliqueux. Gavin éclata de rire.

— Je suis ton esclave, ma belle. Tu peux me demander ce que tu veux.

Ses mains glissèrent le long de son dos, pour s'arrêter sur ses fesses nues, fermes sous ses doigts.

— Tu peux tout me demander... grogna-t-il.

— Peut-être devrions-nous aller lui parler, murmura-t-elle, posant un baiser sur son épaule. Non que je le croie capable de meurtre. Mais s'il savait quelque chose...

Gavin ne suivait plus son raisonnement. Les exigences du désir balayaient tout le reste. Elle le rendait fou. Insatiable. Il la renversa sur le lit, se coucha sur elle. D'une main, il lui caressa les seins, insistant sur les pointes.

Joanna se cabra, prête à l'accueillir. Un délicieux frisson d'anticipation la parcourut.

— Je veux... être là... quand tu vas le questionner, articula-t-elle, étouffant un gémissement de plaisir.

Il embrassa un sein, puis l'autre.

— M... oui... Quand je l'aurais retrouvé.

— Pourquoi ? Il n'est plus là ?

Elle lui enlaça les hanches de ses jambes, se pressa contre son membre érigé. Gavin poussa un soupir.

— Il a disparu. Depuis hier...

Il chercha passionnément ses lèvres, qu'elle entrouvrit pour le laisser goûter la saveur de sa bouche. Il releva la tête et la dévisagea, les yeux voilés par la passion.

— Quand je te regarde, mon amour, je perds tout intérêt pour ce sale individu...

Elle s'arc-bouta, afin de lui permettre de plonger dans sa chaleur. Un sourire espiègle illumina ses traits.

— Autrement dit, il a disparu depuis notre retour de la caverne.

— Les deux faits ne sont peut-être pas sans rapport.

Elle le serrait entre ses cuisses. Il respira profondément, s'efforçant de contrôler sa fougue. Il adorait quand elle le provoquait ainsi.

— À mon avis... il... il...

Son attention fut entièrement accaparée par la langue rose que la jeune femme passait sur ses lèvres.

— Il a pris la fuite... réussit-il à articuler.

Refrénant son envie d'accentuer la cadence de ses reins, il la fit rouler entre les draps jusqu'à ce qu'elle se retrouve au-dessus de lui. Ses longs cheveux tombaient comme un rideau d'or devant son visage. D'une secousse, elle les rejeta en arrière.

— Jolie vue, chuchota-t-il.

Elle se pencha pour l'embrasser, et il s'empara de sa bouche avec ardeur. Joanna sentit les mains de Gavin sur ses hanches. Elle se mit à le chevaucher, lentement au début, puis de plus en plus vite.

— Mais... nous allons le retrouver... hoqueta-t-elle.

— Oui... sûrement...

Il ne put terminer sa phrase. Le corps de Joanna ondulait comme une flamme. Le plaisir déferlait en elle tandis qu'elle montait et descendait au gré de sa fantaisie. Quand il la sentit tressaillir en poussant un long gémissement, il la rejoignit dans l'extase.

— Joanna... cria-t-il.

Ensemble, ils roulèrent en travers du lit en bataille, dans un long frisson.

26

Il descendait à la crypte.

La veille au soir, Joanna lui avait parlé de ses plans. Elle allait infliger elle-même le juste châtiment aux meurtrières de ses parents. Elle n'en avait pas dit plus, mais Gavin avait deviné l'essentiel : elle attendait une nouvelle cérémonie secrète pour agir.

Le prêtre demeurait introuvable, John se remettait lentement de ses blessures. Il allait donc essayer de retrouver le chemin dans le dédale des galeries, tout seul, jusqu'au lieu nommé la porte de l'Enfer. Il savait qu'à partir de là, la crypte n'était pas loin.

Il longeait les tunnels, certain de parvenir à destination. Il voulait découvrir la vérité... Car Joanna était prête à se sacrifier. Il avait senti cette sombre résolution dans le ton de sa voix. Mais cela, il ne le permettrait pas. Jamais.

Une demi-heure plus tard, la flamme de sa torche éclaira les voûtes de la crypte.

Il lui agrippa la main.

Joanna releva la tête, en sursautant.

Elle essaya de dégager sa main prisonnière de la poigne de fer, mais il resserra son étreinte.

Se redressant, elle le défia du regard. Déjà, il l'obligeait à prendre ses repas dans la salle à manger commune, sous les regards de la domesticité. On épiait le moindre de ses mouvements, on comptait les bouchées qu'elle avalait.

Et maintenant, il la suivait jusque dans les souterrains !

Elle était toujours résolue à aller jusqu'au bout de sa vengeance, à la prochaine pleine lune. Bizarrement, il semblait avoir deviné ses intentions...

Gavin n'avait pas lâché sa main. Joanna le dévisagea effrontément. Pourquoi insistait-il ? Pourquoi se mettait-il sur le chemin du destin ? Pour qui se prenait-il ?

La jeune femme ne se plaignait pas de ses nuits. Ses journées au contraire l'ennuyaient. Quand elle ne subissait pas les sempiternelles questions de John Stewart, elle supervisait les travaux de l'aile sud. Gavin souhaitait qu'elle participe à tout... Fallait-il ajouter une porte ici ? Une alcôve là ? Faire venir le vitrier d'Édimbourg ? Et les cheminées ? C'était sans fin.

— Lâche-moi ! dit-elle. Que fais-tu ici ?

— Je peux te retourner la question.

— Laisse-moi respirer ! siffla-t-elle à voix basse.

Un sourire s'épanouit sur les lèvres de Gavin.

— Tu respireras mieux dehors. Viens, Joanna. Sortons au grand air. Et ne m'oblige pas à te porter.

— Tu n'oserais pas.

— Au contraire ! J'adorerais me donner en spectacle avec toi.

— Pauvre crétin !

Elle réussit à dégager sa main, prit son envol, courut droit devant elle vers la sortie. De ce côté-ci, la lourde porte de chêne donnait sur la cour qui grouillait de monde : ouvriers, soldats, écuyers, serviteurs. Joanna s'immobilisa sur le perron, face au donjon. Éblouie par la lumière du jour, elle cligna des paupières.

Elle aspira profondément, s'emplit les poumons de mille senteurs... La paume de Gavin se posa au creux de ses reins.

— Allons-y, murmura-t-il.

Il lui reprit la main, lui fit descendre la volée de marches. Deux chevaux harnachés attendaient devant l'écurie.

— Où m'emmènes-tu ?

— Une promenade à cheval nous détendra.

Ils traversèrent la cour, dépassèrent l'aile sud, méconnaissable. La veille, l'un des fidèles compagnons de Gavin, un grand gaillard du nom d'Andrew, était revenu d'Elgin avec une armée de maçons, de tailleurs de pierre, de charpentiers. Des coups de marteau fusaient de toutes parts. On reconstruisait, on restaurait les ruines. Joanna regarda deux jeunes colosses hisser, à l'aide d'une poulie, une cargaison d'ardoises sur le toit.

Lorsqu'ils arrivèrent devant leurs montures, Gavin la souleva par la taille, l'installa sur une selle d'amazone. Lui-même montait Pâris, son étalon préféré.

— Comment as-tu pu empêcher ce brave John de nous rejoindre ? demanda-t-elle.

— Je l'ai enchaîné et jeté aux oubliettes du manoir.

— Le gentil comte t'a manqué de respect ?

— Non, mais cette tête de mule finira par élire domicile chez moi. Il s'est inventé des devoirs vis-à-vis de toi, au nom de ton défunt père. En fait, s'il n'a pas déguerpi à la fin de la semaine, je le chasserai à coups de canon.

Joanna éclata de rire.

— Fidèle à son rôle de chaperon, il me bombarde de

questions chaque fois que je reste cinq minutes seul avec toi, poursuivit Gavin en ronchonnant.

Joanna gloussa à nouveau.

— Pourquoi ris-tu ?

— Pour les cinq minutes ! Ce pauvre John aurait une attaque s'il avait vent de nos ébats nocturnes.

Les yeux rieurs de Gavin s'attardèrent sur ses seins, et ce seul regard fit frissonner la jeune femme.

— Je me fiche éperdument de ton pauvre John... Les nuits ne me suffisent pas. Je te veux le jour aussi.

La chaleur qui courait dans le corps de Joanna monta à ses joues.

— À la fin de la semaine, nous aurons toutes les réponses, continua-t-il avec assurance. Edmund aura rapporté la missive de James Gordon. Et j'espère que Peter aura trouvé l'ancien aumônier du domaine.

La fin de la semaine coïncidait aussi avec la pleine lune, songea-t-elle, mortifiée.

— Crois-tu que ta grand-mère assistera à notre mariage ?

— Je ne sais pas... murmura-t-elle.

— As-tu bien spécifié dans ta lettre que nous nous marierons sitôt après avoir reçu la réponse de Gordon ?

Elle acquiesça. Une vague de panique l'avait envahie quand le messager avait pris la direction de Stirling. L'infortunée lady MacInnes vivrait deux fois le deuil de sa petite-fille. Elle apprendrait que Joanna avait survécu, au moment même où celle-ci périrait par le feu. Mais Gavin avait tellement insisté qu'elle s'était conformée à ses souhaits, afin de ne pas éveiller ses soupçons.

— Pas de nouvelles du père William ? s'enquit-elle, changeant de sujet.

— Non. Mais nous le retrouverons. Sans cheval, il n'ira pas loin. À mon avis, il n'aura d'autre choix que de revenir. C'est une question de jours.

— Et alors ?

— J'aurai quelques questions à lui poser.

— Penses-tu vraiment qu'il est pour quelque chose dans l'incendie ?

— Il est suspect. Comme par hasard, il disparaît le jour où l'on apprend que tu as échappé à la catastrophe.

— Peut-être a-t-il eu peur que je ne te révèle son histoire avec Iris ?

— En tout cas, il reviendra, affirma Gavin. J'ai répandu la rumeur qu'il est suspecté d'avoir provoqué l'incendie. Il voudra très certainement se justifier. Sa vie en dépend car, s'il continue de se cacher, les soupçons à son encontre se confirmeront et il finira par se faire arrêter.

— Mais il est innocent... Pour ce qui est du feu, du moins.

— En ce cas, il n'a rien à craindre. À condition de cesser de se comporter en coupable... Tiens, combien tu paries que j'arriverai le premier au rocher en saillie, là-bas sur la colline ?

Il vit Joanna se retourner sur sa selle pour fixer un point dans le lointain. Il fit de même. Alors, elle éperonna le flanc de sa jument avec un cri d'encouragement et dévala la pente.

Sa ruse fit rire Gavin aux éclats.

27

La femme muette tremblait violemment. Ses yeux étaient rouges de n'avoir pu dormir depuis des nuits. Ses doigts tortillèrent la grosse laine de sa jupe. De l'autre main, elle écarta légèrement la peau de bête qui tenait lieu de porte à la cabane de torchis.

La scène qu'elle découvrit ne fit qu'augmenter son anxiété. Une flaque boueuse séparait William de son frère Allan. Quand celui-ci était apparu à cheval, William s'était précipité dehors, à sa rencontre.

À présent, les deux hommes se faisaient face. Le visage du majordome était un masque de fureur, ses yeux de braise sondaient le prêtre ; il attendait sa réponse.

La sœur de William, voûtée, ridée, vieillie avant l'âge, émergea du fond de la pièce où s'empilait la laine de moutons fraîchement tondus. Deux gamins en guenilles s'accrochaient à ses jupes. Quand Margaret les regarda, ils enfouirent leurs visages dans le tablier de leur mère.

La tension entre les deux hommes était presque palpable. Allan jetait vers le taudis des regards éloquents : il savait que Margaret se cachait là-dedans. Celle-ci le vit s'adresser au prêtre avec colère, et bien que sa phrase fût inaudible à cette distance, elle n'eut aucune peine à deviner qu'il la réclamait. William secoua alors résolument la tête.

Une vague de panique assaillit Margaret. Elle se tourna vers la sœur de William, implorante, saisit les mains des deux enfants. Au lieu d'intervenir, la paysanne arracha les petits à son étreinte, et les poussa dehors.

Un profond soulagement envahit Margaret lorsque, à la vue des deux gamins, Allan fit demi-tour. Elle le suivit du regard, tandis qu'il remontait le sentier en direction des montagnes.

Joanna tira sur les rênes, forçant sa monture à s'immobiliser brutalement. En signe de protestation, la jument fit un écart avant de donner des ruades pour désarçonner sa cavalière. Elle se cramponna à la selle, tandis que Gavin s'emparait de la bride.

— Qu'est-ce qui t'a pris ? Tu aurais pu te tuer !

— Où m'emmènes-tu ? cria-t-elle.

Son regard errait sur la vallée en contrebas.

— Nous allons à l'abbaye, dit-il d'une voix calme.

— Je vois cela. Mais pourquoi ?

— Pour rencontrer Mater.

— Pourquoi ? répéta-t-elle d'une voix vibrante de colère. De quel droit décides-tu à ma place ? Je croyais que nous faisions une promenade. Tu m'as menti.

— Je ne t'ai pas menti ! Tu connais bien cette route. Je me suis dit que tu savais où nous allions.

— Tu te trompes. Je n'ai pas fait attention. D'ailleurs, tu as tout fait pour me distraire.

— Joanna, c'est important ! grommela-t-il.

— Parle pour toi, rétorqua-t-elle. Je n'ai jamais eu l'intention de m'aventurer par ici. Tu ne peux pas me forcer à continuer contre mon gré. Lâche cette bride, je veux rentrer.

— Joanna...

Il enroula la bride autour de son poignet. Puis, se penchant, il posa sa main libre sur le bras de la jeune femme.

— Tu as dit que tu voulais découvrir la vérité sur la mort de tes parents...

— La vérité, je la connais.

— Comment ? En te cachant dans les souterrains ?

— Je n'ai pas besoin d'en savoir plus. L'abbaye n'est qu'une façade, pour dissimuler leurs horreurs. Je suis bien placée pour le savoir.

Elle lui décocha un regard furieux.

— J'ai assisté à leurs messes noires. Je n'ai plus qu'à attendre le jour de la vengeance. Et ce jour n'est pas loin.

Il rapprocha son cheval du sien, sans jamais lâcher la bride.

— Est-ce que tu t'entends parler ? Si je raisonnais comme toi, le comte d'Athol serait mort, le prêtre serait pourchassé comme une bête, mon majordome aurait été écartelé pour négligence, sinon pour trahison... C'est cette justice à laquelle tu crois ?

Joanna s'efforça de respirer régulièrement pour ralentir les pulsations désordonnées de son cœur. La rage froide de Gavin était plus impressionnante que n'importe quelle menace. Elle comprenait à présent qu'il pouvait être dangereux.

— Je ne ferai pas ce que tu veux, dit-elle finalement. Je ne peux pas.

— Crois-tu Mater coupable ?

— Oui, répondit-elle sans l'ombre d'une hésitation.

— Est-elle une ennemie pour toi ?

— La pire qui soit.

— Désires-tu que justice soit faite ?

— Bien sûr.

— Alors, affronte-la !

Elle se contenta de le scruter, stupéfaite.

— Tu es la dernière des MacInnes, poursuivit-il. Fais ton devoir.

— Ne m'oblige pas à y aller, Gavin, murmura-t-elle. C'est au-dessus de mes forces.

— Pourquoi ? Parce que tu es une femme ? Ton courage dépasse de loin celui de beaucoup de guerriers, Joanna. Tu m'as demandé d'interroger le prêtre en ta présence. Tu avais raison. Tu es en droit de participer à toutes les investigations. Il faut donc que tu sois présente pendant que je m'entretiendrai avec Mater.

Tête basse, Joanna réfléchissait. Une angoisse terrible lui comprimait la poitrine. Il en profita pour continuer :

— Si tu tiens Mater pour responsable de ce crime abominable, il est de ton devoir d'assister à l'interrogatoire auquel je la soumettrai... Je ne te demande pas d'aller au combat désarmée. Je serai là. À ton côté.

Joanna retira sa main qu'il pressait dans la sienne. Mentalement, elle se traitait de poltronne. Sa vengeance, qui lui semblait un acte de bravoure dans l'obscurité des cryptes, lui paraissait soudain dictée par la lâcheté. Tout comme sa conception de la justice. Les arguments de Gavin avaient porté. Elle sentit la pointe de la culpabilité lui frôler le cœur.

— Affronte-la, Joanna. N'aie pas peur...

— Je n'ai pas peur. Sinon, je n'aurais pas survécu pendant ces six derniers mois. Ma soif de justice m'a maintenue en vie.

— Alors viens avec moi, mon amour. Montre à cette femme que, quoi qu'elle fasse, tu continueras de te battre pour une juste cause.

Agenouillée par terre, Margaret s'accrochait au manteau du prêtre avec l'énergie du désespoir. Elle ne voyait pas les yeux ronds des deux gamins, pas plus que l'expression haineuse de leur mère. Elle avait à peine senti le coup de pied que son amant lui avait décoché pour se dégager.

— Je vais retourner au manoir ! hurla-t-il, furieux. Et toi, va au diable !

Elle éclata en sanglots.

— Lâche-moi donc, idiote ! Fiche-moi la paix !

— Je ne veux pas qu'elle reste ici, intervint la sœur

du prêtre avec méchanceté. Je n'ai pas de place... Ramène-la où tu l'as prise, William, tu m'entends ?

Il décocha à Margaret un second coup de pied dans les côtes. Elle se plia en deux, le souffle coupé, les doigts toujours crispés sur le manteau de laine.

— Jette-la dehors ! dit-il. Tu n'as pas à t'occuper d'elle. Son frère la trouvera, à moins qu'elle ne tombe sur une meute de loups affamés. Ça m'est complètement égal.

Margaret leva le regard vers les yeux froids du prêtre, en dodelinant de la tête. Comme un animal à l'agonie, elle ouvrait et refermait la bouche.

« Ne t'en va pas ! priait-elle en pensée. Je t'en supplie, ne pars pas ! »

— Aide-moi à me débarrasser de cette folle ! cria-t-il à sa sœur.

Margaret lui enlaça les jambes. Alors, un objet lourd s'abattit sur sa tête. Une gerbe de lumières se déploya devant ses yeux, un gémissement inhumain lui échappa, puis un gouffre l'engloutit dans ses ténèbres abyssales.

28

L'instant était décisif, Gavin le savait. Joanna était en sécurité avec lui, mais il était curieux de voir la réaction de Mater. Il allait observer la vieille femme sans perdre une miette de ce qu'elle dirait. Dans ses phrases transparaîtrait sa culpabilité ou son innocence.

Depuis qu'elle était sortie de l'ombre des souterrains d'Ironcross, Joanna faisait montre d'une singulière fébrilité. L'appréhension hantait ses yeux violets. Au lieu d'apprécier le confort auquel elle avait été habituée depuis sa plus tendre enfance, elle préférait rester confinée dans sa chambre.

Pourtant, il était résolu à la sauver de ses démons. Sa visite à la crypte lui avait révélé le plan de sa compagne. Il était hors de question de la laisser commettre cette folie.

Ils chevauchaient côte à côte vers la vallée. À l'approche du village, ils ralentirent l'allure. Les paysans travaillaient dans les champs, un chien aboyait joyeusement, des enfants couraient partout.

— Tu ne les as jamais vus ainsi, n'est-ce pas ? fit Joanna.

— Non... Je m'étonne qu'ils ne soient pas partis en courant.

— Visiblement, ils t'ont accepté en tant que seigneur du domaine.

Avec un sourire désabusé, Gavin secoua lentement la tête.

— Non, Joanna. Ils sont restés pour toi. Pour t'accueillir au sein de la communauté.

— Je ne suis pas des leurs, se défendit-elle avec véhémence.

— Ils semblent penser le contraire.

Le regard de Joanna se fit lointain. Gavin sourit à une bande de gamins qui barbotaient dans une flaque d'eau.

— D'ici, ils n'ont pas l'air bien méchants...

Elle ignora ce commentaire, mais il insista, sarcastique :

— Ils doivent entraîner leurs enfants à dissimuler leur nature diabolique et criminelle.

Furieuse, Joanna se tourna vers lui.

— Je n'ai jamais dit qu'ils étaient *tous* des assassins. Il y a de braves gens parmi eux.

— Je ne l'aurais jamais deviné, dit-il, les sourcils levés.

Joanna plissa les paupières.

— Cesse de te moquer de moi, maintenant. Ou je...

Il se pencha, lui saisit la main, la porta à ses lèvres. Un voile brûlant empourpra les joues de Joanna. Cette marque d'affection en public la gênait terriblement.

— Ou quoi ? J'ose espérer que tu ne reviendras pas sur ta parole, mon amour. Tu as promis de m'épouser.

Elle tressaillit quand il lui effleura la paume d'un nouveau baiser. Elle dégagea sa main, rouge comme une pivoine.

— Oui. Je l'ai promis...

Ensemble, ils firent avancer leurs chevaux au pas, en

direction de l'abbaye. Des gamins aux grands yeux brillants les épiaient derrière les haies. Gavin leur fit un clin d'œil et, aussitôt, ils disparurent.

— Tu sembles produire un effet extraordinaire sur les enfants, fit remarquer Joanna.

— C'est un don, répondit-il.

Eux aussi auraient un enfant, songea-t-il, la gorge serrée par l'émotion. Du coin de l'œil, il examina le ventre plat de Joanna. Portait-elle déjà le fruit de leurs amours ? Peu importait, conclut-il, car dès le retour d'Edmund de chez James Gordon ils se marieraient...

La vieille femme, accroupie près du feu de camp, leva les yeux vers les deux cavaliers. Une brusque rafale souleva un nuage de poussière. L'abbesse se redressa dans la lumière poudreuse, comme si elle les avait attendus toute la journée.

À sa grande surprise, Joanna ne découvrit aucune haine dans les yeux gris qui la sondaient – seulement de la tristesse. Son armure de justicière se fissura : la compassion de Mater lui allait droit au cœur.

Elle descendit de cheval, laissant à Gavin le soin d'attacher à un arbre leurs montures. Elle s'avança vers la vieille femme. À mi-chemin du feu, elle marqua une pause. Un cri sauvage résonnait dans sa tête. Gavin, qui l'avait rejointe, lui prit la main.

— Tu es venue, murmura Mater d'une voix chevrotante, tendant sa main squelettique. Tu es enfin revenue parmi nous...

Les genoux de Joanna flageolèrent. Elle s'accrocha au bras de son compagnon.

— *Nous* sommes venus, rectifia-t-il fermement. Tous les deux.

Ces mots insufflèrent un peu de force dans l'esprit de Joanna, qui se redressa. Mater s'avança à son tour. Ce fut elle qui parcourut la distance qui les séparait.

— Ma vue ne dérange plus les paysans ? s'enquit Gavin d'un ton bourru.

— Ne vous surestimez pas, milord, persifla Mater. Ils vous savent gré de nous avoir rendu Joanna.

— Avec son consentement.

Mater pressa les mains de la jeune femme dans les siennes.

— Je sais, dit-elle avec une douceur inhabituelle. C'est une femme remarquable. Elle est beaucoup plus forte que n'importe quel homme.

Joanna ne réagit pas quand Mater ôta les bandelettes de ses mains afin d'examiner ses cicatrices.

— Les brûlures sont guéries... Laisse respirer la chair au grand air, et les marques disparaîtront aussi.

— Comment saviez-vous qu'elle s'était brûlé les mains ? interrogea Gavin.

La vieille femme détourna les yeux vers les maigres flammes qui crépitaient.

— Réponds, Mater, insista Joanna. Jusqu'à ce jour, seul Gavin Kerr savait que mes mains avaient été brûlées.

Mater s'accroupit près du feu, puis désigna la pierre plate à son côté.

— Assieds-toi et je te répondrai.

La jeune femme s'exécuta.

— Le seigneur d'Ironcross n'était pas le seul à savoir...

Elle n'ajouta rien de plus. Comme à son habitude, elle s'exprimait par énigmes. Déroutée, Joanna se tourna vers Gavin. Le visage de celui-ci ne trahissait aucun sentiment particulier.

— Contrairement à mes suppositions, j'ai appris aujourd'hui que votre sœur n'était pas avec vous, ces derniers jours, lança-t-il, changeant de sujet.

Mater le toisa d'un air sévère.

— Ma sœur ?

— Oui. Margaret, votre sœur cadette... Et quant à votre frère, Allan, il m'a demandé la permission de partir à sa recherche.

Il y eut un moment de flottement. Le visage ridé de Mater s'était figé comme un masque d'argile.

— Je m'étonne que vous ayez connaissance de mes liens familiaux.

— Je ne suis pas le seul ! rétorqua-t-il, moqueur.

Lui ayant rendu la monnaie de sa pièce, il remarqua,

non sans satisfaction, que sa déclaration avait porté. Il en profita pour continuer :

— Quand avez-vous vu Margaret pour la dernière fois ?

— S'agit-il d'un interrogatoire ?

— Cela vous est égal qu'elle soit portée disparue ?

La colère flamba dans les yeux de l'abbesse. Elle redressa le buste, le menton haut.

— C'est votre responsabilité de veiller sur la sécurité de vos domestiques.

— J'en ai l'intention... quand je l'aurai retrouvée. À moins qu'il n'existe une raison précise pour qu'elle demeure introuvable.

— Non, s'empressa de répondre Mater. Elle ne sait pas où aller. Elle est incapable de s'occuper d'elle-même...

— La dernière fois qu'on l'a aperçue, elle paraissait bouleversée, intervint Joanna. Sais-tu pourquoi elle était dans cet état ?

— Non, j'ignore la source de sa détresse, répondit Mater d'une voix plus faible cependant.

— À votre avis, entretient-elle une relation... sentimentale avec le prêtre ? s'enquit Gavin.

— Non ! Jamais ! s'écria Mater, indignée.

— Certains domestiques l'ont vue lui rendre visite à plusieurs reprises.

Comme la vieille femme ne répondait rien, il poursuivit :

— Il est pratiquement certain que Margaret s'est enfuie avec le père William. Bien qu'il soit un homme d'Église, ce cochon saute sur tout ce qui porte un jupon.

Il était cruel ! songea Joanna. Face à lui, l'abbesse commençait à perdre contenance...

— L'âge de Margaret la sauvera peut-être, continua-t-il.

— Gavin, cela suffit ! intima la jeune femme.

— Cette fois-ci, reprit-il, imperturbable, il ne risque pas de l'engrosser.

— Gavin !

— Et donc, il n'a aucun motif pour l'abandonner.

— J'ai dit assez ! cria Joanna.

Machinalement, elle prit les mains de Mater, les serra. Des larmes brillaient dans les yeux gris de l'abbesse.

— Pourquoi es-tu si dur avec elle ? se révolta-t-elle.

— Ah, tu trouves ? dit-il sans ciller.

Furieuse contre lui, contre elle-même, Joanna baissa le regard sur la main noueuse que ses doigts enlaçaient.

— Eh bien, quand avez-vous vu votre sœur pour la dernière fois ? répéta Gavin plus gentiment.

— La semaine dernière, milord.

— Savez-vous pourquoi elle était bouleversée ?

— Elle a pleuré, répondit Mater, inquiète. Ce qui n'est guère dans ses habitudes...

— Nous avons cherché le prêtre, expliqua Gavin. D'après les rares témoins, il était en compagnie d'une femme mince, de petite taille. Ce ne peut être que Margaret.

— Qu'allez-vous faire ? demanda Mater froidement. Elle est votre servante, elle dépend de vous.

— Nous ferons le nécessaire. J'ai envoyé mes hommes sur leurs traces. Hier soir, Allan m'a appris que le prêtre vivait autrefois dans une cabane sur la montagne, avec sa propre sœur.

— Est-ce que... Allan y est allé seul ?

— Je ne sais pas. Pourquoi ?

— Parce que s'il trouve Margaret avec ce vaurien, je ne réponds pas de lui... Tous deux avons passé notre vie à protéger Margaret... Allan plus que moi, sans doute.

— Votre frère sait que je veux récupérer le prêtre vivant. J'ai des questions à lui poser. Il ne lui fera aucun mal.

— Et à Margaret ? s'enquit Joanna. Est-il capable de la frapper ?

— Ça non, jamais ! déclara Mater avec véhémence.

29

« Attends ! » hurla-t-elle de toutes les forces de son esprit.

Margaret dégringola la pente en trébuchant, tandis que la silhouette noire du prêtre disparaissait au tournant d'une colline.

« Attends-moi ! »

Un grand corbeau dessinait une couronne noire dans le ciel. La tête de Margaret lui tournait. Le cri dans sa poitrine se transforma en gémissement étranglé.

« *Attends ! Attends-moi !* »

Joanna n'avait pipé mot depuis qu'ils avaient quitté l'abbaye, mais cela n'avait rien de surprenant pour Gavin. À l'évidence, leur visite avait profondément affecté la jeune femme.

Ils galopaient de colline en colline, loin de la vallée nichée dans les versants. Bouquets d'arbres et lacis de bruyère s'étiraient vers le lac.

Au bout d'un moment, Gavin jugea qu'il était temps de rompre le silence. Il se tourna vers sa compagne.

— Est-ce que tu la crois toujours coupable ?

Une rougeur se propagea sur les joues de Joanna. Son regard effleura, indécis, l'horizon déchiqueté de pics.

— Es-tu toujours aussi sûre que ces gens sont de froids meurtriers ?

Il marqua une pause, puis reprit :

— Et est-ce que ta compassion vis-à-vis de cette vieille femme n'était qu'un artifice ?

Joanna tira sur les rênes de sa jument pour l'immobiliser.

— Tu profites de la situation ! s'écria-t-elle. D'abord tu m'emmènes là-bas contre ma volonté, ensuite tu traites Mater comme un chien... N'importe qui à ma place aurait réagi de la même manière... Eh bien oui, j'ai eu pitié d'elle. Et maintenant, non content d'avoir abusé de ma confiance, tu me donnes des leçons de morale !

Il tourna bride, revint au petit trot vers Joanna.

— Quelles leçons de morale ? demanda-t-il en se penchant sur elle. Dis plutôt que tu refuses d'entendre la voix de ta conscience. Tu n'écoutes pas ton cœur. Pourquoi es-tu si obstinée ? Si implacable ? Pourquoi te cantonnes-tu dans ces fausses certitudes ?

— Elles ne sont pas fausses ! hurla-t-elle, exaspérée. Oh, et puis va au diable ! Je te hais, Gavin Kerr.

— Menteuse ! Tu m'aimes. Tu me l'as dit.

— Tu n'es qu'un tyran. Un barbare de la pire espèce. Je ne t'aime plus.

Il lui attrapa la main, qu'elle essaya en vain de dégager.

— C'est ce que tu aimes chez moi. Ma dureté. Mon honnêteté, aussi.

Il pressa les lèvres sur la petite veine qui battait à son poignet.

— Parfois je suis brutal, c'est vrai. Je sais que mes réactions te déroutent.

— Tu me déstabilises... Je ne peux pas me permettre une minute de...

— De répit ?

— D'oubli. Et tu fais tout pour que j'oublie le serment que je me suis fait lors de cette affreuse nuit...

— Vraiment ? Je t'ai simplement posé une question.

— Mais tu...

Il l'attira vers lui, sa bouche frôla la sienne.

— Toi aussi tu me déstabilises, murmura-t-il tout contre ses lèvres. Toi aussi, tu me fais oublier le passé...

Il l'embrassa avec fougue, puis, la prenant à la taille, il la souleva pour l'asseoir devant lui, sur l'étalon.

— Là... fit-il en l'enlaçant. Bon sang, Joanna, vas-tu répondre à ma question ?

— Non...

Il la força à renverser la tête pour prendre possession de sa bouche. Aussitôt, elle entrouvrit les lèvres sous son baiser brûlant. Elle était incapable de lui résister.

— Tu es un barbare, dit-elle doucement. Et un tricheur. Tu m'embrasses pour mettre fin à notre dispute.

Enfouissant les doigts dans ses cheveux, il la sonda d'un regard pétillant, presque rieur.

— Mais nous ne nous disputons pas...

Elle sourit.

— Oh, non. Nous nous battons.

— Pas du tout. Nous sommes en désaccord.

— Soit... murmura-t-elle, avant de s'adosser à son torse puissant. Et chaque fois que cela se produit, tu me fais l'amour, histoire de m'ôter la joie d'avoir le dernier mot.

Il la plaqua contre lui, afin de lui faire sentir l'intensité de son désir.

— Tu es la femme de mes rêves, chuchota-t-il. Indomptable. Insatiable...

Les mains de Gavin pressaient ses seins. Ses pouces caressèrent les pointes durcies à travers l'étoffe satinée de sa robe. Un cri voluptueux échappa à Joanna. Au moindre attouchement, tous ses sens s'enflammaient.

Alentour, la nature paressait sous les rayons du soleil. Dans le lointain, le lac étincelait. Gavin descendit de cheval, aida sa compagne à mettre pied à terre. Main dans la main, ils montèrent la pente en direction d'un grand rocher posé sur l'herbe grasse. Sans un mot, ils le contournèrent. Il surplombait les plaines de bruyère.

Gavin attira Joanna dans ses bras. Ses lèvres cherchèrent avidement les siennes. Le désir en lui charriait des torrents de feu.

— Tu ne gagneras pas comme ça, dit-elle, hors d'haleine, entre deux baisers.

— Gagner quoi ? grommela-t-il, s'attaquant aux boutons de nacre de son corsage.

— Je ne changerai pas d'avis, sous prétexte que tu m'as emmenée à l'abbaye.

Il fit glisser le corsage sur ses épaules après l'avoir débarrassée de son manteau, qui tomba à terre. Ses doigts pinçaient, caressaient, frôlaient la chair délicate de ses seins. Joanna se retourna dans ses bras. Le dos appuyé au rocher, elle planta les doigts dans les cheveux de Gavin.

— Prends-moi, intima-t-elle d'une voix vibrante.

Il défit les lacets de la robe, dans son dos.

— Promets-moi que tu réfléchiras avant de condamner définitivement Mater. Ne laisse pas ton entêtement te commander... Écoute ton cœur.

— Jamais... soupira-t-elle, sentant sa bouche sur sa gorge. Jamais je n'oublierai le passé...

Il remonta la corolle de sa jupe jusqu'à la taille. Un gémissement langoureux échappa à Joanna. Elle se frotta amoureusement contre la jambe que Gavin avait glissée entre ses cuisses. Impatiente, elle se mit à onduler des hanches... Il la cala contre le rocher. Jamais il n'avait connu de femme aussi belle, aussi passionnée.

— Gavin, je t'en supplie, prends-moi.

— Donne à Mater une chance, répondit-il d'une voix rauque.

Une pulsion sauvage l'attirait vers elle, mais il se contint au prix d'un effort titanesque.

— Joanna... tu dois surmonter ta culpabilité.

— Quelle culpabilité ?

Ses seins, qui avaient jailli hors du corsage, se soulevaient au rythme saccadé de sa respiration. Gavin ne résista pas à la tentation de goûter leurs pointes corail.

— Celle qu'éprouvent les survivants, après une tragédie... Je me suis senti coupable chaque jour qui a suivi la disparition des miens...

N'en pouvant plus, il pénétra dans sa moiteur brûlante... Joanna cria. D'un coup de reins, il plongea profondément en elle, imprima à son bassin un va-et-vient lancinant. À mesure qu'il lui infligeait des assauts de plus en plus violents, elle s'arc-boutait, consentante, offerte.

— Une chance... articula-t-il. Donne à Mater une chance... Et à moi aussi, donne-moi une chance...

— J'essaierai... chuchota-t-elle, emportée par la spirale du plaisir.

Ils glissèrent à terre, se couchèrent sur l'herbe tendre. Bientôt, ils perdirent la notion du temps et de l'espace. Accrochés l'un à l'autre entre ciel et terre, ils accueillirent l'explosion de volupté, qui irradia leurs corps unis telle une gerbe de feu.

30

Le cri, une longue plainte, roula entre les rochers.

Les mains de Joanna se crispèrent sur les rênes. Du regard, elle fouilla l'enchevêtrement des broussailles. Le couchant striait la plaine d'ombres pourpres, allumait des torches vermeilles dans les eaux du lac. La clairière noyée dans la lumière formait un contraste étonnant avec la pénombre du sous-bois.

Le cri retentit de nouveau.

— Si j'étais superstitieux, je dirais que c'est un fantôme, grommela Gavin.

La main en visière, Joanna scrutait les ombres. Ils approchaient de la colline qui dominait la gorge étroite sous le château d'Ironcross.

— Celui qui pleure est un être humain, répondit-elle, aux aguets.

Une fois de plus, la plainte se fit entendre, avant de se fondre dans un ululement lugubre.

— Les cris viennent de derrière le coteau, précisa Gavin.

Il lança son cheval sur le sentier sinueux, suivi de Joanna. Les lamentations les guidaient... des pleurs de femme... Ils débouchèrent dans une prairie illuminée par les lueurs du crépuscule, ceinte de rochers pointus.

C'est alors qu'ils la virent.

Assise par terre, elle leur tournait le dos et se balançait d'avant en arrière. En s'approchant, Gavin et Joanna aperçurent le corps. Une silhouette affalée dans la poussière... Gavin leva la main, faisant signe à sa compagne de s'arrêter, mais elle poursuivit sa route. Quelque chose la poussait irrésistiblement vers la femme qui pleurait toujours. En la contournant, elle sentit son estomac se nouer. Le corps du prêtre gisait, sans vie. Sa tête, presque séparée du cou par une plaie béante, reposait sur les genoux de Margaret.

La femme muette le pleurait avec un désespoir déchirant. Descendu de cheval, Gavin s'approcha à son tour. Margaret ne leva pas les yeux. Elle se balançait toujours, berçait le cadavre, sans cesser d'émettre sa longue lamentation. Sa robe était gorgée de sang. Des taches écarlates, visqueuses, criblaient sa face.

Elle trempa les doigts dans la gorge ouverte du père William, puis étala le sang sur son visage.

Gavin s'agenouilla près du cadavre.

— Il est mort, Margaret, dit-il d'une voix douce mais ferme.

Joanna sauta à terre. Margaret ne réagissait pas. Les yeux rivés sur le cou de son amant, elle continuait de se plaindre telle une bête blessée.

— Il n'est pas mort depuis longtemps, fit remarquer Gavin. Il est encore chaud.

Il se redressa, regarda alentour. Joanna l'imita. Personne en vue.

— Nous sommes passés par ici ce matin, et elle n'était pas là, dit Gavin, songeur.

Joanna s'agenouilla près de la femme muette. Gentiment, elle posa la main sur son épaule, sans obtenir le moindre signe de reconnaissance. Margaret avait quitté la réalité, pour s'enfoncer dans un monde de cauchemars.

— Mais qui a pu faire une chose pareille ? Regarde, il est presque décapité...

Sa voix se brisa. Dans les replis de la jupe de Margaret, près du cou tranché du cadavre, elle venait d'apercevoir la lame ensanglantée d'un poignard. Son étui était accroché à la ceinture du prêtre. Joanna échangea un regard avec Gavin. Les traits de celui-ci s'étaient figés.

— Non... ce n'est pas elle, commença Joanna en secouant la tête. C'est impossible...

Mais la lame correspondait parfaitement à la coupure. Gavin l'essuya sur le manteau du prêtre, puis se redressa, les yeux accusateurs.

Margaret n'avait pas bougé. Elle pleurait, encore et encore, sans même se rendre compte qu'elle n'était plus seule. Son visage exprimait une souffrance démentielle. Elle trempait toujours les doigts dans la plaie, pour étaler le sang sur ses joues.

Son innocence ne faisait aucun doute pour Joanna. La

malheureuse n'avait pas toute sa tête, mais elle n'était pas violente.

— Oh, Gavin, regarde-la ! Elle n'aurait pas tant de peine si elle l'avait tué !

Il siffla son étalon, qui arriva au trot.

— Ramenons-les au château. Nous aviserons ensuite.

Un flot de panique submergea Joanna. Qui s'occuperait de cette pauvre femme ? Personne ne croirait à son innocence, pas même son propre frère. Elle lui passa un bras autour des épaules, s'efforçant de la tirer de son hébétude. Rien n'y fit.

Margaret demeura immobile, pétrifiée, jusqu'à ce que Gavin se mette à envelopper le père William dans son manteau. D'un seul coup, la femme muette se révolta. Les yeux révulsés, les mains crispés sur le manteau trempé de sang, elle lança un chapelet de phrases incompréhensibles, se jetant sur le corps avec une frénésie désespérée.

Gavin fit signe à Joanna de l'entraîner en arrière. Les yeux embués de larmes, la jeune femme s'exécuta. Margaret se mit alors à hurler, à se tordre. Puis soudain elle se tut, posa la tête, yeux fermés, sur l'épaule de Joanna. Celle-ci lui caressa le dos, mais Margaret avait sombré de nouveau dans la prostration.

Entre-temps, Gavin avait hissé le corps sur son cheval. Son expression lugubre, la ligne serrée de sa bouche en disaient long sur ce qu'il pensait. Joanna réprima un frisson. Margaret serait accusée du meurtre de son amant. Elle paierait de sa vie un crime qu'elle n'avait pas commis. Il était même possible qu'on lui mette l'incendie sur le dos. Joanna se mordit la lèvre. Elle-même avait dit à Gavin que Margaret figurait parmi les bacchantes de la crypte. Pourtant, bizarrement, son instinct l'incitait à pardonner plutôt qu'à condamner.

À présent la femme muette, blottie contre son épaule, sanglotait doucement.

Gavin revint vers elle, le visage fermé.

— Nous sommes prêts à rentrer. Monte sur ta jument.

— Et elle ?

— Elle marchera.

— Elle ne peut pas ! protesta Joanna d'une voix cassante. Elle ne sait même plus où elle est, qui nous sommes... Gavin, tu n'as pas le droit de...

— Elle marchera, répéta-t-il.

Il s'empara du coude de la jeune femme, la força à se relever. Comme une loque, Margaret s'affala par terre, à leurs pieds.

— Joanna, ne discute pas. Je n'ai pas l'intention de traîner, grommela-t-il. Remonte à cheval. Je voudrais arriver au château avant la nuit.

Elle le scruta d'un air inquiet.

— Gavin, je t'en prie. Je ne supporterai pas que cette malheureuse soit punie. Je ne crois pas qu'elle ait pu commettre un crime aussi... aussi horrible.

— Et pourquoi pas ? C'est elle, j'en suis sûr.

— Et moi, je suis sûre du contraire. Il n'y a qu'à la regarder pour comprendre qu'elle n'y est pour rien. Peut-être a-t-elle assisté à la tuerie... Mais elle n'avait aucun motif de tuer le prêtre !

— Si. La jalousie. Peut-être a-t-elle appris son aventure avec Iris. Elle a su qu'il l'avait abandonnée, enceinte de ses œuvres. Le reste est facile à deviner. Margaret a eu peur d'être délaissée à son tour. C'est une bonne raison pour assassiner quelqu'un.

Joanna secoua obstinément la tête.

— Je n'y crois pas une seconde. Elle est trop perturbée pour élaborer de tels raisonnements. Tu es aveugle !

— Aveugle ! répéta-t-il, les dents serrés. Oseras-tu proclamer l'innocence de cette misérable, alors que nous l'avons trouvée à côté de sa victime, avec l'arme du crime ? Et d'un autre côté, tu tiens Mater pour responsable de l'incendie, uniquement parce que tu as assisté à un rituel !

— C'était plus que cela.

— Vraiment ? As-tu des preuves ? As-tu vu Mater allumer le feu ? S'approcher même de l'aile sud ?

— Je n'avais nul besoin de la voir ! cria-t-elle, furieuse. Si j'avais écouté les avertissements de grand-mère...

— Rien n'aurait changé, coupa-t-il, imperturbable. L'animosité de lady MacInnes envers Mater n'a rien à voir avec les événements qui se sont déroulés au manoir, l'automne dernier.

— Tu racontes n'importe quoi ! Je les ai vues...

— Oui, dans la crypte, et pas ailleurs, coupa-t-il. Regarde la vérité en face.

Elle secoua la tête, s'efforçant d'endiguer le flot de larmes qui lui brouillait la vue.

— Ta grand-mère ne t'a pas tout dit, Joanna.

— Quoi, par exemple ? le défia-t-elle.

— Des choses qui l'ont incitée à s'installer à Stirling plutôt qu'à Ironcross... Des choses qui peuvent expliquer sa haine à l'encontre de Mater.

Elle scruta Gavin, attendant la suite.

— Ton grand-père Duncan avait un faible pour les femmes, poursuivit-il. Ses maîtresses ne se comptaient plus. Il les choisissait parmi les paysannes, les servantes, les filles de ferme, pourvu qu'elles aient un joli minois.

— Comment le sais-tu ?

— Avant de venir à Ironcross, j'ai pris des renseignements sur ta famille. Le comte d'Athol m'en a confirmé une partie. Lady MacInnes a quitté le château, lasse des infidélités de son époux.

— Cela n'explique pas son hostilité vis-à-vis de Mater.

— Pourquoi pas ? Mater n'a pas toujours été âgée. Il se peut fort bien que ton grand-père ait jeté son dévolu sur elle.

— Non ! De tout temps, Mater a vécu à l'abbaye.

— De tout temps ? Dis plutôt, aussi longtemps que *tu* te souviennes... Et n'oublie pas que tu as découvert qu'elle est la sœur de Margaret et d'Allan.

Joanna baissa les yeux sur la femme muette, qui pleurait toujours, recroquevillée sur elle-même. Visiblement, elle s'était retranchée dans un monde où personne ne pouvait plus l'atteindre.

— Mater vivait sans doute au château avant de se retirer à l'abbaye, reprit Gavin. Sinon, comment ta grand-mère l'aurait-elle connue ?

Une myriade de pensées contradictoires se bousculaient dans l'esprit de la jeune femme. Son cœur battait à tout rompre.

— Comment pourrions-nous amener Mater à nous raconter son passé ? murmura-t-elle d'une toute petite voix.

Gavin jeta un coup d'œil songeur à la femme muette qui gisait par terre.

— Je crois que nous approchons de la vérité, dit-il.

31

Un matin, aux aurores, Edmund rapporta la réponse de James Gordon. Ayant appris que Joanna avait péri dans l'incendie, le neveu du comte de Huntly s'était cru libéré de ses engagements. Il avait épousé une riche héritière, fondé un foyer.

Joanna accueillit la nouvelle avec sérénité. Elle appartenait corps et âme à Gavin, à présent. Joli garçon, James Gordon n'avait pourtant jamais su l'émouvoir. Elle ne l'avait rencontré que deux fois, lors de fêtes familiales où elle n'avait même pas eu l'occasion de lui parler en privé. C'est à peine si elle se rappelait son visage. « Tout est bien qui finit bien », pensa-t-elle.

En revanche, Gavin montrait un manque d'enthousiasme décevant. Du moins Joanna le supposa, car il ne daigna pas l'honorer d'une visite. À tout instant, elle s'attendait à ce que la porte de sa chambre s'ouvre, livrant passage à un Gavin fou de bonheur. La porte resta fermée.

Lasse d'attendre, la jeune femme repoussa les rideaux de brocart brodés de fils d'or, et quitta le lit à baldaquin. La faim lui vrillait l'estomac. Son corps, habitué depuis longtemps à la vie nocturne, l'avertissait qu'il était l'heure de se nourrir. Enfilant une robe de satin à guipures, elle décida de jeter un coup d'œil à Margaret avant de se restaurer.

Gavin avait fait enfermer la femme muette dans une petite cellule, près des cuisines. Il n'avait pas exigé qu'elle soit enchaînée : cela s'avérait inutile. Margaret avait érigé elle-même les barreaux qui l'isolaient du reste du monde. Depuis deux jours, elle n'était pas sortie de sa prostration. Au début, mus par la curiosité, les autres domestiques allaient souvent lui rendre visite, puis ils l'avaient abandonnée à son sort...

Joanna sortit de sa chambre. Le garde planté devant sa porte parut surpris de la voir debout à une heure aussi tardive.

— Le maître a cru que Madame s'était retirée pour la nuit. Il a laissé un message pour Madame.

— Un message ?

— Eh bien, Madame sait certainement que l'Ogre est rentré...

— L'ogre ? Quel ogre ?

— Pardon ! Peter ! Le garçon qui devait rechercher l'ancien aumônier du château.

— Ah... Peter... se souvint-elle.

— Le maître fait dire à Madame que Peter a retrouvé le vieux prêtre, dans une léproserie... Il n'y avait pas moyen de le ramener ici, bien sûr, et comme le vieillard refusait d'adresser la parole à un Lowlander...

— Abrégez ! s'impatienta Joanna. Que s'est-il passé ?

Le garde se gratta la tête.

— Le maître est parti, avec Peter et le comte d'Athol, afin de questionner lui-même le chapelain.

— Parti, dites-vous ?

— Oui, madame, mais...

Elle l'interrompit d'un geste de la main.

— Pourquoi m'a-t-il laissée ici ?

Il lui avait promis qu'elle assisterait à tous les interrogatoires.

— Le maître présente à Madame toutes ses excuses, dit le garde. Il espère être de retour demain, ou après-demain... Il prie Madame de ne pas trop lui en vouloir, mais il avait scrupule à l'emmener chez les lépreux.

Le lâche ! pensa-t-elle, furieuse. Elle tourna le dos au garde, prit la direction des cuisines, ruminant sa rancœur. Gavin Kerr était un hypocrite, doublé d'un manipulateur. Sans doute le fait qu'elle soit libre de tout engagement ne l'enchantait pas tant que cela... Peut-être même la fuyait-il, afin de ne pas trahir ses véritables sentiments, c'est-à-dire sa déception, suite à la réponse de James Gordon. Maintenant que Joanna n'était plus fiancée, il se croyait obligé de tenir ses promesses de mariage... Les hommes étaient décidément tous les mêmes, fulmina-t-elle. Pleins de bonnes intentions, et incapables de les honorer. Mais il ne perdait rien pour attendre !

Joanna enfila le couloir menant aux cuisines. D'un signe de tête, elle salua la sentinelle, qui s'effaça pour la laisser passer. Elle poussa la porte de la cellule chichement éclairée. Elle avait laissé Margaret couchée en chien de fusil sur une paillasse. Maintenant, la femme muette était allongée sur le dos, les yeux grands ouverts.

— Je n'arrive pas à dormir, déclara Joanna dans l'espoir de la tirer de sa transe.

Pas de réaction. Elle s'accroupit près de Margaret. Une écuelle pleine de gruau gisait par terre, intacte. Depuis deux jours, la prisonnière n'avait rien avalé, à part un peu d'eau.

Joanna passa une main derrière sa nuque, la souleva, et porta à ses lèvres une cuillerée de gruau.

— Mange un peu, pria-t-elle d'une voix douce. Là...

Margaret recracha la bouchée, détourna la tête.

— Elle ne veut pas manger.

Cette voix fit sursauter la jeune femme. Sans se retourner, elle avait reconnu Mater. Des pas martelèrent le sol de pierre derrière elle. Machinalement, Joanna serra Margaret plus fort. Comme pour la protéger... ou se protéger elle-même.

— J'ai moi aussi essayé de la nourrir. Elle ne veut pas vivre.

Le manteau de l'abbesse frôla l'épaule de Joanna. Celle-ci reposa doucement la tête de Margaret sur l'oreiller. Ses cheveux dénoués formaient une auréole autour de sa figure dénuée d'expression.

— Et les gens du château se fichent pas mal qu'elle vive ou qu'elle meure, reprit Mater.

Joanna se résolut à lever le regard. Le visage de la vieille femme disparaissait dans l'ombre de son capuchon. On ne voyait que deux lueurs au niveau des yeux. Deux lueurs si vives, que Joanna se sentit frissonner.

— Pas tous, objecta-t-elle. Allan lui témoigne un grand intérêt.

— Je n'en sais rien, répondit Mater, s'asseyant par terre, à son côté. Il a été très perturbé quand elle a disparu. J'ignore s'il réalise combien elle a besoin de nous.

Joanna se concentra sur l'écuelle de gruau. La proximité de Mater lui donnait des sueurs froides. Elle tressaillit lorsqu'elle sentit la main squelettique se poser sur son genou.

— Qu'est-ce qui ne va pas, Joanna ?

— Comment ? articula-t-elle, dans une sorte de coassement rauque.

Elle s'éclaircit la gorge.

— Tout va bien.

— Pourquoi as-tu si peur de moi ?

Lentement, elle se tourna pour faire face à l'abbesse. Son regard croisa des yeux fiévreux, d'un gris diaphane.

— Qu'est-ce qui te fait penser que tu m'inspires de la peur ?

— Tu étais à la crypte, n'est-ce pas ?

Une bouffée de chaleur empourpra les joues de Joanna. Mais elle ne se détourna pas.

— Tu n'as pas besoin de te cacher, quand tu viens à la crypte.

Joanna ouvrit la bouche. Pas un son ne franchit ses lèvres. Des frissons incontrôlables la secouaient.

— Tu es des nôtres, continua Mater. Tu seras la bienvenue à notre réunion, dans deux jours. Il est grand temps que tu saches la vérité.

La jeune femme retint un cri. La pleine lune ! Mater l'invitait à participer à leur cérémonie satanique ! Luttant vaillamment pour conserver son courage, elle trouva la force de scruter les yeux brillants de l'abbesse.

— Pourquoi ne pas tout m'expliquer maintenant ?

— Je ne veux rien dire en l'absence de mes sœurs.

— Tu es leur maîtresse.

— Non. Leur guide. L'humble bergère du troupeau.

Joanna inspira profondément.

— Qui t'a nommée à cette place ?

Les yeux gris vacillèrent un instant. Encouragée, la jeune femme insista :

— Quelles sont les raisons qui t'ont incitée à laisser ton frère et ta sœur à Ironcross, pour prendre le pouvoir parmi les femmes de l'abbaye ?

Pour la première fois, Mater parut hésiter. Elle avait dû fermer les paupières car, sans l'étrange lueur de ses yeux, sa figure ridée parut se fondre dans l'ombre du capuchon.

— Mater, je ne deviendrai jamais une des vôtres si tu ne gagnes pas ma confiance.

Les yeux gris se rallumèrent.

— Beaucoup de nos sœurs nous accompagnent dans ce voyage sans se poser tant de questions.

Sa main osseuse, brûlante, se referma sur celle de Joanna.

— Tu es la seule qui n'accorde pas facilement sa confiance.

— Je ne commettrai pas la même erreur deux fois, Mater.

— Ainsi, tu te méfies de moi...

Au lieu de répondre, Joanna posa une question :

— Pourquoi ces femmes t'ont-elles choisie comme guide ?

— Parce que, d'une certaine manière, j'ai partagé le sort de celles qui nous ont précédées.

— Partagé ? Mais les tombes de la crypte existent depuis des siècles !

— Je veux parler de leurs souffrances, Joanna. Et des miennes.

— Quelle sorte de souffrances ?

— Celles qui découlent de la lubricité des hommes. Des abus, des viols dont elles ont été victimes.

— Tu veux dire que les femmes qui sont enterrées dans la crypte ont été assassinées après avoir été violées ? Et toi ?

Un silence s'ensuivit. Un courant d'air froid traversa la pièce. Joanna jeta un coup d'œil à la porte. Elle était pourtant fermée... De nouveau, elle se tourna vers l'abbesse.

— Qu'est-il arrivé ? insista-t-elle.

— J'ai moi aussi été violée par... quelqu'un, murmura Mater d'une voix empreinte de tristesse.

Un nouveau silence tomba, lourd, oppressant. Un soupir gonfla la poitrine de Joanna. Certains mots prononcés par Gavin lui revenaient en mémoire, à propos des infidélités de son grand-père.

— Qu... qui ? bredouilla-t-elle. Qui t'a violée, Mater ?

La vieille femme baissa la tête.

— Cesse donc de remuer la boue du passé. Tu n'es pas responsable.

— C'était Duncan, n'est-ce pas ? C'est mon grand-père qui a abusé de toi.

Lentement, les yeux gris sondèrent le visage bouleversé de la jeune femme. En prononçant le nom de son grand-père, elle avait failli suffoquer.

— Tu n'as pas à te sentir coupable, murmura Mater. Les fantômes appartiennent au passé.

Les doigts brûlés de Joanna enlacèrent ceux de l'abbesse.

— Je ne peux pas ! gémit-elle. Si je ne vois pas clair dans le passé, je ne pourrai pas affronter le présent.

— Je peux te raconter l'histoire de ces tombes...

— Non ! C'est ton histoire qui m'intéresse. Tes liens avec ma famille.

— Tu n'as pas à endosser les fautes de tes ancêtres, je te le répète.

— Je veux connaître la vérité. Mater, aide-moi ! J'ai été élevée dans la haine. Sans m'en rendre compte, j'ai grandi avec des œillères. J'ai le droit de savoir !

Mater hocha la tête.

— Que veux-tu savoir de plus ? C'était bien lui... Duncan, ton grand-père.

— Il t'a prise contre ta volonté ?

— Il m'a prise comme il avait l'habitude de le faire avec les femmes qui lui plaisaient.

— Les autres étaient peut-être consentantes ?

— Peu importait. Duncan MacInnes exerçait sans pitié le droit de cuissage sur ses terres.

Une violente nausée souleva l'estomac de Joanna. Le sang de ce monstre coulait dans ses veines ! pensa-t-elle, mortifiée.

— Il t'a violée et jetée dehors ?

L'espace d'une seconde, Mater s'abîma dans la contemplation du néant.

— Je me suis enfuie... Je m'étais débattue avant de succomber. Il était le plus fort. Il m'a frappée jusqu'au sang avant de s'acharner sur moi. Quand enfin il m'a relâchée, j'ai couru, couru à perdre haleine. J'avais décidé de quitter Ironcross pour de bon. De ne plus vivre avec la peur au ventre... J'ai donc abandonné le seul endroit que j'avais jamais connu, je me suis réfugiée dans les collines... La pleine lune illuminait le ciel. J'ai pleuré, pleuré longtemps. J'espérais qu'un animal sauvage me dévorerait... Mais les femmes de l'abbaye m'ont recueillie.

— Et tu es devenue leur abbesse.

— Hélas, ce n'est pas tout. Je me serais estimée heureuse si l'aventure s'était terminée là. Malheureusement, j'étais enceinte. J'attendais l'enfant de Duncan.

Joanna lui prit la main.

— Qu'est-il arrivé à cet enfant ?

— Naïve comme j'étais, je me suis dit qu'il serait mieux élevé au château... Bâtard ou pas, il bénéficierait d'une vie meilleure que dans les ruines de l'abbaye, au milieu de ces paysannes.

— Alors, tu es retournée au manoir.

Des larmes creusèrent un sillon brillant sur la figure de Mater.

— Oui... pour mon malheur. Oh, j'aurais préféré mourir ! Si, la première fois, Dieu a voulu me mettre à l'épreuve, la seconde Il m'a châtiée d'avoir survécu. Quand Duncan a su que j'étais revenue, il m'a traînée dans l'arrière-cuisine. Il m'a jetée par terre. J'ai pleuré, j'ai supplié en vain. Il m'a violée de nouveau, avec sa brutalité coutumière, devant les autres domestiques qui regardaient. J'ai cru que mon corps s'écartelait mais j'ai enduré cette humiliation, espérant lui parler du bébé. Quand il m'a relâchée, je lui ai dit qu'il m'avait mise enceinte...

Mater essuya ses larmes du revers de la main.

— Duncan a éclaté de rire ! Il était ivre. Mais il a dit qu'il s'en occuperait... Il m'a laissée là. Puis ta grand-mère est arrivée. Duncan avait chargé sa femme de « s'en occuper », comme il l'avait si bien dit.

— Est-ce qu'elle t'a aidée ? s'enquit Joanna.

— Lady MacInnes était jeune à l'époque, et très jalouse. Elle m'a traitée de catin. Ensuite, elle a appelé les gardes. Ils m'ont traînée jusqu'à l'entrée du manoir et m'ont poussée dehors. J'ai roulé sur les marches, jusque dans la cour.

— Oh, non... ce n'est pas vrai.

— Si. C'est ainsi que ça s'est passé, Joanna.

— Grand-mère te déteste... à cause de cette histoire ?

— Oui. Elle m'a toujours persécutée. Elle ne m'a pas pardonné d'avoir porté l'enfant de son mari.

— J'ai peine à croire qu'elle n'ait pas oublié, après tant d'années.

— Une femme n'oublie jamais.

Mater marqua une pause. Ses yeux brillaient d'un éclat surnaturel.

— Elle m'en a surtout voulu pour ce que j'ai dit, quand je me suis retrouvée par terre. J'ai atterri sur le ventre, sous la croix de fer qui surmonte la grande porte. Le sang coulait entre mes jambes. J'ai compris que j'avais perdu mon enfant... J'ai regardé le ciel. La croix se découpait sur la pleine lune. Je me suis souvenue alors de l'histoire des saintes, enterrées dans l'ancienne crypte, que les femmes de l'abbaye continuaient de vénérer. Tout s'est brouillé dans ma tête. J'étais une victime, moi aussi. Comme elles...

Mater serrait la main de Joanna, sans se rendre compte qu'elle lui faisait mal.

— Alors, je les ai maudits, reprit-elle. Le vent s'est levé comme le souffle de l'enfer, tandis que je maudissais ta grand-mère... Je n'aurais pas dû. Elle n'y était pour rien.

— Elle t'a fait du mal.

— C'est Duncan qui m'a fait du mal. Lui seul. Avec le temps, j'ai pardonné à ta grand-mère. Il la torturait, elle aussi, comme toutes les autres femmes...

— Ô mon Dieu, murmura Joanna, les joues mouillées de larmes.

— J'ai demandé à Dieu de châtier la luxure et la bestialité des seigneurs d'Ironcross. Le vent tourbillonnait de plus en plus fort. Ceux qui entendaient mes cris se sont enfuis, épouvantés. J'ai invoqué la Force... C'est alors que lady MacInnes s'est mise à me détester... à me craindre... Oui, c'est alors que je suis devenue Mater, acheva l'abbesse d'une voix terrible.

32

Les premiers rayons du soleil embrasaient l'horizon, quand Joanna s'engouffra dans le passage secret.

Elle irait à la crypte. Il le fallait.

Ce sépulcre avait longtemps représenté le mal à ses yeux. Le théâtre de rites sataniques, célébrés par les adoratrices de Lucifer. À présent, le lieu avait perdu son aspect infernal. Il s'était transformé en sanctuaire, en temple consacré à la paix, aux forces du bien.

Joanna éprouvait la nécessité de contempler cet endroit d'un œil neuf... Et elle devait détruire les préparatifs de sa vengeance.

Mater n'était qu'une victime.

La veille au soir, la vieille femme avait expliqué à Joanna le rituel. Elle et ses sœurs faisaient des prières, demandant au Tout-Puissant de les protéger de la violence et de la luxure des hommes... Et plus particulièrement des seigneurs d'Ironcross. Les prières n'avaient jamais tué personne.

La mort de Duncan avait été trop douce en regard de ses crimes... Mais comment expliquer la fin violente de ses fils, de la mère de Joanna, des serviteurs qui avaient péri par le feu ? Est-ce que la malédiction agissait toujours ? Est-ce que, comme Gavin le prétendait, quelqu'un s'était substitué à cette malédiction ? Et qui ? Peut-être pas Mater, après tout.

En s'enfonçant dans les ténèbres des galeries, Joanna priait pour que la vieille femme fût innocente... Les MacInnes ne lui feraient plus aucun mal.

Mater avait suffisamment souffert.

Le clair de lune baignait les remparts crénelés du donjon d'un blanc laiteux, lorsque les cavaliers pénétrèrent dans l'enceinte du manoir. Gavin confia son étalon à un palefrenier. La croix de fer géante luisait dans la clarté des torches, fixées à même la muraille.

Le récit du prêtre lépreux résonnait encore à ses oreilles. Le comte d'Athol avait persuadé le vieillard de parler...

Ils voulaient des femmes, avait-il raconté. C'était des guerriers. Après les rudes combats qui avaient ensanglanté la région, ils avaient mérité de se divertir. Du moins le pensaient-ils.

Ivres morts, ils avaient traversé la plaine au galop, poussant des cris sauvages. La pleine lune éclairait leur route... Ils avaient dévalé la gorge étroite en direction de la vallée des Vierges et son abbaye.

Deux heures plus tard, le feu dévorait le toit de l'abbaye. Le brasier dardait ses flammes jusqu'au ciel. D'Elgin à Aberdour, on vit les lueurs rouges.

Ils attrapèrent les femmes, les traînèrent dehors, ligotées, puis les jetèrent comme du gibier sur leurs chevaux. L'abbé et une poignée de villageois essayèrent de s'interposer. Les guerriers les lardèrent de coups de sabre. Puis, victorieux, ils prirent le chemin du retour.

Le seigneur les attendait sur les marches du donjon. Il buvait du vin dans une coupe. Au-dessus de lui, l'ombre de la croix de fer se dessinait sur le mur de son nouveau manoir. Ses domestiques avaient allumé un feu de joie dans la cour.

Les femmes criaient alors que les guerriers les jetaient à terre, l'une après l'autre.

Le rire bestial du seigneur résonna dans la nuit. Il y avait si longtemps qu'il n'avait pas eu de vierge dans son lit... C'était pourquoi il avait envoyé ses soldats à l'abbaye.

— Déshabillez-les ! commanda-t-il. Je ferai mon choix. Celle-ci ! Non, celle-là !... Par le démon, je les veux toutes !

Là, dans l'enceinte du château, ils prirent la virginité de ces innocentes.

Alors, sous les furieux assauts de leurs agresseurs, les saintes de l'abbaye maudirent le lord d'Ironcross. Elles invoquèrent la force de Dieu, de la croix, la force de la lune et de la terre... Elles jetèrent la malédiction sur ce cruel seigneur, ses descendants, ceux qui lui succéderaient sans se repentir.

Le lord ordonna leur punition. Ses hommes se ruèrent sur leurs victimes, leur assenant des coups de pied, des coups de poing. Leurs cris, leurs lamentations couvraient les rires monstrueux de leurs bourreaux. Leurs corps brisés roulaient dans la poussière mais leurs voix montaient, montaient jusqu'à la lune, dont le disque immaculé devint écarlate.

Alors, quelqu'un cria :

— La croix !

Le lord leva les yeux. La croix du château était maintenant rouge de sang. Enragé, il tira son épée. Il les découperait en morceaux ! Il les ferait brûler ! C'était lui le seigneur d'Ironcross, il ne se laisserait pas impressionner par les tours de ces sorcières.

Il brandit l'épée et le vent se leva. Un vent terrible. Le lac se mit à bouillonner. Des rafales flagellèrent les murs du manoir. Le lord trébucha, s'affala sur le sol ; les guerriers reculèrent. La bourrasque tourbillonnait autour des femmes, emportant des langues de feu, puis, sous les yeux de leurs bourreaux, les martyres rendirent leur dernier soupir... Le vent s'éteignit aussi soudainement qu'il s'était levé. Il ne restait plus que des cadavres. Les saintes femmes de l'abbaye étaient mortes sans avoir reçu un coup de poignard... Le lord aussi était mort, les cervicales brisées, les yeux ouverts sur une terreur sans nom.

Nul ne sut jamais qui enterra les corps sous le donjon.

Mais depuis, les femmes des Highlands visitaient ce lieu saint et priaient pour le repos de ces pauvres âmes, les nuits de pleine lune...

Gavin contempla la tache rouge qui maculait la croix de fer. Quelle était la part de vérité et de légende dans le récit du prêtre, il n'aurait su le dire. À travers les siècles, la malédiction avait continué de sévir. Les seigneurs d'Ironcross avaient succombé à une étrange fatalité. Duncan n'avait pas fait exception...

Il traversa l'arrière-cour à grandes enjambées. Il pénétra dans la chapelle, l'esprit en ébullition. L'histoire des saintes enterrées dans le sépulcre avait réveillé les souvenirs de sa propre famille.

Pour la première fois de sa vie, Gavin laissa libre cours à son désespoir. Agenouillé devant l'autel, il pleura longuement.

Il était là lorsqu'elle ouvrit les yeux. Il était venu à elle. La lune baignait la chambre d'une clarté bleutée. Gavin se tenait devant le lit.

On ne pouvait se tromper sur ses intentions.

Sans fausse pudeur, Joanna laissa errer son regard sur le corps sculptural de son amant. Il était nu. Elle admira les longs muscles, la fine toison qui bouclait sur le torse puissant, formait une ligne sombre jusqu'au ventre, puis bouclait à nouveau, plus bas... Il marchait vers elle, brûlant de désir.

— Je t'ai attendue dans ma chambre, ce soir, dit-il.

Il saisit les couvertures et les retira, pour admirer la silhouette de Joanna.

— J'ai cru que tu ne voulais pas me voir, répliqua-t-elle. Tu es parti si vite, sans me prévenir... J'ignorais que tu étais rentré.

Il se coucha près d'elle, défit le ruban qui maintenait la fine chemise autour du cou de la jeune femme, fit glisser le tissu vaporeux sur ses épaules. Libérant un sein, il se pencha pour le goûter. Ses mains s'immiscèrent sous l'étoffe transparente, jusqu'à la chaude moiteur de sa féminité.

— Je suis venu faire amende honorable.

Sentant son érection contre sa cuisse, elle fut parcourue d'un frisson.

— Vraiment ? chuchota-t-elle.

— Vraiment... D'après Peter, le vieux prêtre ne tardera pas à rendre l'âme. Il m'a forcé la main. Je suis allé le voir, et je ne le regrette pas. Il m'a appris un tas de choses...

— Intéressantes ?

— Plus tard, murmura-t-il. D'abord, je dois me faire pardonner. Demande, et tu obtiendras, mon amour. Inflige-moi la punition de ton choix.

Du bout des doigts, il retraçait le modelé de ses seins.

— Je ne suis pas experte en châtiments, soupira-t-elle. Mais puisque tu tiens à me supplier, je t'autorise à te servir de ta langue.

Les yeux de Gavin se mirent à briller.

— Quelle bonne idée, mon amour ! s'exclama-t-il, traçant une arabesque brûlante sur la peau de la jeune femme.

Lorsqu'elle sentit sa langue s'aventurer au plus intime de son corps, elle eut la sensation qu'un rayon lumineux la transperçait.

— Suis-je pardonné ? reprit-il, se délectant de son parfum de femme.

— Oh... Gavin...

— Laisse-toi faire, ma chérie. Dis-moi que tu en veux plus. Donne-moi des ordres.

Elle s'arc-bouta contre la bouche qui la tourmentait.

— Encore... chuchota-t-elle.

Il saisit ses hanches, la souleva, but au calice de chair le délicieux nectar de la passion. Un cri de ravissement échappa à Joanna. Des frissons la secouèrent. Les vagues de plaisir se succédaient, l'emportant loin, très loin, dans un voluptueux océan.

Elle se laissa retomber sur l'oreiller, pantelante, le souffle court. Gavin releva la tête. Les lacs sombres de ses yeux la sondèrent.

— Tu m'as pardonné ? demanda-t-il.

Elle respira profondément.

— Non... Tu n'as pas été châtié comme il se doit.

L'attirant vers elle, Joanna suivit de l'index la ligne des sourcils, la barbe naissante qui soulignait la mâchoire. Un sourire apparut sur les lèvres de Gavin.

— Tu es insatiable... Mais tu n'as qu'à ordonner une autre pénitence.

Elle l'ignora. Sa bouche descendit sur le ventre de Gavin, qui poussa un soupir.

— Ah... la plus exquise des tortures... je ne tiendrai pas longtemps...

Mais sourde à ses plaintes, elle passa et repassa la langue sur le point le plus sensible de sa virilité.

— Ne bouge pas, chuchota-t-elle. Je vais te rendre la monnaie de ta pièce...

Elle l'embrassa, le caressa, jusqu'à ce qu'il plonge les doigts dans sa chevelure pour l'écarter, avant d'atteindre la cime du plaisir. Alors, il l'attira sur lui.

— Suis-je pardonné ? dit-il d'une toute petite voix.

Elle sourit.

— Une vie entière n'y suffirait pas...

— Je m'y emploierai.

— Je t'aime, Gavin.

— Oh, Joanna, je ne veux pas te perdre...

— Je suis à toi, pour toujours.

— Moi aussi j'ai mes fantômes, tu sais. Les spectres de mon passé me hantent...

— Nous les chasserons ensemble, dit-elle en s'allongeant sur lui avec une lenteur délibérée.

— Qu'est-il advenu des tiens ? Les as-tu chassés ?

— Oui, répondit-elle. Grâce à toi, mes yeux se sont ouverts.

— Je te veux, Joanna.

— Tu m'as. Je suis à toi.

— Tu m'appartiendras à jamais ?

— Toute la vie.

— J'ai peur, murmura-t-il. J'ai peur de te perdre.

— Gavin, n'aie pas peur. Regarde-moi. Tu me garderas jusqu'à la fin des temps...

D'un coup de reins, il entra en elle. Son ventre était si doux, si chaud... Il émit un cri rauque.

— Je te désire comme un fou... J'ai besoin de toi.

Elle tressaillit, le sentant aller et venir en elle.

— Dis-le, Gavin, intima-t-elle. Dis-moi les mots magiques.

— Je t'aime, Joanna.

33

Enlacés, ils reposaient sur le grand lit de Joanna. Le calme avait suivi la tempête. La jeune femme se prélassait dans les bras de Gavin, rassasiée, la tête blottie contre sa poitrine.

Il lui raconta sa visite à la léproserie, lui répéta le récit du vieux prêtre. Aveugle, les chairs rongées par la maladie, il avait pu, cependant, relater l'origine de la malédiction d'Ironcross... Si John Stewart n'avait pas été présent, le vieillard n'aurait jamais accepté de livrer ces secrets à Gavin et Peter, deux Lowlanders.

À son tour, Joanna résuma l'histoire dramatique de Mater.

— Oui, dit Gavin. Le prêtre était au courant du viol de Mater par Duncan. Il devait ignorer qu'elle était enceinte, car il ne l'a pas signalé...

Il balaya avec tendresse une mèche dorée sur le front de Joanna.

— Quand Mater a disparu, il a supposé, comme tout le monde au château, qu'elle avait trouvé refuge à l'abbaye. Et lorsqu'elle est revenue peu après, tous les domestiques ont entendu ses cris, ses plaintes, pendant que Duncan la violait une deuxième fois. Évidemment, personne n'a osé intervenir.

— Sainte Marie pleine de grâce, murmura Joanna. Lavez ce sang impur qui coule dans mes veines...

— Tu n'y es pour rien, mon amour. Duncan a emporté dans la tombe sa malveillance. Selon le vieux prêtre, ses fils ont toujours été d'une grande gentillesse vis-à-vis des paysans.

Il lui prit le menton, l'obligeant à relever la tête.

— À propos de Mater, il a ajouté un détail que tu sembles ignorer...

Joanna soutint son regard.

— Quoi donc ?

— Quand Mater est revenue, Margaret et Allan se trouvaient avec elle, dans les cuisines.

— Tu veux dire... qu'ils ont assisté au viol de leur sœur ?

— Oui, répondit-il d'une voix calme. Allan n'était qu'un petit garçon. Margaret, la plus jeune des trois, n'avait pas plus de trois ou quatre ans.

— Ô mon Dieu... Comment a-t-il pu... Quel monstre !

Gavin l'enlaça plus étroitement.

— Selon le prêtre, Margaret n'a plus dit un mot après cette nuit-là.

— Donc elle pouvait parler, avant ?

— Le prêtre a dit qu'elle était comme toutes les petites filles de son âge. Elle jouait, courait, babillait... Or, à partir de ce jour, elle n'a plus jamais ouvert la bouche.

— La cruauté de Duncan lui a perturbé l'esprit... Mais Allan ? Comment a-t-il eu le courage de devenir le majordome de Duncan, après ce qu'il a vu ? Le pauvre garçon a dû avoir le cœur brisé.

— Selon le prêtre, il a disparu la même nuit. On a supposé qu'il avait rejoint Mater à l'abbaye, et les choses en sont restées là. Or, deux semaines plus tard, il a réapparu. Amaigri mais calme, comme résigné à son sort.

Le menton posé sur le torse de Gavin, Joanna le dévisagea.

— Sait-on où il est allé ?

— Non... Quelle importance ?

— Moi je sais. Il était dans la grotte, près du lac souterrain. J'ai vu des dessins sur les parois... des dessins d'enfant. Je me suis demandé...

— Tu penses qu'Allan est l'auteur de ces dessins ?

— Oui, pourquoi pas ? S'il s'était réfugié à l'abbaye, il y serait resté.

— Joanna, emmène-moi là-bas.
— À la caverne ?
— Oui.
Déjà, ayant bondi sur ses pieds, il ajustait son kilt.
— À cette heure-ci ?
— Il n'y a pas d'heure pour se promener avec toi dans les passages secrets, dit-il, tendant une main pour l'aider à sortir du lit.

Un relent d'humidité emplissait les narines de Gavin. Joanna l'avait conduit dans la caverne, au bord du lac souterrain.

Il aperçut sur un rocher plat une paillasse, quelques guenilles, l'écuelle de bois.

— C'est ici que tu as vécu pendant six mois ? s'exclama-t-il, les sourcils froncés. Tu couchais par terre ? C'est un miracle que tu ne sois pas morte...

— Eh bien je suis une miraculée, coupa-t-elle, l'entraînant par la main un peu plus loin. Je te rappelle que j'avais élu domicile dans la tour de l'aile sud, au chaud... jusqu'à ton arrivée...

— Arrête, je vais me sentir coupable.
— Tu peux.
Elle leva sa torche, éclairant l'une des parois.
— Voilà les dessins.
Sa voix n'était plus qu'un murmure.

Levant sa propre torche, Gavin examina les figures à la lueur de la flamme. Leur simplicité évoquait, en effet, des dessins d'enfant. D'un côté, sous une croix, une femme composée de bâtonnets. De l'autre, une silhouette brandissant un couteau dans une main et une tête coupée dans l'autre... Gavin approcha la flamme du rocher, afin de mieux étudier les formes. Aux pieds du personnage au couteau, une autre image était gravée, à moitié effacée par le temps...

— C'est un calice, déclara Joanna.
— Dans lequel coule le sang de la tête coupée, ajouta Gavin. Mais... regarde...

Des empreintes prolongeaient le dessin. Des marques creusées dans la pierre, à l'aide d'un instrument pointu.

— Je ne les avais pas remarquées, dit Joanna, étonnée.
— À mon avis, elles datent de la même époque. Elles sont estompées comme le reste.
Un peu plus loin, le toit de la grotte plongeait, mais les traces continuaient sur la paroi. Bientôt, Gavin dut marcher tête baissée. La bouche noire d'un tunnel apparut.
— Est-ce un autre passage vers le donjon ? s'enquit-il.
— Je ne sais pas, répondit Joanna, hésitante. Je crois que non. Nous allons vers la crypte.
Elle avançait à contrecœur, mais il la tira par la main.
Un tournant... Joanna fit une halte.
— Gavin, rentrons, je t'en prie.
— Mais pourquoi ? Tu n'as pas peur, tout de même ?
— J'ai un mauvais pressentiment. Quelque chose ne va pas...
— Ne crains rien. Je suis avec toi...
— Justement ! C'est pour toi que j'ai peur. C'est toi que je voudrais éloigner de cette crypte.
— Joanna, nous ne sommes pas venus jusqu'ici pour faire demi-tour...
— Je ne connais pas ce passage.
— Si tu préfères remonter au donjon, je t'accompagne. Mais je redescendrai. Je veux découvrir où mène ce couloir.
— En ce cas, je n'ai pas le choix ! trancha-t-elle, le devançant.
Il réprima un sourire. Il connaissait sa Joanna. Têtue, altière, et courageuse...
Gavin lui reprit la main.
— Je suis déjà allé tout seul à la crypte, dit-il. Tu le sais, puisque tu y étais. Et comme tu as pu le constater, je ne suis pas tombé raide mort dès l'instant où j'ai franchi le seuil. Je sais quel est ton plan, Joanna.
Elle s'éclaircit la gorge.
— Tu...
Sa voix se brisa.
— J'ai découvert les rigoles que tu as creusées et recouvertes de paille. Crois-tu que Mater est aveugle ?

— Je vois à présent pourquoi tu as été si rude, le jour où tu m'as emmenée à l'abbaye.

— Je ne crois pas que faire l'amour en pleine nature...

— Je ne parlais pas de cela... mais de ton comportement vis-à-vis de Mater... Tu es un sacré filou, Gavin Kerr !

— Vas-tu mener ton plan jusqu'au bout ?

Elle secoua la tête.

— Non. Quand j'ai appris ce que mon grand-père a fait subir à Mater, ma soif de vengeance s'est dissipée. Coupable ou pas, je ne pourrais pas lui faire de mal.

Il l'attira contre lui, et prit possession de ses lèvres avec une passion qui la laissa pantelante.

— Je t'aime, Joanna, souffla-t-il. Mais sache que si nous découvrons en fin de compte que Mater est la meurtrière, je la traduirai en justice sans l'ombre d'une hésitation.

Joanna le regarda.

— Alors j'espère de tout mon cœur qu'elle n'est pas coupable.

34

Une poterne fermait le passage. Gavin la poussa. Le lourd battant roula sur ses gonds, et une horrible pestilence le saisit. Révulsé, il entra dans un réduit, suivi par Joanna. Cela sentait la chair décomposée. À la clarté de leurs torches, ils aperçurent, par terre, la carcasse d'un mouton décapité...

Se tournant vers sa compagne, Gavin essaya de plaisanter :

— Je crois que nous avons découvert le garde-manger personnel de cette bonne vieille Gibby.

— Ne bouge pas ! intima-t-elle.

À l'autre bout de la pièce, le sol semblait animé d'un grouillement. Gavin leva sa torche. Des centaines de petits yeux rouges scintillèrent dans le noir comme des braises.

— Mon Dieu ! Qu'est-ce que c'est ?

— Des rats ! dit-il avec dégoût. Pouah ! Je hais les rats.

À son tour, elle s'efforça de le taquiner.

— Ainsi, le grand guerrier a peur des rats ?

— Je n'ai pas peur. Je les déteste.

— C'est la même chose.

Elle agita sa torche. La flamme ondoyante fit fuir les rongeurs qui s'éparpillèrent dans un grattement de petites pattes, avant de disparaître dans les trous et les crevasses. La lourde odeur de moisissure rendait l'air irrespirable. Joanna examina un tas de cadavres d'animaux égorgés – moutons, chèvres, et même une vache.

— Mais... où sommes-nous ? se demanda-t-elle à voix haute.

— Dans une sorte de boucherie, je dirais... Mais ça m'étonnerait que toute cette viande avariée serve de nourriture aux paysans.

— Gavin, partons vite, murmura-t-elle.

— Oui... Il n'y a rien à voir.

Tandis qu'elle se tournait vers la poterne, elle ajouta :

— Pourquoi quelqu'un utiliserait cet endroit pour égorger des animaux ? Et dans quel but ? Je...

Les mots moururent sur ses lèvres.

— Joanna ? Qu'y a-t-il ?

— Le calice, fit-elle, indiquant le vase ciselé sur un socle de pierre.

— Quel calice ?

Un rat détala entre ses jambes.

— Celui que Mater brandit pendant la cérémonie. Elle verse sur le feu un liquide rouge.

Gavin prit le vase sacré, y jeta un coup d'œil.

— Du sang...

— Elles utilisent ce réduit pour préparer le rite... Nous ne sommes pas loin de la crypte. J'ignorais l'existence de cette pièce...

— Encore heureux qu'elles se servent d'animaux, dit Gavin, songeur. Dans certaines religions anciennes, on sacrifie des humains.

Un frisson glacé remonta l'épine dorsale de Joanna.

— Gavin, je t'en supplie. Quittons cet endroit horrible.

— Aurais-tu peur ?

— Trêve de plaisanteries, murmura-t-elle, passant son bras sous le sien. Nous en avons assez vu pour ce soir...

Il reposa le calice sur son socle.

— Demain sera la nuit de la pleine lune.

— Mater m'a invitée à assister à la cérémonie, précisa-t-elle dans un souffle.

Gavin la guida vers la porte de chêne.

— Tu ne dis rien ? s'étonna-t-elle. Tu ne m'interdis pas de me joindre à ces femmes ?

— Au contraire, je pense que tu dois y aller. En fait, j'irai aussi. Et je ne te quitterai pas des yeux.

— Mais comment ? Tu n'as aucune chance de passer inaperçu !

— Tu les as épiées pendant des mois... Je sais où est ta cachette. J'arriverai peut-être à m'y glisser... pour une nuit.

La brise tiède caressant son visage réveilla la femme muette. Margaret ouvrit les yeux sur la pièce dépourvue de fenêtre. Rejetant les couvertures, elle s'assit sur la paillasse. La masse d'air tourbillonnait autour d'elle.

C'était la pleine lune, se souvint-elle, se redressant lentement sur ses pieds. La nuit de la purification. Elle avait tant de choses à faire...

Mains tendues, elle fit pivoter un panneau sur la cloison, entra dans l'ouverture noire. Le panneau se referma. Elle n'avait guère besoin de lumière : elle n'avait qu'à suivre le vent.

Le couchant embrasait le lac de mille nuances orangées. Quelque chose tira Joanna de sa somnolence. Elle s'assit, encore étourdie. Les derniers rayons filaient sur la courtepointe de son lit.

L'angoisse l'assaillit. Elle avait dormi tout l'après-midi ! Elle s'était allongée un instant pour se reposer, et le sommeil s'était abattu sur elle.

Des lambeaux de rêves traversèrent sa mémoire. Des

images décousues avaient peuplé ses songes. Les animaux égorgés, le calice plein de sang, les murs noirs, se refermant sur elle pour l'emprisonner.

Elle se leva, en proie à une vive inquiétude.

C'était la nuit de la pleine lune.

Gavin lui avait promis d'assister à la réunion des femmes, caché dans le renfoncement d'où Joanna, autrefois, épiait le rituel. Était-il sérieux ? Allait-il se retrouver au milieu de ces furies qui tenaient chaque homme pour un suppôt de Satan ? Il n'avait pas idée de leur force. Mais elle le protégerait...

La jeune femme se rhabilla rapidement. En sortant de sa chambre, elle salua le garde, comme à l'accoutumée. Son estomac émit un gargouillis, lui rappelant qu'elle n'avait pas mangé depuis la veille... L'immense salle à manger était vide. Ses pas se dirigèrent alors vers les cuisines.

Max, le chien bâtard, lui fit la fête dès qu'elle entra dans la vaste pièce chauffée par les fourneaux. D'une main, elle tapota la tête du chien, qui se mit à frétiller.

— Hors d'ici, charognard !

Gibby, armée de sa gigantesque cuillère de bois qu'elle maniait comme un sabre, surgit tel un diable de sa boîte.

— Pardon, milady, mais cette sale bête exagère ! Déguerpis, vaurien, dehors !

La queue basse, Max s'en fut hors de portée de la cuisinière.

— Et ne réapparais plus devant moi, sac à puces !

Ayant chassé l'ennemi, la cuisinière tourna sa face rubiconde vers Joanna.

— Bienvenue, milady. Que puis-je pour vous ?

La jeune femme adressa un sourire timide à la matrone.

— Il est trop tôt pour dîner, trop tard pour déjeuner, Gibby... Mais j'ai faim.

— Bien sûr. Que milady se donne la peine de s'asseoir.

Là-dessus, la mégère foudroya les filles et les garçons de cuisine d'un regard meurtrier.

— Au travail, tas de fainéants, sinon vous serez privés de souper !

Elle posa devant Joanna un plat encore chaud, recouvert d'une serviette de lin propre. L'eau à la bouche, la jeune femme contempla le délicieux assortiment de pain et de viandes.

— Servez-vous, milady, dit la cuisinière en tirant un tabouret où elle s'assit.

Elle se mit à éplucher des pommes de terre.

— Vous savez, reprit-elle, ce n'est pas facile d'avoir sous ses ordres une armée de crétins. Evan, tourne donc la broche au lieu de bayer aux corneilles... Et vous, milady, pour l'amour du Ciel, cessez de chipoter dans votre assiette ! Vous êtes trop maigre ! Mary, apporte un pichet de vin à lady Joanna. Et plus vite que ça !

Malgré ses sautes d'humeur et ses hurlements, la cuisinière possédait un cœur d'or. D'ailleurs, les filles de cuisine échangeaient des regards amusés pendant qu'elle les houspillait...

Joanna mordit dans un morceau de dinde, étouffant un soupir de contentement. C'était exquis... Et pendant que Gibby bavardait tout en continuant d'éplucher ses patates, elle termina son plat.

— ... très gentil à vous de vous occuper de Margaret, disait Gibby quand elle repoussa son assiette vide.

— Je suis surprise que ses collègues n'aient rien fait pour elle, répondit-elle simplement.

Le visage rond de la cuisinière se rembrunit.

— On ne savait pas comment se comporter, vous comprenez... Elle a tué le prêtre. Et le nouveau seigneur était furieux...

— Vous n'avez rien à craindre du nouveau seigneur, coupa Joanna fermement. Il est différent des autres... Gavin Kerr est attentif. Il a de la compassion. Il est juste... Il ne vous fera jamais aucun mal.

— Votre propre père était très bon, milady.

— Oui, Gibby, mais il manquait de poigne. Je crois qu'il préférait ses livres à son domaine. Il aimait sa vie paisible... Et pourtant, s'il avait découvert Margaret, le couteau dans la main, à côté du chapelain assassiné, il n'aurait pas hésité une seconde à la condamner à la pendaison. Or, voyez ce que fait Gavin Kerr : il attend que

Margaret recouvre ses esprits... Voyez aussi combien il respecte Mater. Car même mon père, qui était de loin le meilleur des MacInnes, ne s'est jamais donné la peine de lui rendre visite à l'abbaye.

Le silence pensif de la cuisinière avertit Joanna qu'elle avait fait vibrer une corde sensible. Elle sourit à la grosse femme.

— Merci pour cet excellent repas, Gibby.

Elle se dirigeait vers la sortie, quand la voix de la matrone la cloua sur place :

— On dit que vous viendrez avec nous, ce soir.

Joanna se retourna lentement.

— Oui, c'est vrai...

— Vous rendrez Mater très heureuse, milady. Car de toute l'année, cette nuit est la plus spéciale.

La jeune femme déglutit péniblement.

— Spéciale ? Pourquoi ?

— C'est l'anniversaire, milady, confia Gibby à mi-voix. La nuit de la purification... Je ne puis vous en dire plus. Vous verrez par vous-même.

Joanna sortit des cuisines habitée par une drôle de sensation. L'anxiété ne quittait plus son cœur. Elle avait peur de ce qu'elle s'apprêtait à découvrir...

35

Les murs de la chambre et le plafond tournaient. Gavin s'efforça d'ouvrir les yeux. Il avait la tête lourde... Avec difficulté, il esquissa un pas, puis un autre, chancela, s'écrasa contre la cloison près de la fenêtre.

« Ils m'ont empoisonné ! »

Cette pensée s'immisça à travers le halo de fièvre. Puis il dut s'endormir une seconde, car il se réveilla par terre. Une sueur glacée perlait par tous ses pores, il lui sembla que la lumière baissait.

« Je ne mourrai pas avant d'avoir averti Joanna... »

Il voulut se redresser. La douleur lui griffa le ventre. Une flèche transperça son cerveau. Il se plia en deux.

« Il faut la prévenir... Je ne les laisserai pas me tuer. Pas encore... »

Une demi-heure plus tôt, dans la cour de la chapelle, les premiers effets du poison s'étaient fait sentir. Une crampe lui avait tordu l'estomac. Il avait tourné le dos aux jardiniers, qui désherbaient les tombes des MacInnes, s'était traîné jusqu'à ses appartements... La nourriture ! Aujourd'hui, il n'avait pas mangé dans le même plat que le comte d'Athol et le reste de la tablée. Il était arrivé en retard au déjeuner. Quelqu'un avait placé une assiette devant lui. Mais qui ? Un domestique, sans doute. Il ne l'avait même pas regardé, trop accaparé par sa discussion avec John Stewart...

À présent, les yeux grands ouverts, il s'efforçait de rassembler ses forces. La nuit tombait, ou alors il devenait aveugle. Mais la lumière déclinait à une rapidité folle. La sueur lui coulait dans les yeux, il s'essuya le front du revers de la main. Cette fois-ci, il était resté par terre plus longtemps, car il eut toutes les peines du monde à se relever. Ses bras étaient mous, ses jambes flageolaient. Il avançait à genoux, à quatre pattes. Des kilomètres semblaient le séparer de la porte.

Le panneau secret pivota. Sa tête pesait une tonne, mais il parvint à se retourner. Des pas retentirent dans le passage obscur.

— Joanna ? murmura-t-il d'une voix faible, déployant un effort surhumain pour garder la tête droite.

Les mots se figèrent sur ses lèvres. Instinctivement, il tâta la dague glissée dans sa ceinture. Mais ses doigts gourds ne purent saisir le manche.

Il regarda les yeux gris qui approchaient. Des yeux cruels. Ils exprimaient la haine.

C'était les yeux de la mort.

— Je l'ai vu dans la cour il n'y a pas plus d'une minute, milady... Je lui dirai que vous le cherchez.

Joanna remercia Andrew.

Elle avait cherché Gavin partout. Le soir tombait.

À l'intérieur du manoir, les serviteurs allumaient les lampes à huile.

Patience, se dit-elle, la gorge serrée. Gavin ne tarderait pas à se montrer.

Ses mains glacées nouées dans le dos, elle se rendit à la salle à manger. La gigantesque pièce fourmillait de monde. Personne à la table du maître, sur l'estrade... Joanna fit demi-tour. Max, la queue frétillante, frotta sa truffe humide dans sa paume.

La jeune femme réprima un frisson. Une menace stagnait dans l'air. Une sorte de danger imminent alourdissait l'atmosphère. « Tu es folle ! se gourmanda-t-elle. Il est quelque part en train de surveiller les travaux. » Ses compagnons d'armes l'avaient vu. Il n'était pas loin...

Elle caressa une dernière fois la tête du chien, puis traversa le vestibule, longea le couloir qui menait aux cuisines. Une visite à Margaret l'éclairerait certainement – même si elle ignorait de quelle manière. Elle n'avait pas eu le temps de voir la malade de toute la journée.

Elle prit une lampe au passage. Le soldat qui était de garde s'effaça avec déférence pour la laisser passer. Le cœur battant, Joanna déverrouilla la porte. À la lueur vacillante de la lampe, la pièce avait l'air encore plus étriquée. Elle avança d'un pas. La paillasse était vide.

La jeune femme ressortit, le front soucieux. En regagnant le vestibule, elle fit le point de la situation. De deux choses l'une : ou Margaret s'était évadée seule, ou Mater l'avait emmenée.

De toute façon, il fallait mettre Gavin au courant.

Son inquiétude se muait en angoisse. Sans réfléchir davantage, elle se mit à courir. De nouveau elle traversa la salle à manger, de nouveau elle se retrouva dehors. Une fois de plus, elle se précipita vers la cour de la chapelle. Le groupe des jardiniers continuait de nettoyer les tombes à la lumière des torches. Gavin n'était pas parmi eux. Le cœur serré, Joanna s'approcha. Parmi les sépultures, elle distinguait celle de granit noir, sous laquelle reposaient ses parents et la malheureuse créature qu'on avait prise pour elle...

— Avez-vous vu Gavin ?

L'un des jardiniers, un homme âgé aux yeux doux, lui adressa un sourire.

— C'est le lord que vous cherchez, milady ?
Joanna fit oui de la tête.
— Il est parti vers la fin de l'après-midi, milady.
— Parti ? répéta-t-elle, de plus en plus anxieuse.
— Il était là, à votre place, et nous expliquait en quoi consistaient nos tâches quand, tout à coup, il est devenu blanc comme un linge. Comme quelqu'un qui aurait un peu forcé sur la bière, vous voyez ? Alors, il a pris ses jambes à son cou. Il est allé par là...
Il indiquait le donjon. Joanna balbutia un vague remerciement. Elle se retourna et vit la lune qui avait surgi au-dessus des collines. Son disque brillant éclairait la vallée. Joanna regarda le globe d'une blancheur inquiétante. Son instinct l'avertissait d'un désastre.
En gravissant les marches du donjon, elle croisa le comte d'Athol qui en sortait.
— Joanna, qu'est-ce qui vous arrive ? On dirait que vous avez le diable aux trousses.
— Oh, John, avez-vous vu Gavin ? demanda-t-elle, les yeux embués de larmes.
— Il ne vous l'a pas dit ?
— Dit quoi ?
Le comte jeta un regard alentour, afin de s'assurer qu'aucune oreille indiscrète ne pouvait l'entendre.
— Il doit assister à une réunion de femmes dans la crypte.
— Vous voulez dire qu'il est déjà parti ?
Son petit poing s'abattit rageusement sur le torse du comte, qui étouffa un cri de surprise.
— Et vous l'avez laissé y aller tout seul ? fulmina-t-elle. Vous savez bien quels dangers recèlent ces galeries.
Affolée, elle s'écarta de John, qui la suivit d'un regard pénétrant tandis qu'elle disparaissait en courant à l'intérieur du donjon.
Il fallait coûte que coûte tirer Gavin de là, avant que Mater et ses disciples fassent irruption dans la crypte. Elle mit le cap sur les cuisines où elle se glissa dans le passage secret, par le panneau pivotant derrière le grand fourneau.
Peut-être n'était-il pas trop tard.

Lorsque Gavin rouvrit les yeux, il ne vit que les ténèbres. Peu à peu, il distingua une flamme de bougie qui se dédoublait... C'était son reflet dans un calice, réalisa-t-il. Le calice de la cérémonie ! Il se trouvait dans le réduit qui servait d'abattoir aux femmes de l'abbaye !

« Je ne veux pas mourir. »

Cette pensée avait quelque chose d'incongru. Lui qui tant de fois avait souhaité, appelé la mort, il voulait vivre à présent. L'amour lui avait redonné goût à la vie...

Il sentait des liens de cuir s'enfoncer dans la chair de ses poignets et de ses chevilles. Il était ligoté comme une bête... Un sacrifice ! songea-t-il, le sang glacé. Il jeta un regard alentour. L'odeur nauséabonde qui émanait des carcasses d'animaux en décomposition lui souleva le cœur... De petits yeux luisants s'allumèrent dans le noir. Des rats !

Le dégoût de Gavin pour les rongeurs le réveilla tout à fait. Son ravisseur venait probablement de le jeter là, comme un vulgaire sac. Il s'en était allé, laissant la poterne entrouverte.

Les mains et les pieds entravés, il ne pourrait aller bien loin. S'il parvenait à se traîner jusqu'à la porte, il se retrouverait dans la caverne. Il préférait se jeter dans le puits de la porte de l'Enfer plutôt que finir égorgé... Il jeta un coup d'œil vers le calice, destiné à recueillir son sang. Ses ciselures brillaient dans la lumière jaune de la bougie...

La bougie !

Gavin se mit à ramper vers son seul et unique espoir. La tête lui tournait encore, la sueur coulait sur son visage. Parvenu à destination, il se coucha dans la crasse, leva les pieds et les présenta à la flamme minuscule.

— Allez, brûle, bon sang ! grommela-t-il.

Du coin de l'œil, il apercevait le grouillement des rats parmi les cadavres d'animaux. L'un d'eux, énorme, le poil luisant, le fixait de ses yeux rouges.

— Mais brûle, sacrebleu !

La cordelette de cuir commençait à fumer au-dessus de la flamme quand la poterne s'ouvrit en grand, faisant fuir les rats.

— Eh bien, milord, dès que j'ai le dos tourné, vous ne faites que des bêtises !

Gavin regarda la silhouette qui se découpait dans le chambranle.

— Êtes-vous prêt à rencontrer votre destin ? ajouta le comte d'Athol avec désinvolture, en pénétrant dans la pièce.

36

Debout sous la coupole de la crypte, Mater lui fit signe d'approcher.

Joanna s'exécuta, le cœur au bord des lèvres. Trois autres femmes étaient déjà sur place.

— Je... je me suis dit qu'il serait plus intéressant de... d'assister à la cérémonie depuis le début, balbutia-t-elle, se croyant obligée de fournir une explication à l'abbesse.

Ses yeux furetaient parmi les tombes, les renfoncements, les recoins, mais les ombres, trop épaisses, l'empêchaient de distinguer Gavin, si toutefois il s'y trouvait.

Mater se tourna vers Molly.

— Puisque notre sœur est en avance, donne-lui quelque chose à faire.

Molly rougit. La différence de statut social la mettait mal à l'aise face à la fille de l'ancien lord du manoir. Joanna toucha le bras de l'économe.

— Donnez-moi ces fagots. Je les disposerai sous le dôme.

Elle les prit, s'avança avec deux disciples qui travaillaient en silence. Chaque fois qu'elle le pouvait, elle fouillait du regard l'obscurité... sans jamais apercevoir Gavin. Son cœur cognait sourdement dans sa poitrine. Elle l'aurait senti, s'il avait été à proximité. Mais il n'y était pas... Elle conclut, au comble du désespoir, que pour une raison inconnue il n'avait pas pu venir.

— Crois-tu que Margaret sera en mesure de s'acquitter de ses devoirs, ou dois-je...

— Ne t'inquiète pas !

La question de Molly et la réponse tranchante de Mater captèrent l'attention de Joanna. Celle-ci regarda l'abbesse au fond des yeux.

— Avant de descendre, j'ai voulu rendre visite à Margaret. Elle n'était pas dans sa cellule.

Mater soutint son regard sans ciller.

— Son esprit est peut-être dérangé, mais Margaret n'a jamais failli à son devoir. Elle est la porteuse du calice, et elle le sait. À mon avis, elle est déjà près du lac.

— Près du lac ? s'étonna Joanna.

Mater regarda Molly.

— Mets-la au courant, afin qu'elle puisse mieux comprendre et apprécier le rituel.

L'économe s'éclaircit la voix, avant de se lancer dans une brève explication :

— Une fois par an, à l'anniversaire de la terrible nuit où Notre Seigneur a rappelé nos saintes sœurs à Lui, nous commençons la cérémonie du souvenir près du lac.

— Pourquoi ? demanda Joanna.

— Pour leur rendre un hommage spécial, répondit Molly avec simplicité. Les autres mois, Margaret apporte ici le calice. Mais cette nuit précise de l'année, elle nous attend au bord du lac.

Un hommage spécial... *Le calice. Le sang...*

Joanna eut l'impression que sa tête allait exploser. Elle revit Margaret berçant le prêtre égorgé, le couteau sur les genoux. Les paroles de Molly se perdirent dans une sorte d'épais brouillard.

Mais où était passé Gavin ? Sainte Mère de Dieu ! Pourvu qu'il ne fût pas en danger !

— ... porter témoignage au massacre... oindre nos fronts de sang frais... selon le rite de la purification...

Les yeux écarquillés, Joanna dévisagea Molly. Qu'avait-elle dit exactement ? Laissant tomber les fagots par terre, elle se précipita vers la sortie. Une poigne d'acier sur son épaule l'arrêta dans son élan.

— Ce n'est pas le moment de partir, ma sœur... murmura Mater. La cérémonie va commencer.

La gorge nouée, Joanna se retourna.

— Mais...

— Tout ira bien, mon enfant. Tout ira bien.

— Arrêtez vos plaisanteries douteuses et libérez-moi tout de suite !

— Je me demande qui vous auriez choisi comme souffre-douleur si je n'étais pas descendu avant l'heure prévue.

Gavin tordit ses mains liées dans son dos.

— J'aurais eu la tête tranchée comme un mouton, et vous auriez eu ma mort sur la conscience, sinistre crétin !

Le comte éclata de rire.

— Allons, allons, calmez-vous. Les femmes se rassemblent dans le caveau. Vous avez une sacrée chance. Si je n'avais pas vu la lueur de la bougie, je ne vous aurais pas trouvé dans ce réduit. Mais où est Joanna ?

— Avec les autres. Détachez donc mes mains. Dépêchez-vous... John ! Attention !

Le comte n'eut pas le temps de réagir. La pointe acérée du couteau le frappa derrière l'oreille. Sans même un soupir, John Stewart s'affala par terre de tout son long.

Elles avançaient dans le noir en file indienne. Seul le frottement de leurs pieds sur le roc brisait le silence. Les mains crispées sur sa chandelle, Joanna sentait des larmes dévaler le long de ses joues. Elles se dirigeaient vers le lac souterrain. Par égard pour son rang, les autres femmes lui avaient cédé la place d'honneur : juste derrière Mater, qui ouvrait le cortège. Les ombres blanches se déplaçaient en cadence, à la lueur vacillante des bougies.

Elle devait continuer, elle n'avait pas le choix. Essayer de fuir serait pure folie. Feindre l'obéissance, la complaisance lui paraissait la meilleure attitude... Du moins jusqu'à ce qu'elles soient sur la rive du lac souterrain.

Gavin était peut-être encore vivant...

Joanna effleura machinalement la petite dague qu'elle avait glissée dans sa ceinture, sous le manteau blanc que les fidèles lui avaient prêté.

Au bord de l'eau, un feu crépitait près d'une table en

bois. Margaret, drapée de blanc, immobile comme une morte, se tenait à côté.

Les ombres blanches se disposèrent en demi-cercle autour de l'autel de fortune. Mater prit place au centre, avec sa sœur. Un silence oppressant tomba ; l'abbesse leva les bras.

— Mes sœurs ! Pour les âmes de nos saintes, j'invoque la Force !

— Mater ! Avec toi, nous invoquons la Force.

Soudain, un tourbillon de vent rida la surface du lac. Horrifiée, Joanna contempla les grains de poussière qui tournoyaient dans l'air.

— Mes sœurs ! En mémoire de leurs souffrances, j'invoque la Force.

— Mater ! Avec toi nous invoquons la Force.

La jeune femme n'avait jamais assisté à un tel phénomène. Le vent soufflait si violemment qu'elles avaient peine à rester debout. Quelque chose s'était glissé dans la caverne, une force, une puissance, qui commandait au vent.

Bientôt, celui-ci s'apaisa ; il n'y eut plus qu'un souffle tiède, caressant, comme une brise d'été.

— Elles sont là, mes sœurs ! Elles sont avec nous ! s'écria Mater.

Sidérée, Joanna vit Margaret, équipée d'une chandelle, prendre tranquillement le chemin du réduit où étaient entreposées les carcasses d'animaux.

Mater et ses disciples avaient entonné une hymne, une longue litanie... Elle scruta le visage de l'abbesse. Ses yeux gris reflétaient les flammes des bougies. Elle avait la Force. Elle *était* la Force.

Des taches sombres luisaient sur le rocher, à ses pieds. Rouge sombre... rouge sang...

— Oh, non, murmura la jeune femme, tremblant comme une feuille. Non !

Personne ne l'entendit. De nouveau, un vent violent s'était levé, qui couvrait le chant des femmes... Joanna lâcha sa bougie. Elle se boucha les oreilles, mais le vent lui vrillait les tympans. « Je rêve ! » pensa-t-elle confusément. Cette scène n'était pas réelle. C'était impossible !

Des cris perçants pénétraient son esprit ; impossible

de les faire taire. Elle ferma les yeux... Sur ses paupières se profilèrent alors la croix sanglante, le brasier, les corps brisés des innocentes de l'abbaye. La brutalité des hommes... Puis le visage de Duncan, celui de Mater flottèrent dans les airs.

Un cri strident déchira l'image. Joanna pressa ses paumes plus fort contre ses oreilles.

— Assez ! Assez ! hurla-t-elle.

Un silence de mort enveloppa les ombres blanches. Joanna rouvrit les paupières. Elle était sûre que toutes la regardaient. Mais bizarrement, leurs yeux étaient tournés dans la direction où Margaret avait disparu.

Un autre cri strident retentit. Un cri de femme. Ce n'était pas elle qui avait crié, réalisa Joanna.

Avec une sourde plainte, Margaret jaillit du passage, titubant comme un animal blessé. Les yeux fous, elle se précipita vers Mater, se blottit dans ses bras... Elle n'avait plus sa chandelle. À la place, elle serrait un long poignard.

— Ma... Ma... Il... A... Tu...

Le babil incohérent se mêlait au sifflement du vent. Ne tenant plus en place, Joanna s'avança d'un pas.

— Où est-il ? Qu'est-ce que vous lui avez fait ? hurla-t-elle.

Des mains l'agrippèrent aux épaules, à la taille, aux poignets. Elle se tordit pour se libérer, tandis que Margaret tombait à genoux, dodelinant de la tête, déployant un effort extraordinaire pour articuler :

— Ma... Ma... A... A... Wi... Wi...

— Qu'est-ce que tu racontes, Margaret ? s'enquit Mater en la secouant. Où est Allan ?

37

Gavin fut poussé dans le cercle de lumière. La fureur marquait ses traits blêmes. Une corde de cuir lui entravait les chevilles.

Joanna laissa échapper un cri. Elle voulut s'élancer vers lui, mais des douzaines de mains la retinrent.

Derrière Gavin, Allan apparut. L'ombre du plafond masquait le haut de son visage, mais on pouvait distinguer le poignard qu'il appuyait dans le dos de son prisonnier.

-texte— Que signifie cette farce ? s'enquit Mater d'une voix glaciale.

— C'est la pleine lune, grande sœur. Une façon comme une autre de se souvenir...

Ce n'était pas le même homme que Joanna connaissait depuis toujours. Quelque chose avait changé. Les yeux. La voix... Les griffes de la peur enserrèrent son cœur. Elle rassembla ses forces pour se dégager, mais les femmes étaient trop nombreuses.

Mater avança d'un pas sans quitter son frère des yeux.

— Pourquoi as-tu amené le lord ici ? Réponds, Allan.

Le majordome laissa tomber sa torche. De sa main libre, il s'empara des cheveux de Gavin. La lame du couteau se posa sur son visage. Joanna étouffa un cri. Le sang perla sur la joue de Gavin, qui ne broncha pas.

De nouveau, la voix de Mater retentit, aussi aiguë que le couteau d'Allan.

— Je t'ai posé une question. Pourquoi as-tu amené cet homme ici ?

— Il est le seigneur du domaine. Son sang remplira le calice du sacrifice.

Joanna parvint à libérer une main. Des larmes jaillirent de ses yeux. Le majordome était fou à lier. Jamais face humaine n'avait exprimé pareille rage.

— Nos saintes n'ont jamais réclamé du sang humain, Allan. Nous n'avons jamais voulu apporter plus de violence en ce monde, dit Mater.

Un ricanement atroce tordit la bouche du vieil homme.

— Œil pour œil, dent pour dent, clama-t-il. La violence engendre la violence, la colère de Dieu châtiera les pécheurs jusqu'à la septième génération.

— Non, mon frère ! Nous sommes réunies ici pour nous souvenir de leur sacrifice. La Force que nous invoquons est celle qui a animé ces saintes femmes. Elles ne prêchaient pas la vengeance, mais le pardon. Tu dois relâcher le lord, Allan. Nous n'irons pas contre la volonté de nos sœurs défuntes.

— Écoute ta haine, Mater ! hurla Allan. Je sais qu'elle a pris racine dans ton cœur.

— Tu ne sais rien du tout...

— Tu dis toi-même que le mal habite les hommes, et tu veux que je le laisse partir ?

— Oui, Allan, je le veux ! rétorqua Mater avec force. Peu importe ce que la vie nous réserve comme souffrances... Nous n'allons pas souiller la mémoire de nos sœurs.

— Souiller ? As-tu oublié la signification de ce mot ?

Il fixa Mater, qui le défiait du regard.

— Mais moi je n'ai pas oublié, reprit-il. Tu as été souillée, jetée dehors comme une chienne. Non, je n'ai pas oublié comment tu saignais sous la croix de fer, quand tu as perdu l'enfant que tu portais.

Tout en parlant, Allan attrapa Margaret par le bras et la poussa en avant avec rudesse. Les genoux de la femme plièrent, elle s'abattit sur le rocher.

— Regarde-la ! poursuivit-il, indiquant la silhouette recroquevillée à ses pieds. Regarde notre sœur. Qu'est-elle devenue ? Une arriérée mentale et une catin ! Elle n'a pas dit un mot depuis cette nuit-là, et pourtant, crois-moi, elle n'a pas oublié. Tout comme moi !

L'écho de sa voix mourut dans les profondeurs de la caverne. Puis Mater murmura :

— C'était il y a si longtemps... L'injure qui m'a été faite...

— C'est lui qui t'a déshonorée ! Lui qui nous a fait tant de mal !

— Non, Allan. C'était Duncan. Et Duncan est mort depuis vingt ans.

— Ça, pour sûr qu'il est mort, grande sœur. Je suis bien placé pour le savoir. Je l'ai tué ! J'ai attendu plusieurs années, mais je l'ai eu ! Ensuite, j'ai tué ses fils. Ils ont payé de leur vie les crimes commis contre les saintes... Malheureusement, aucun n'est mort comme je l'aurais voulu. Il fallait bien déguiser leurs exécutions en accidents, afin que la vengeance puisse perdurer. Seul le prêtre a eu ce qu'il méritait.

— Allan, tu ne sais plus ce que tu dis.

— Je sais très bien ce que je dis ! vociféra-t-il. Tu crois que je suis fou ?

— Allan...

— Tu crois que c'est facile de garder un secret toute sa vie ?

— Un secret ?

— Mais oui, Mater. C'est moi qui incarne maintenant la malédiction d'Ironcross. Notre grand-père était le majordome du seigneur qui a fait violer et mettre à mort les saintes de l'abbaye. Il a tué ce premier seigneur. Son fils, son petit-fils ont reçu, chacun son tour, le glaive de la vengeance. Jusqu'à moi. Oui, grande sœur, nous sommes la malédiction !

Avec une force de géant, Allan décocha un coup de pied à Gavin, qui s'effondra sur les genoux. Il plongea les doigts dans ses cheveux, tira sa tête en arrière, exposant son cou.

— Je suis la malédiction ! décréta-t-il d'une voix hallucinée. Je suis la main de Dieu... Nous serons bientôt lavés des péchés d'Ironcross. Margaret, passe-moi la dague du sacrifice. Et va chercher le calice.

Gavin banda ses muscles, s'apprêtant à repousser le majordome. Mais il n'en eut pas le temps. La femme muette se redressa. La dague brillait toujours dans sa main. Alors, elle leva son bras. La dague décrivit un arc de cercle étincelant, avant de se planter dans la poitrine d'Allan.

— Tu... tué... Wil... lia... m.

Stupéfait, Allan écarquilla les yeux. Son propre couteau lui échappa. Avec un cri rauque, il s'empara du manche de la dague, s'efforçant de l'extirper de sa poitrine. Gavin roula sur le côté. Ses jambes entravées heurtèrent celles du majordome. Allan s'effondra comme une souche sur le rocher. La dague s'enfonça alors dans son cœur.

Seuls les sanglots de Margaret et le doux murmure du vent rompaient le silence de la caverne.

Joanna se dégagea de l'étreinte de ses compagnes, et s'élança près de Gavin. Dégainant le couteau de sa ceinture, elle trancha ses liens de cuir. Puis elle se jeta en pleurant dans ses bras.

— J'ai cru que j'allais te perdre, sanglota-t-elle. J'étais sûre qu'il te tuerait...

Il la serra contre lui, passionnément.

— Je t'aime, Joanna... C'est fini maintenant.

Leurs lèvres s'unirent avec ardeur.

Au milieu de ses disciples, Mater entourait Margaret d'un bras protecteur. À l'approche de Joanna et Gavin, elles s'écartèrent. Mater leva les yeux sur le nouveau seigneur d'Ironcross.

— Nous n'avons rien à voir avec ces meurtres, vous l'avez compris.

— Oui. Il semble que votre frère avait ses propres rituels...

— Quand nous étions enfants, on nous a raconté l'histoire de la malédiction. Les servantes du domaine étaient intarissables sur la légende... Ce sont elles qui nous ont parlé des saintes... et de la façon dont les seigneurs du domaine mouraient « avant l'heure », comme elles disaient. Or, elles n'ont jamais mentionné notre père ou notre grand-père... Ils étaient majordomes avant Allan. Mais je ne crois pas qu'ils aient été des meurtriers.

— Je suis de votre avis, approuva Gavin. Après les mauvais traitements que Duncan vous a infligés, Allan a dû refaçonner le passé à sa manière.

Mater caressa les cheveux de Margaret, qui pleurait doucement sur son épaule.

— Toutes ces morts... tous ces accidents... Le sort s'acharnait seulement contre les seigneurs d'Ironcross... J'aurais dû deviner la vérité. J'ai préféré me voiler la face. Croire aux superstitions. À présent, je comprends... Pauvre Allan...

— Il faisait peur au prêtre, déclara Gavin, poursuivant le même raisonnement. Il a tué le père William quand celui-ci a voulu retourner à Ironcross.

À ce nom, Margaret tressaillit.

— Al... tu... Wi... balbutia-t-elle.

— Allan a tué William, traduisit Mater en soupirant. Dans sa folie, il a confondu ses sœurs et les saintes. Il n'a jamais autorisé Margaret à se marier quand elle était plus jeune... Il a assassiné William parce qu'il était son amant. Aux yeux d'Allan, il s'agissait d'un crime.

— Al... tu... Da...

— Il a tué David aussi, énonça lentement Gavin, étudiant le mouvement des lèvres de Margaret. David était l'espion du comte d'Athol. Celui-ci a découvert par hasard les affaires de Joanna dans la caverne. Il a envoyé son homme de main pour surveiller les lieux. Il semble que Margaret a été témoin de l'assassinat.

La femme muette opina de la tête, avant de se blottir à nouveau dans les bras de sa grande sœur.

— La nuit où tes parents ont péri, expliqua Mater en regardant Joanna, j'ai senti pour la première fois que quelque chose ne tournait pas rond chez mon frère... Ce soir-là, il ne tenait pas en place. Une étrange jubilation le rendait fébrile. Je me suis promis de l'interroger. Le temps que je revienne de l'abbaye, l'aile sud flambait déjà... Je t'ai trouvée dans les passages secrets, inanimée. Tu t'étais évanouie à cause de la fumée.

— C'est donc toi qui m'as sauvée du feu, Mater ? Voilà comment tu savais que mes mains étaient brûlées.

Mater esquissa un sourire.

— Oui, Joanna. Je t'ai ramenée dans la caverne. J'ai soigné tes mains. Puis je suis retournée au donjon, mais je n'ai pas pu trouver Allan... Tout le monde s'activait pour éteindre le feu. Quand je suis redescendue... tu n'étais plus là. Et comme tu ne te montrais plus, j'ai compris que tu préférais passer pour morte. J'ai donc respecté ton souhait. J'ai gardé ton existence secrète...

La jeune femme secoua la tête.

— Tu m'as sauvé la vie, après ce que grand-père t'a fait ! Duncan est responsable de tous ces malheurs... Si Allan n'avait pas assisté au viol...

— Mon frère aurait trouvé une autre raison, coupa Mater. À présent je vois clair, ma chère enfant. Tout petit, Allan montrait déjà un intérêt morbide pour les vieilles légendes. Cela est, j'en ai peur, un trait de famille. Mais alors que nous nous contentions de sacrifier un coq ou un faisan à la pleine lune, il voulait égorger une douzaine de moutons ! Il aurait aimé devenir le grand prêtre.

Elle regarda son frère, étendu sur le rocher, puis détourna les yeux avec un soupir accablé.

— Il n'y a pas plus aveugle que celui qui ne veut pas

voir... J'attribuais toutes ses bizarreries à un caractère fantasque.

— Qu'allez-vous faire de lui ? demanda Gavin, serrant Joanna à son côté.

— L'inhumer, si vous m'en donnez la permission. Il était mon frère, je porterai son deuil. Je prierai pour le repos de son âme. Mais je n'oublierai pas qu'il a souillé la mémoire des saintes. Il a failli détruire la Force qui guérit.

Gavin pressa la main de Joanna. Ils échangèrent un regard.

— Mater, murmura-t-elle. Nul n'a besoin de savoir les faits dont Allan s'est rendu coupable. Ni ses liens avec vous et vos disciples. Ses forfaits risquent de vous causer du tort... Laissez son corps au château. Il sera enterré par nos soins.

Après un long silence, l'abbesse acquiesça.

— Viendras-tu nous revoir ? demanda-t-elle.

— Oui, avec mon mari.

La vieille femme lança un regard approbateur à Gavin.

— Il sera le bienvenu. Nous l'accueillerons comme il sied au seigneur d'Ironcross.

Enlacés, Joanna et Gavin suivirent des yeux Mater et sa sœur, qui s'en allaient. L'une après l'autre, les fidèles les suivaient – sauf Gibby, qui se campa devant eux, les poings sur les hanches.

— J'aurais dû penser qu'Allan manigançait quelque chose, milord. C'est lui qui est venu chercher votre plat, à midi.

— Et moi qui ai cru que votre cuisine m'avait rendu malade...

La matrone devint cramoisie.

Gavin lui sourit.

— Rassurez-vous, je plaisante. Il a dû ajouter au repas, au demeurant excellent, un puissant soporifique... Je me sens beaucoup mieux, à présent.

— Dépêchez-vous de guérir, milord, et je vous préparerai un festin dont vous me direz des nouvelles !

— Je vous prends au mot, Gibby.

Satisfaite, la cuisinière quitta les lieux. Lorsqu'elle eut

disparu, Joanna se tourna vers son compagnon, l'air furieux.

— Gavin Kerr, tu es l'homme le plus obstiné que je connaisse ! Qu'est-ce qui t'a pris de descendre tout seul dans cette grotte ?

— Tout seul ? Oh, bon sang !

Gavin se précipita vers le tunnel.

— Où vas-tu ? Mais... attends !

Elle se mit à courir pour le rattraper. Tandis qu'ils longeaient le passage étroit, elle lui prit le bras.

— Gavin, as-tu jamais suspecté Allan ?

— Oui, la première fois qu'il m'a fait visiter l'aile sud. Il m'a entraîné vers la pièce au plancher défectueux sans m'avertir. Il avait placé des livres sur les rayonnages, afin que j'avance pour les regarder. Lui-même n'a pas bougé du seuil de la porte... Chaque fois qu'il y a eu un attentat contre moi, il était absent. Il apparaissait peu après, comme par magie...

— Pourquoi ne l'as-tu pas arrêté ?

— Parce que je voulais connaître la vérité. Il restait trop de questions sans réponses... Par exemple si Allan agissait seul, ou s'il comptait des complices parmi ses sœurs ou les disciples de Mater.

— Alors, je suis contente que tu aies attendu. Cela aurait été une grave erreur d'accuser Mater de ces crimes.

Un sourire apparut sur ses lèvres, et elle ajouta :

— Je n'ose penser à ce qui se serait passé si tu t'étais rangé à mon opinion.

— Il n'y aurait plus âme qui vive à Ironcross. Je les aurais tous fait exécuter.

— Quelle horreur ! s'exclama Joanna, avec un effroi exagéré. Mais maintenant, dis-moi, où m'emmènes-tu ?

— Tu le sauras assez vite.

Il lui prit la main, accéléra l'allure. Mais en s'approchant du réduit où les carcasses d'animaux étaient entreposées, il la sentit ralentir.

— Gavin, que me caches-tu encore ? Ne me dis pas qu'il y a d'autres cadavres !

— Je n'ose l'espérer, mon amour, plaisanta-t-il. Ce serait trop beau.

La bougie brûlait toujours dans la petite pièce. Joanna contempla, effarée, le comte d'Athol étalé par terre.

— Mon Dieu ! Est-il mort ?

— Hélas... John Stewart a le crâne trop épais pour qu'un petit coup sur la tête l'expédie dans l'autre monde.

— Quel petit coup ! grommela John, tandis que ses paupières s'ouvraient. J'ai l'impression d'avoir de la bouillie à la place du cerveau.

— Ça a toujours été ainsi, rassurez-vous ! persifla Gavin en se penchant pour examiner la blessure de son ami.

Le sang avait coagulé au-dessus de son oreille.

— Vous faisiez tranquillement la sieste, pendant que Joanna et moi-même sauvions les Highlands de l'incarnation de Belzébuth !

— Mais qu'est-ce qu'il raconte... Oooh ! Empêchez cette fichue pièce de tourner...

— Vous étiez supposé me suivre dans les souterrains, au cas où j'aurais eu des ennuis.

Le comte rouvrit un œil.

— Des ennuis ? Quels ennuis ? Qui a eu des ennuis ?

Gavin lança un regard à Joanna, qui se retenait de rire.

— Enfin, mes prières sont exaucées. Je crois que le comte est devenu un légume, mon amour.

— Attention, s'indigna John Stewart en se frottant le crâne. Je ne permettrai pas à un dégénéré de Lowlander la moindre familiarité. Encore moins de m'appeler *son amour* ! J'ai une réputation à défendre, que diable !

ÉPILOGUE

Juin 1528.

Une brise étrange soufflait doucement dans la nouvelle abbaye, tandis que l'assistance observait un silence recueilli.

La clarté de la pleine lune se déversait à travers les losanges des fenêtres, illuminant l'autel, les trois adultes, et le bébé.

Sentant la paume de son époux sur son épaule, Joanna tendit le bébé à Mater. L'abbesse admira la petite figure rose de l'enfant, en forme de cœur. L'affection fit briller ses yeux gris.

Ce matin, Joanna et Gavin avaient célébré le baptême de leur fils dans la chapelle d'Ironcross, rénovée elle aussi. À leur grande joie, lady MacInnes avait assisté à la cérémonie. Fragile, âgée, la grand-mère de Joanna avait vaincu les démons du passé. Elle avait accepté l'offre d'Ambrose MacPherson de l'accompagner jusqu'au manoir. La vieille dame se félicitait de participer aux réjouissances, de serrer sa petite-fille dans ses bras, d'embrasser son arrière-petit-fils...

Dans la soirée, Joanna et Gavin avaient amené le nourrisson à l'abbaye pour une seconde bénédiction. Le nouvel édifice avait été érigé sur les ruines de l'ancien.

Le seigneur d'Ironcross et son épouse y avaient fait transférer les ossements des saintes, afin qu'elles reposent en paix. Ce geste avait ému les paysans du domaine ; ceux-ci avaient peu à peu regagné leurs terres. D'immenses cultures s'étendaient à la place des friches d'autrefois. Des villages avaient été reconstruits autour du manoir...

Joanna croisa les yeux emplis d'affection de son mari. Son cœur bondit vers lui. Elle lui devait tout... son bonheur, sa vie. Il l'avait ramenée dans le monde des vivants, l'avait réchauffée au soleil de l'amour. Les flammes de la passion brûleraient toujours entre eux.

— Mes sœurs... et mes frères ! dit Mater, tirant la jeune maman de sa rêverie. Pour bénir cet enfant, j'invoque la Force !

— Mater, avec toi, nous invoquons la Force, répondit l'assemblée à l'unisson.

La brise tiède passa entre les piliers, chargée d'un parfum de lavande et de bruyère. Gavin et Joanna se penchèrent sur leur fils endormi dans les bras de Mater.

— Nous invoquons la Force !

Rendez-vous au mois de juin
avec trois nouveaux romans de la collection

Aventures et Passions

Le 5 juin 2000
Un amant sous condition
de Shirl Henke (n° 5563/L)

Colorado, 1870. Le père de Cassandra Clayton ne lui a jamais pardonné d'être une fille. À sa mort, il lui lègue son entreprise de transports, à condition qu'elle se marie dans les trois ans qui suivent et donne naissance à un garçon. La jeune fille impétueuse s'investit totalement dans l'entreprise paternelle. Mais la date fatidique approche... Cassandra parviendra-t-elle à se plier à un homme? Peut-être, s'il revêt les traits du ténébreux Steve...

Le 13 juin 2000
Traîtrises
de Penelope Williamson (n° 5568/J)

Écosse, XVIe siècle. La famille anglaise d'Alexia Carleton est l'ennemie héréditaire du clan Maxwell. Tout le monde sait que les Anglais et les Écossais s'entendent comme chiens et chats. Cependant, lorsque Alexia rencontre le séduisant Jamie Maxwell, le cœur l'emporte sur la raison : elle succombe. Les deux familles rivales parviendront-elles à accepter cette union ?

Le 27 juin 2000
Le seigneur de la nuit
de Susan Wiggs (n° 5582/J)

Venise, 1531. Seigneur de la nuit, noble et fortuné, Sandro Cavalli est chargé du maintien de l'ordre à Venise. Or on vient d'assassiner le secrétaire du doge. Sandro, qui redoute un complot contre la plus haute autorité vénitienne, est prêt à tout pour retrouver le coupable. D'autant que la sublime Laura Bandello, rencontrée chez un ami peintre, est peut-être elle aussi en danger.

Ce mois-ci, découvrez également
deux nouveaux romans de la collection

Amour et Destin

Le 2 mai 2000

Ce soir et à jamais

de Nora Roberts (n° 5532/G)

Écrivain célèbre, Jordan Taylor recherche pour la documentation de son nouveau livre un spécialiste de la culture indienne. Un ami lui recommande la brillante anthropologue Kasey Wyatt. Lorsque celle-ci débarque dans la somptueuse demeure californienne de l'auteur, le luxe, le raffinement, la pléthore de domestiques ne l'épatent pas une seconde. Après tout, elle est là pour travailler...

Le 24 mai 2000

Méli-mélo

de Jill Mansell (n° 5555/L)

La veille du nouvel an, trois amies prennent ce qu'elles pensent être de bonnes résolutions. Liza, blonde plantureuse, se promet de trouver un homme. Prune, timide petite souris, se jure de sauver son ménage, même si tout porte à croire que son mari la trompe. Quant à Dulcie, elle décide de quitter Patrick, qui travaille trop et ne lui consacre pas assez de temps. Mais la vie n'est pas un long fleuve tranquille et l'année se révélera pleine de surprises...

J'AI LU Amour et Destin

Quand l'amour donne aux femmes le choix de leur destin

5543

PCA – 44400 Rezé
Achevé d'imprimer en Europe (France)
par Maury-Eurolivres – 45300 Manchecourt
le 10 avril 2000.
Dépôt légal avril 2000. ISBN 2-290-30284-8

Éditions J'ai lu
84, rue de Grenelle, 75007 Paris
Diffusion France et étranger : Flammarion